파랑이 _____
_____ 일 고

파랑이 일고

지은이 임은희
펴낸이 임상진
펴낸곳 (주)넥서스

초판 1쇄 인쇄 2025년 1월 20일
초판 1쇄 발행 2025년 2월 3일

출판신고 1992년 4월 3일 제311-2002-2호
10880 경기도 파주시 지목로 5 (신촌동)
Tel (02)330-5500 Fax (02)330-5555

ISBN 979-11-6683-405-9 03810

저자와 출판사의 허락 없이 내용의 일부를
인용하거나 발췌하는 것을 금합니다.

가격은 뒤표지에 있습니다.

잘못 만들어진 책은 구입처에서 바꾸어 드립니다.

www.nexusbook.com
&(앤드)는 (주)넥서스의 문학 브랜드입니다.

파랑이 _____
_____ 일고

임은희
장편소설

&

| 추천사 |

『파랑이 일고』는 독특한 변주와 리듬을 가진 작품이다. 아동 착취와 노동 문제로 시작한 이야기는 환경과 기후의 문제로 나아가지만 궁극적으로는 그 모두가 인간의 일이라는 걸 일깨우듯 삶의 빛나는 세목으로 채워진다. 상실한 것들을 통해 역설적으로 곁에 남은 것을 돌아보게 하는 이 작품은 그로테스크한 동시에 천진하고 우화적인 동시에 현실적이다. _**편혜영**(소설가)

아이들이 노역에 동원되고 쓰레기처럼 버려지는 세상을 지독할 만큼 사실적으로 그려 내면서도 작가는 함부로 희망을 말하지 않는다. 희망이 없는데도 희망을 품고 씨앗 속으로 들어간 아이들, 세련되고 감각적인 문장으로 보여준 절망과 폐허의 세계, 분명 그 세계를 살아가는 아이들은 끔찍하건만 기이하게도 아름답다. 한마디로 이 소설은 새롭고 독창적인 묵시론이다.
_**손홍규**(소설가)

생명과 죽음을 가르는 상상의 극지에서 씨앗 하나를 탄생시키려는 이들이 있다. 그 과정에는 수많은 이들의 안목과 자각, 사랑과 연대가 필요하다. 세상을 다면적으로 담아내는 고高퀄리티의 만화경처럼, 갈등하면서도 서로 이어져가는 이들의 탐색담quest story이 단순한 생태 이야기를 훌쩍 뛰어넘어 서고 있다. 가혹한 묵시록적 운명과 싸워가는 이들의 대안 서사가 파랑波浪처럼 일고 있는 새로운 소설이다.

_유성호(문학평론가, 한양대학교 국문과 교수)

차례

파랑이 일고 · 9

감사의 말 · 253
작품해설 | 오지 않은 파랑을 기다리며 _ 임지훈 · 254

1

 이른 새벽 아이들은 화물차 뒤에 늘어선다. 산자락에서부터 아이들을 싣기 시작해 산마루에 다다른 화물차 셋은 이미 내 또래 아이들로 빽빽하다. 산마루와 이어진 흙길을 지나면, 곧장 다른 주로 빠지는 국도가 나온다. 통행료를 내지 않아도 되는 국도. 그래서 우리 동네에 맨 끝으로 왔을 거다. 운전사들은 작은 손전등을 목에 걸고 명부를 편다. 아이들 이름을 하나하나 확인하고 등에다 노란 번호표를 붙인다. 돌망치 같은 손으로 꽉 문지를 때마다 아이들 몸이 앞으로 쏠린다. 일을 마친 운전사 둘이 손전등을 끄자 어둑하다.
 "차누 박 가르시아?"
 유일하게 불을 끄지 않은 운전사가 내 이름과 얼굴을 맞춰 보고 "차누?" 되묻는다. 차누가 아니라 창우이지만 나는 고개를 끄덕인다.

발음을 고쳐 줘도, 다들 그러듯 또 차누라고 할 테니까. 내가 이름을 대지도 않았지만, 다들 그러듯 곧 나를 알아봤다. 운전사가 내 등에 177번을 붙인다. 어젯밤에 술을 퍼마셨나 보다. 축축한 시체를 먹고 살찐 광대버섯처럼 코가 뻘겋게 치솟았다. 윗옷을 걷으면, 두둑한 비계를 양분 삼아 버섯들이 무럭무럭 자라났을지도. 옆통수는 싹 밀고 가운데 머리칼만 뾰족이 세웠다. 나는 왼팔에 야자나무로 짠 바구니를 걸었다. 동생을 담은 바구니다. 기저귀랑 간단한 음식도 함께 담았다. 운전사는 아기한테까지 번호표를 붙이지는 않았다. 빠오는 명부에 안 올랐으니까. 바구니를 굽어보고 "네가 걔구나" 한마디 흘렸을 뿐이다.

번호표가 붙은 아이들이 하나둘 화물차에 기어오른다. 떠들거나 장난치는 아이는 당연히 없다. 앞서 탄 아이들은 졸고들 있다. 그 틈을 헤집으며 자리를 잡느라 곳곳에서 쉿소리가 터진다. 차들 뒤로 길게 드리워진 줄이 점점 짧아진다. 차가 야금야금 아이들을 씹어 삼키는 동안, 내 가까이에서 운전사가 서성이다가 연필로 명부를 탁탁 내리친다. 그러며 손목시계를 본다. 손전등이 내리쏘는 빛을 받은 황금 시곗줄이 금가루를 이리저리로 튕긴다. 다른 운전사가 양손을 치키며 아직이냐고 묻는다.

"쥐 새끼 한 마리가 모자라!"

침을 찍 뱉고 명부를 똘똘 만다. 활시위를 팽팽히 당긴 사냥꾼 눈으로 오르막만 쏘아본다. 나머지 운전사들은 맞은편에서 담배를 만다. 짝다리를 짚고 마주 서서 담뱃잎을 박엽지에 말고 가장자리를 싹 핥는다. 거울에 비친 상처럼 동시에 담배를 문다. 성냥을 긋자 어둠이 잠깐 노랗게 작아졌다가 다시 까맣게 커진다.

 사냥꾼의 시선이 겨눈 지점이 흔들린다. 오르막의 어둠에서 덩어리 둘이 갈라져 나오며 차츰 또렷해진다. 예전에 맘보 춤꾼이었던 마누 할아버지가 롤라 손을 잡고 걸어온다. 둘을 향해 운전사는 손끝으로 시계를 가리킨다. 그런다고 높여질 속도가 아님을 똑똑히 보면서도 팔까지 휘두른다. 마누 할아버지는 부들거리는 오른 다리로 작은 반원을 거듭거듭 그리며 내딛고 그 속도에 맞춰 롤라도 움직인다. 어느덧 무리 앞에 닿았다. 가파른 비탈을 오르느라 다리 힘이 풀렸는지, 금세라도 허물어지게 생겼다. 그런 할아버지를 제쳐 두고 롤라가 내게 다가선다.

 "빠오도?"

 롤라가 바구니에 덮인 수건을 들친다. 빠오의 곱슬한 머리칼을 어루만지는데 우리 사이에 불빛이 끼어든다. 롤라 얼굴에다 손전등을 쏜 채로 운전사는 명부를 확인한다. 178번 번호표를 롤라 등에 철썩 붙인다. 그런 뒤, 검지와 엄지를 입에 끼우고 날카로운 휘파람 소리를 뽑는다. 빨갛게 어둠을 태우던 운전사들이 마지막 한 모금을 쭉 빤다. 또다시 쨍하는 휘파람에 빠오가 얼굴을 구긴다. 두어 번 칭얼대다 말뿐, 지금까지 단 한 번도 운 적 없는 아기다. 뒤척이는 빠오 가슴을 토닥이자 바로 잠에 떨어진다. 내가 막 화물차에 오르려는데, 깊숙이 앉아 있던 몇몇이 오줌이 마렵다며 아이들 사이를 뚫는다.

"질서!"

운전사는 엉뚱한 말을 외치고 정수리 머리칼을 쥐어뜯는다. 질서라는 고함에 놀라 오줌이 마려워졌는지 너도나도 덩달아 뛰어내린다. 그 바람에, 운전사는 달아오른 화산이 됐다. 아이들이 여기저기 흩어져 오줌 누는 사이, 운전사는 화산을 잠재우려 맞불을 놓는다. 담배꽁초를 꺼내 물고 불을 붙인다. 그러자 얼굴의 광대버섯이 시뻘겋게 피어난다.

마누 할아버지가 숨을 몰아쉬며 다가와 롤라 손을 쥔다. 푹 꺼진 눈에 잠이 한가득하다. 묘하게도 밤에 침대에서만 잠들지 못한단다. 내가 본 바로는, 그 외의 시간과 장소에서는 언제나 반쯤 잠들어 있다. 저런 상태로 살면, 사는 게 꿈 같을까 아니면 꿈을 꿔도 현실 같을까. 어제보다도 그제보다도 말라서 관절마다 뽈록하다. 마누 할아버지가 굽은 몸을 젖히자, 가슴에 색색의 실로 수놓인 M도 치몰린 이맛살을 편다.

"창우, 그런 험한 데를 빠오까지 데려가느냐?"

입에서 대팻밥이 떨어지듯 메마른 소리가 튀어나온다. 마누 할아버지만은 꼭 창우라고 또박또박 부른다. 내가 창우임을 절대 잊지 말라는 건지 창, 우, 하고 힘들여 발음한다.

"밭에까지 데려가지 않는다면 괜찮댔어요. 접수 담당자 말로는, 화물차 옆에다 남겨 두고 일할 수 있댔어요. 전에도 그런 애들이 몇 있었다고요. 집에 빠오 혼자 하루 종일 둘 수는 없잖아요. 그런데 마누 할아버지, 롤라는 그끄제 다섯 살 생일 파티를 했잖아요? 멀리까지 일하러 보내기엔 너무 어리지 않을까요? 적어도 저같이 열 살은 돼야……"

내 말이 끝나기도 전, 마누 할아버지 눈꺼풀이 흐릿한 눈을 내리덮었다. 롤라는 서서 잠든 할아버지의 손을 뿌리치고 벌써 화물차 뒤에 섰다. 소풍이라도 가는 줄 아는지 활기차다. 오줌 눈 아이들이 꾸물대자, 운전사가 손전등을 깜빡이며 내몬다. 그 불빛에 아이들이 모습을 드러냈다 어둠에 묻힌다. 일곱 살로 보일 만큼 길쭉한 다리로 롤라는 단번에 오른다. 양 갈래로 땋은 머리가 찰랑인다. 롤라도 그끄제부터 머리를 못 감았나 보다. 생일날 머리를 노란 리본과 함께 꼬아서 땋았는데, 그때 그 머리 고대로다. 툭하면 물이 끊긴다. 갈수록 단수가 잦다. 물 하나로 세상이 달라졌다. 왈도 아저씨 하나로 그 집이 지옥이 된 거처럼. 보나 마나, 다들 기름에 전 머리가 엉겨 붙었을 거다. 짐칸에서 롤라가 팔을 내뻗는다. 빠오가 깨지 않게 가만히 바구니를 넘겨주고, 나도 뒤따라 오른다.

궁둥이를 붙이자 생양파 냄새에 휩싸인다. 늘 콜록대고 열나는 아넬의 목에 오늘도 희누런 손수건이 감겼다. 얇게 저민 양파에 박하유를 뿌려서 돌돌 말아 묶은 수건이다. 체뻬는 아직도 눈병이 안 나았는지 자꾸만 주먹으로 눈을 비빈다. 오래된 점처럼 친숙한 병이 몸에 하나씩 달렸다. 나도 눈두덩이가 새빨갛게 부어올라서 어제저녁에 치료했다. 미지근한 캐모마일차에다 십 분쯤 눈을 담그고 끔뻑댔다.

"난, 이제 배 안 아파. 구아바 물 아홉 잔 마시고, 아홉 번도 넘게 설사했걸랑."

묻지도 않았는데 롤라가 어깨를 우쭐하며 떠든다. 어제 아침, 야야 부인이 구아바를 잔뜩 간 이유를 이제야 알겠다. 부인은 먹지도 못하는 열매를 말이다. 부인 서재에서 청소할 때, 그 씨 갈리는 소리에 내 머리까지 갈리는 기분이었다. 야야 부인 지시에 따라, 언제나처럼 그 옛날 책의 한 자 한 자에 눈길을 주며 치우느라 멍하고 좋았는데.

아직 화물차에 시동도 안 걸렸는데, 아이들을 바래다준 가족들이 떠난다. 아무것도 가슴을 파고들지 못하게 막듯이, 팔짱을 꽉 끼고 새벽바람을 가르며 멀어진다. 일 나가기 전에 조금이라도 자려고들 저러나. 손 흔들어 주거나 눈 맞출 사람도 사라지자 아이들은 똑같은 행동을 한다. 무릎을 감싸 안고 고개를 떨군다. 우리를 향해 운전사가 손가락으로 입에 지퍼를 채우지만, 저럴 필요도 없다. 거의 다 곯아떨어졌다. 롤라는 내 곁에서 쌕쌕 고른 숨을 쉬며 이미 깊은 잠에 빠졌고.

운전사가 우리 머리 위로 진녹색 천 덮개를 씌우고 단단히 고정한다. 돌풍에도 끄떡없겠다. 묵은내, 곰팡내가 머리 위로 엷은 구름이 되어 깔린다. 우리는 폐고철이나 폐플라스틱이 아니기에, 두꺼운 비닐 덮개 대신 얇은 천 덮개를 씌웠다. 질식사라도 하는 날에는 여러모로 골치 아파지니까. 이런 일에는 들키면 안 되는 문제가 한둘이 아니니까. 덮개의 여덟 군데를 옭맬 때마다 운전사는 원수의 목을 조르듯 "헉!" 숨을 들이쉬었다.

상하좌우로 흔들대며 차가 돌진한다.
찬기는 사라졌지만 가슴은 답답해졌다. 냄새도 짙어졌다. 내가 탄 화물차에는 178명이 먹을 하루치 음식이 운전칸 바로 뒤에 실렸다. 그래서 아이들이 많지 않다. 내리 잠이 쏟아지는데도, 새어 나오는 냄새에 휘둘려 허기가 발광한다. 텅 빈 배 속에서 차가운 쇠구슬 하나가 뺑글뺑글 헛돈다.

*

차들이 도로를 할퀴는 굉음이 날카롭고 잦아졌다. 흙길을 벗어났나 본데, 국도답게 화물차는 계속 덜컹인다. 쪼개지고 부서진 채로 내버려 둬서 흙길에서보다도 볼기가 높이높이 들썩인다. 이렇게 짐칸에 사람을 싣고 다니는 건 당연히 불법이다. 더구나 아이들을. 더구나 이런 시간에. 더구나 국도를. 하지만 검문하는 경찰이나 군인한테 들켜도, 숨 막혀 뻗은 사람만 없으면 아무 문제 없다. 누런 지폐 몇 장이면 무사통과한다. 그 이치를 모르는 아이는 이 중에 한 명도 없을 거다. 그딴 일에는, 우리 나이쯤 되면 익숙해진다.
덮개 아래에서 우리가 이러저리 쏠리건 말건, 화물차는 보아뱀처럼 구불구불한 길에서도 속도를 늦추지 않는다. 차가 아무리 나를 뒤흔들어도, 덮쳐 오는 잠까지 떨치지는 못한다. 들락날락하는 잠 사이로 열매가 그려졌다 지워지기를 되풀이한다. 한 번도 본 적 없는 열매가.

열매를 따면 돈을 준다.

우리 동네만 한 밭에 그득한 열매. 산자락에서부터 산머리까지의 땅을 펼쳐 놓은 크기이므로, 꼬박 열흘이 걸려야 몽땅 수확할 거랬다. 열흘씩이나 땡볕에서 견뎌 낼 아이가 몇이나 될까. 접수 담당자는 분명 178명의 몇 배는 될 아이들을 대기자 명부에 올려놨을 거다.

아이들 손이 닿는 높이에 달린 열매라나. 아이들은 굳이 허리를 굽히지 않고도 거둬들일 수 있으니, 그만큼 시간을 번다고 했다. 워낙 촘촘히 심겨서, 작은 인간이라야 그 사이사이를 쉬 지난댔다. 그러니 어른들에게는 적당하지 않은 일이다. 그렇다고 해서, 아이들에게 적당한 일은 아닐 거다. 하지만 집집이 돈이 부족하다. 늘 그러듯, 배곯는 아이들은 자발적으로 나섰다. 적어도 일하는 동안에는 밥을 거르지 않는 데다, 일이 끝나면 돈도 받는다. 한 사람이 하루쯤 버틸 돈.

싫다는 아이들은 이 골목 저 골목에서 질질 끌려왔다. 부모들은 찡찡대는 자식들을 강제로 화물차에 실었다. 물장수 루초 아저씨는 잠든 삐뽀를 시멘트 포대처럼 등에 지고 왔다. 진짜 시멘트인 줄로 착각했는지, 자기 아들을 짐칸에 내동댕이쳤다. 삐뽀는 밭일을 시작하기도 전에 뺨이며 목이며 손이며 온통 긁혔다. 배어나는 핏물을 본 아저씨는 작업복에서 꾸깃꾸깃한 손수건을 꺼내 던졌다. 삐뽀는 수건에 침을 퉤 뱉어 아저씨 코에 내던졌고. 그러자 그 얼굴 안에 갇힌 카토블레파스가 갈기를 휘날리며 탈출하려 들었다. 하지만 아저씨는 돌주먹만 불끈 쥐고 사라졌다. 온 동네 아이들 앞에서, 보통 때같이 따귀를 내갈기기는 거북했나 보다.

야야 부인 서재에서 그 동물 삽화를 본 뒤로, 루초 아저씨랑 마주치기만 하면 나도 모르게 움찔한다. 아저씨 얼굴이 울툭불툭 꿈틀댄다. 서재 책들의 글자나 동네 사람들 말이, 나도 모르게 혀에 감기는 현상이랑 비슷하달까. "'엔간해선' 같은 말은 입에 담지도 마! 그 말이 튀어 나가는 즉시, 아랫동네 인간들은 네가 산동네 아이인 줄 알아챌 거야. 여북하면 내가 이러겠니, 차누?" 이건 옆집 쑤쑤 누나가 한 충고다. 하지만 누가 알든 모르든 나는 산동네에 산다. 사실, 누나가 버릇처럼 말하는 그 '여북하면'이야말로, 아랫동네에서는 못 들어 봤다.

아무튼 자식 이름을 명부에 올리는 순간에도, 그리고 오늘까지도, 부모들은 무슨 열매를 따러 가는지 몰랐고, 나는 그 사실을 안 찰나 아주 잠깐 얼어붙었다. 아까 체뻬 엄마가 "대체 뭘 따는 거죠?" 운전사에게 넌지시 묻자 "그건 알아 뭐 하게? 왜, 모르면 안 보낼 거요?"라며 툭 밀치고 지났다. 아줌마는 꼭 치마가 훌렁 뒤집혀 속살이 드러난 표정이 됐고, 체뻬는 지금 내 왼편에서 가려운 눈을 비비는 중이다.

나는, 나 스스로 신청했다. 보건소와 우유 배급소 담에서 모집 광고가 나를 불러 세웠다. 그렇게 간단명료한 광고는 처음이었다. 흰 바탕에 일당과 대상만 까만 글씨로 굵직굵직했다. 키 110에서 140센티 사이의 아동을 모집한다고. 나이가 아니라 키만 따지는 모집도 처음이었다. 보건소 외벽에 그려진 키 재는 자에다 얼마나 아이들이 머리를 비벼 댔는지, 접수 마감 전날에는 눈금이 보일락 말락 했다. 그날 보건소장은 관리인에게 으르렁댔다. 그 망할 놈의 자, 박박 지우고 두 번 다시 그리지 말라고.

일할 장소조차 끝까지 안 가르쳐 줬다. 그럼에도 부모들은 일을 보냈다. 화물차에 오르는 자식들한테 한목소리로 말했다. 뭔지 모르니 절대 혀끝에도 대지 말라는 말쯤은, 그래도 부모니까 잊지 않았다. 하지만 뭔지 모르니 더욱 입에 넣고 싶고, 하지 말라니 더더욱 하고 싶은 게 바로 아이들임을 모를 리 없다. 부모도 자기 같은 부모의 아이였던 적이 어쩔 수 없이 있을 테니까.

새벽이라 그다지 막히지 않는다. 오줌이 마려워 자꾸 잠이 깬다. 옆 애의 팔꿈치에 볼이 찍혀도, 뒤 애의 신발이 궁둥이에 배겨도 잠이 쏟아진다. 자면서도 오줌은 계속 마렵다. 어제 낮부터 물을 안 마셨는데, 다 헛수고였다. 차가 덜컹일 때마다 바지를 적실 것만 같아 머리가 오그라든다. 이런 데도 또 잠에 떨어진다. 잠은 빨갛게 끈적인다. 검붉은 핏덩어리가 고인 지하철도를 혼자서 찔꺽찔꺽 걷는 꿈에 또 빨려든다. 걸어도 걸어도 제자리인 꿈에. 뜨겁고 물컹한 핏덩어리가 내 발을 빨아들이는 꿈에.

2

빛과 함께 찬기가 밀려든다. 운전사들이 덮개를 걷어 내니 벌써 새벽의 검푸름도 물러가고 새하얗게 질린 하늘이 우리를 내려다본다. 잠에서 덜 깬 아이들이 뭉그적거리자 운전사들이 욕설로 몰아친다. 빈속에 욕을 푸지게 먹으며 아침을 맞는다.

밭이다.

사방으로 쫙 벌어진 밭.

안 그래도 멍한데 밭 크기에 억눌려 더 멍해진다. 아무리 휘둘러봐도 끝없이 펼쳐진 밭뿐이다. 국도보다는 좁으나 제법 넓은 흙길의 왼쪽으로도 오른쪽으로도, 집 한 채, 나무 한 그루, 나귀 한 마리도 없다. 인간이라고는 우리뿐이다. 지구가 아닌 것 같다. 이곳에서 무슨 일이 생겨도 아무도 모를 거다. 우리 모두를 여기저기 파묻으면, 군인, 경찰, 수색견이 전부 동원돼도, 몇 달 아니 몇 년이 걸려도 찾아낼까 말까 한 크기다. 뭐, 우리 같은 아이들이 사라진대도 수색하진 않겠지만. 바구니에 덮인 수건을 쳐든다. 내리박히는 빛에 빠오가 눈을 찌푸린다. 수건을 다시 덮는다.

"네 시간 만에 왔으니 망정이지!"

운전사가 오줌 갈기며 떠들어서, 네 시간이 지난 줄 알았다. 반 시간이나 벌었다며 운전사 셋 모두 빙글댄다. 여자아이들은 오른편으로 몰려가 그대로 주저앉고, 남자아이들은 왼편의 지평선을 향해 지퍼를 내린다. 모두가 오줌을 눈다. 아무도 아무 말도 없다. 공기가 오줌내로 탁해진다. 그렇게나 마려웠는데, 눌 기회가 오니 잘 안 나온다.

"새벽에 마약 밀매단 소탕한다고 페르 놈이 귀띔하긴 했지만, 긴가민가했는데 말이야. 정보랍시고 헛소리나 씨불이고 뜯어 간 게 어디 한두 푼이야? 꼴에 경찰이라고, 뒷돈 받아 처먹으면서도 똥폼이나 잡고, 쳇!"

마약 밀매단을 쓸어버릴 때는 바퀴벌레 잡듯 한꺼번에 치기에, 군경 모두 소탕작전에 투입됐단다. 그래서 보통 네댓 번 거치는 검문을 한 번밖에 안 했단다.

"검문하며 푼돈이나 뜯기보다는 마피아한테서 챙기는 뒷돈이 훨씬 짭짤하지."

뭐가 저렇게 우스울까. 운전사는 캴캴대며 바지 지퍼를 올린다. 손을 바지에 문지르고 조끼 주머니에서 담배를 꺼내 문다. 한 모금 빨고 다른 운전사에게 넘기고 짐칸에 오른다. 음식을 쾅쾅 내리고 군데군데 늘어놓는다. 오줌 눈 아이들이 그리로 몰리고, 나랑 몇몇은 밭을 마주본다. 노란 땅에 내 키만 한 나무들이 끝도 없이 심겼다. 나무마다 검붉게 무르익은 열매가 빽빽이 달렸다. 어른 주먹보다도 크다. 가지마다 축축 늘어졌다. 나귀가 콧김만 뿜어도 떨어질 거다. 왜 접수 담당자도 운전사도 열매 이름을 숨겼을까.

뭘까, 저 열매는…….

모집 광고를 보던 내 옆에서 동네 어른들이 쑤군댔는데. 잘사는 집 식탁에나 오르는 수출용 열매라고 얼핏 들었다고. 국내에서는 극소량만 예약 판매한다고. 유대교 회당을 중심으로 부호들이 모여 사는 동네, 대사관이 밀집한 부촌에만 배달된다고. 먹을수록 젊어지고 날씬해지고 무병장수하게 하는 열매라나. 자기들 입으로 뱉고서도, 세상에 그런 게 어디 있느냐며 어른들은 고개를 가로저었다.

내 눈에는, 거름으로 쓰기에나 알맞아 보인다. 입맛 떨어지게 생긴 열매에 푸르죽죽한 점까지 다닥다닥하고, 왠지 반짝이는 짙푸른 잎은 잘린 독수리 발 같다. 보고만 있어도 볼로 팔로 소름이 돋는다. 귀족들의 치렁치렁한 옷을 물들이던 귀한 염료도, 꿈을 부르고 과거를 끄집어내고 현재를 지우는 환각버섯도, 몸을 치장하거나 금고를 채우는 황금도 아니다. 아무튼 그들 식탁에는 없어서는 안 될 열매란다. 내게는, 하루치 돈 걱정을 덜어 줄 열매일 뿐이다. 벌써 머릿속에서 지우고 싶은 열매.

끙! 하며 운전사가 마지막 물통을 차에서 내리고, 다른 운전사는 큰 종이 상자에 덮인 신문지를 휙 걷는다. 신문에서 사진이 꼼틀꼼틀한다. 홀딱 벗고 어깨동무한 여자 다섯이 볼기를 쑥 빼고 뒤돌아 앉았다. 운전사가 신문지를 뒤집자, 야자 가로수가 즐비한 도로에 남자 머리통 셋이 피를 흘리며 축구공처럼 나뒹군다. 상자에는 누룻한 빵들이 꽉꽉 눌러 담겼다. 너나없이 홀쭉한 빵을 하나씩 집는다. 얽고 얽어서 부연 물통을 펌프질해 종이컵에 물을 받는다. 컵은 버려서는 안 된다. 점심, 저녁을 먹고 나서도 사용해야 하므로 각자 알아서 챙겨야 한다. 다른 사람 컵이라도 괜찮고 주머니도 없으면, 그냥 물통 가까이 두면 된다. 일할 때 걸리적거릴 테니, 다들 물통 옆에 쌓아 놓을 거다.

아이들은 허겁지겁 빵을 베어 문다. 운전사들은 화물차 짐칸마다 파라솔과 해변 의자를 설치하고 두툼한 햄버거를 먹는다. 눈앞에 바다라도 펼쳐진 듯 등을 젖히고, 얼음 상자에서 갓 꺼낸 탄산음료를 마신다. 내 목까지 따끔거린다.

기저귀를 만져 본다. 두 번쯤 쌌을까. 좀 더 버틸 수 있겠다. 점심때 갈아도 될 거다. 서둘러 바구니에서 도시락 통을 꺼낸다. 질척한 오트밀을 빠오 입에 떠 넣는다. 숟갈을 떼자마자 또 달라고 냠냠거린다. 반 통을 먹이고 다시 바구니에 넌다. 아침 바람이 차다. 하지만 금방 땀이 찰 거다. 빠오 배만 수건으로 덮는다. 누워만 있어서 답답한지 좀 찡얼대다 바로 잠든다.

거칠한 빵의 배를 여니, 얄따란 치즈 한 장과 진분홍색 햄만 쓸쓸히 누워 있다. 나도 얼른 빵을 먹는다. 빵 껍질에 입가가 삭 베인다. 땀 흘릴 것에 대비해 일부러 이렇게 만든 걸까. 보통 빵보다 몇 배는 짜다. 짜다 못해 쓰다. 미적지근한 물을 마시는데, 멀리서 흙먼지 구름을 이루며 화물차들이 몰려온다.

새벽에는 거대해 보였던 차가 이제 늙은 나귀 같다. 막 도착한 차들은 튼튼하고 안전해 보인다. 차체도 훨씬 크고 바퀴도 많고 두껍다.

그런 차 네 대가, 우리가 탔던 차들 뒤로 일정한 간격으로 주차한다. 양쪽 운전사들이 중간 지점에서 뭉쳐 담배를 태우며 시시덕댄다.

그사이 짐칸에서 호리호리한 인부 열 명이 내린다. 열아홉? 스물? 오까 형 또래 같다. 얼마 안 있으면 푹푹 찔 텐데, 검은 장갑에 검은 모자에 검은 장화까지 신었다. 인부들은 하얀 분류 작업대 셋을 순식간에 조립했다. 공사장에서 보던 것과는 차원이 다르다. 말끔하다. 밭 가장자리에 드문드문 배치하더니, 그 옆으로 까맣고 빛나는 상자들을 날렵하게 쌓는다. 상자 입구의 금색 테두리가 뻔쩍거린다. 함부로 다루면 가만두지 않겠다고 온몸으로 외친다.

내가 내린 화물차의 뒷바퀴 옆으로 빠오 바구니를 바싹 붙여 둔다. 차 바로 뒤는 위험하다. 운전사들이 오르내리다 밟을지도 모른다. 해가 저물 때까지, 우리를 실어 온 차들은 요대로 있을 거다. 벌써 운전사들은 망원경까지 목에 걸고 차 위에들 앉았다. 우리가 열매를 먹는지, 밟는지, 마구 다루는지 감시할 건가 보다. 뒷바퀴에서 작은 흙덩이가 떨어져 빠오의 곱슬머리를 더럽힌다. 후, 입바람으로 흙을 걷어 준다. 꿈과 현실 사이에 걸쳐 있는 걸까? 새카만 눈을 껌벅이는데도 잠든 얼굴이다. 빠오가 이 순간들을 한낱 꿈으로 착각하면 좋겠다. 아니, 빠오가 한낱 내 꿈속의 인물이면 좋겠다.

"주목! 자, 다들 용변 본다! 점심때까지 용변 금지다!"

확성기가 명령을 내뿜고 아이들은 흩어진다.

　무표정한 인부들이 가지를 꺾어 와 능숙하게 열매 따는 시범을 보였다. 그러고 나자 아이들은 울상이 됐다. 저 갑갑한 차림을 내가 부러워하게 될 줄이야!
　"가시 박혀 뒈진 애는 입때껏 본 적이 없다! 하다 보면 요령이 생긴다! 자, 이동한다!"
　잡음이 삑삑대는 확성기에 대고 운전사가 소리치자 인부들이 먼저 움직인다. 머뭇대는 아이들을 짐승 몰듯 밭으로 떠민다. 끝도 안 보이는 밭에 아이들이 일렬로 죽 늘어선다. 개미가 된 기분이다. 아니 먼지가 된 기분이다. 눈이 알알하도록 새파랗고 빛나는 들통을 들고 모두가 전진한다. 상자의 금색 테두리만큼이나 화려하다. 멀리서 총을 쏴도 단방에 맞힐 거다. 이십 리터들이 통인가? 첸초 아저씨랑 이비인후과 외벽에 페인트칠할 때 썼던 그 통만 하다. 깨끗한 작업대, 상자, 들통을 보고 나니 내가 더 보잘것없게 느껴진다. 다 팽개치고 집에 돌아가고 싶어도, 지금 어디에 있는지조차 모르므로, 그냥 떠밀리는 대로 나아간다. 가까이 다가서니 쿰쿰한 냄새가 덮쳐 얼굴을 틀어쥔다. 내 옆의 아녤이 좀 전에 먹은 빵을 토한다. 목에 두른 손수건을 풀자, 아녤의 열로 흐늘흐늘해진 양파 조각들이 떨어진다. 손수건으로 입을 닦으며 어른들을 힐끔거린다. 그 퀭하던 눈이 완전히 풀렸다.

"땅에 떨어진 열매는! 줍지도, 밟지도, 먹지도 않는다!"

무슨 구호처럼 세 번이나 외친다. 떨어진 열매는 상품 가치는 없으나 흙에는 다시없이 훌륭한 양분이라고 운전사는 늘어놨다. 우리랑 상관없는 말만 떠들어 댔다. 밭에 있는 그 무엇도 입에 넣지 말라고, 자기들이 제공하는 음식 외에는 아무것도 먹지 말라고. 확성기의 째지는 소음으로 뇌에서 전기 불꽃이 튄다. 징그러운 열매만 가득한데, 밭에 뭐 먹을 게 있다고! 키 작은 아이들이 따지 못한 열매는, 다음번에 키 큰 아이들이 수확하란다.

배운 대로 딴딴하고 묵직한 열매를 쥐고 살짝 비트니, 탁 소리를 내며 가지에서 분리된다. 순간 곰삭은 냄새가 분출한다. 썩은 과일 냄새도 아니고, 생선 비린내에 가깝다. 무슨 주의 사항이 저렇게나 많은지 확성기는 여전히 깩깩거린다. 평소 아무도 자기 말에 귀 기울이지 않아서, 지금 실컷 떠드는 게 분명하다. 아무리 지겨워도 우리는 들어야 하니까. 하나라도 빼먹어서 실수하면 일당을 안 줄 테니까.

진짜 문제는 잎이다.

금빛 털 같은 잔가시로 뒤덮였다. 스치기만 해도 달라붙어서 안 떨어진다. 몸에 박힌 가시들을 뽑으려면, 돋보기를 대고 수천수만 번 족집게를 움직여야 할 거다. 목장갑은커녕 긴팔, 긴바지를 입은 아이도 없다. 몇 시간만 있으면 시작될 불볕더위에, 이 건기에, 그러고 다니는 아이는 없다. 대부분이 헐렁한 민소매에 반바지 차림이다. 롤라는 아직도 생일 파티 중인 걸까. 머리의 리본뿐 아니라 옷도 그날 입었던 그대로다. 레이스가 겹겹이 달린 원피스라니! 저러고 몇 분이나 견딜까. 다행히 에나멜 구두는 신지 않았다.

또각거리며 춤추던 노란 구두.

내가 처음으로 가 본 파티였는데. 첫 생일 파티에, 마누 할아버지는 가진 돈을 다 썼다. 롤라 생애 마지막 파티가 될지도 모른다면서. 예전에 할아버지는 대성당 뒤편 공원에서 하루도 빠짐없이 맘보를 가르쳤다고 따띠 아줌마가 얘기해 줬다. 사람들은 연두색 바구니에 알아서들 수강료를 놓고 갔고, 그때 모은 돈으로 버텨 왔다고.

생일날 롤라는 살사, 차차차, 쿰비아, 메렝게 등등 음악이 바뀔 때마다 리듬에 맞춰 마당을 휘젓고 다녔다. 마누 할아버지가 축음기판에 새로이 바늘을 올리자 귀에 익은 맘보가 흘렀다. 롤라는 양손에 도마뱀 꼬리를 쥐고 폴짝댔다. 할아버지는 다친 다리만 만지작만지작했다. 그러며 롤라 등 뒤로 번지던 노을에 눈길을 던졌다. 한 인간이 한 생에서 마실 술을 이미 수십 년 전에 다 마셨기에 늘 속이 쓰린 거라며, 따띠 아줌마는 할아버지를 위해 음료를 가져왔다. 파인애플 껍질을 삭혀서 만든 음료. 꼬마들이 마시면 머리가 핑 도는 물. 하지만 그걸 항아리째 마시고도 마누 할아버지 다리는 맘보 스텝을 밟지 못했다. 며칠 뒤 따띠 아줌마는 수틀, 수바늘, 자투리 실을 가져다드렸다. 마음을 다스리는 데는 손을 놀리는 게 으뜸이라며 수를 놓으시라고 했다. 색깔을 가리지 못하는 할아버지는 그때부터 색색이 자유로이 M만 끈질기게 수놓았다. 유일하게 아는 글자인 마누의 머리

글자 M을. 롤라 옷에도, 침대보에도, 낡아 빠진 행주에도 M이 피어났다.

그 생일날 주홍빛으로 물들어 맘보를 추던 롤라는 지금 여기 없다. 잎을 건드리지 않으려고 바동대느라 무리에서 뒤처졌다.

오른손으로 열매를 따는 동안, 잎에 닿을까 봐 저절로 몸이 왼편으로 기운다. 그러다 왼팔이 가시 범벅이 되고 말았다. 나같이 마른 아이도 겨우 통과할 정도로 나무들은 가까이들 서 있다. 이렇게 널따란 땅에 이렇게 바투바투 심다니! 처음부터 아이들을 부리려고 계획한 게 확실하다.

잠든 채로 끌려온 삐뽀는 나를 앞섰다. 긴 잠옷 바지 때문이다. 산마루는 밤이면 이십 도쯤 곤두박질친다. 잘 때는 두꺼운 양말까지 신는지, 슬리퍼가 미어터졌다. 저런 곰 발을, 저렇게 가느다란 슬리퍼 끈이 얼마나 이겨 낼까. 이딴 가시투성이 나무인 줄 알았더라도, 루초 아저씨는 화물차에 삐뽀를 실었을 거다. 아저씨는 스물네 살인가 다섯 살인가 먹었지만, 아들이 일곱이나 된다. 대부분의 부모는 양심상 자식 하나쯤은 학교에 보내고, 나머지만 돈벌이에 보낸다. 하지만 루초 아저씨는 단 한 명도 공부시킨 적 없는, 진짜로 교육관이 일관된 인물이다.

잠시라도 쉬는 아이는 없다.

오줌이 마려워도 똥이 마려워도 목이 타도, 다음 밥때까지 참아야 한다. 운전사 눈에 거슬리면, 명부에 줄이 그어진다. 그 줄 개수만치 받을 돈도 줄어든다. 어렵게 수확한 게 물거품된다. 우리들 가슴이 아니라 등에다 번호표를 붙인 데에는 다 이유가 있었다.

새파란 들통이 차면 새하얀 작업대가 놓인 지점으로 가져간다. 이런 일에 서투른 아이들은 가슴까지 들통의 쇠고리를 올린 상태로 뒤뚱뒤뚱 옮기고, 이런 일에 익숙한 아이들은 어깨에 얹고 옮긴다. 들손에만 의지해 통을 나른 아이들은 일주일이 가도록 어깨가 쑤실 거다. 나도 단번에 어깨에 얹는다. 팔을 치켜 들통을 고정하고 안정된 자세로 걷는다. 첸초 아저씨랑 일 나가면, 이런 들통을 양어깨에 얹고 옮기기도 한다. 그러다 허리가 나가고 싶으냐며 아저씨는 혼내지만, 왔다 갔다 반복하기가 더 죽을 맛이다. 이제 내게서 들통을 넘겨받은 인부가, 보석을 다루듯 조심히 그러나 잽싸게 열매를 작업대에 쏟는다. 바로바로 분류해 상자에 담고, 상등품만 금색 뚜껑을 닫아 둔다. 그러면 다른 인부가 즉각 화물차로 옮기고, 빈 상자들을 또 가져온다. 열 명밖에 안 되는데도 수십 명이 오가는 것 같다.

상자의 금색 띠들이 뻔쩍이며 아이들 일손을 재촉한다. 거대한 공장의 톱니바퀴들이 쉼 없이 돌아간다. 하늘에서는 눈 부신 연료가 내리쏟아진다. 별이 달아오를수록 내가 인간인지 열매인지 들통인지 뭔지 헷갈린다. 이러다 내가 누구인지 아주 잊을지도.

*

땅을 오로지 열매를 위해 썼다.

잔가시로 고슴도치가 된 아이들이 점심을 먹으러 왔지만, 햇빛을 피할 나무 하나 없다. 그렇다고 손 그늘을 만드는 아이는 없다. 팔이 떨어져 나갈 것 같아서 쳐들 수도 없으니까.

언제 굴러든 걸까. 빠오 바구니에 걸쳐진 신문지를 거둔다. 그나마 바구니는 화물차에 가려져서 반쯤은 그늘이 생겼다. 먼저 기저귀를 갈고 신문지에 말아 비닐봉지에 담는다. 알몸으로 봉지에 갇힌 여자들이 숨을 헐떡인다. 아침에 남겨 둔 오트밀을 먹인다. 모두가 아침에 먹은 빵과 똑같은 빵으로 점심을 때운다. 아침때와는 조금 다른 맛이 난다. 약간 시큼해졌다. 이 정도면 그다지 위험하지 않다. 인부들은 빵을 두 덩이씩 가져간다. 한 입 베어 물자마자 얼굴을 찌그러뜨린다. 하지만 금세들 먹어 치우고 담배를 문다. 연기로 양치질하나 보다.

운전사들은 뚱뚱한 병에 든 술을 돌아가며 들이켠다. 빠오 몸통만 한 양고기를 손으로 찢어 씹는다. 라임 반쪽을 앞니로 물고 쭉 빤다. 다진 양파와 버무린 고수를 집어 먹는다. 또다시 고기를 욱여넣고 술병을 빤다. 향긋한 고수와 구수한 고기 냄새가 머리를 휘어잡고 놔주지를 않는다. 계속 고개가 돌아간다. 질겨진 빵을 먹는 동안 빠오 바지를 벗겨 둔다. 땀에 푹 젖은 데다 허벅지까지 새빨갛다. 옷에 밴 열매의 악취 때문에 잇따라 헛구역질이 난다. 상한 물고기들이 온몸에

덕지덕지한 느낌이다. 일할 때는 모르던 메스꺼움이다. 눈앞에 없는데 오히려 냄새가 강렬한 이유는 뭘까. 기분 나쁜 과거랑 비슷한 걸까. 어차피 지난 일이라 눈앞에 없는데도, 자꾸자꾸 되새기게 돼서 현재마저 갉아먹는?

빠오가 안아 달라고 팔을 뻗을 때마다 붉은 실이 어른거린다. 손목의 실은 아직도 떨어져 나가지 않았다. 바구니에 담긴 채 우리 집 앞에 버려진 날, 빠오 손목에 묶여 있던 거다. 내게 빠오 같은 여동생이 있기란 불가능하다. 엄마는 내가 여섯 살 때 죽었다. 한국에서 왔다는 아빠는 본 적도 없고. 그의 이름을 따서 내 이름을 지었기에, 아빠 이름은 잊으려야 잊을 수 없다. 그뿐이다.

큰 과자 상자에 담긴 롤라를 마누 할아버지가 거둬야 했듯, 바구니에 담긴 빠오를 나도 받아들여야 했다. 첸초 아저씨는 엄마한테 일자리를 구해 주기도 했는데, 엄마가 죽자 나한테 돈도 만들어 줬다. 간이침대나 냄비 같은 꼭 필요한 물건만 남기고 아저씨는 모조리 내다 팔았다. 몇 년 뒤, 그 빈 자리를 빠오 바구니가 채웠다.

몸에 뿌리내린 악한 기운이 사라지면, 손목에 매인 실이 어느 결에 풀려 자취를 감춘다고 들었다. 억지로 풀면 절대 안 된다고. 그러나 일 년이 지났는데 실은 조금도 닳지 않았다. 내 머리칼보다도 가는데 말이다. 그뿐만이 아니다. 빠오도 변함없이 바구니에 딱 맞는 크기다. 무슨 올가미에 옭매인 것 같아서, 이빨로 끊고 싶을 때가 한두 번이 아니다. 하지만 그랬다가 빠오가 재앙이라도 입을까 봐 건드리지도 못한다.

 무슨 무슨 축일에 집 앞에 버려진 생명을 못 본 척하기는 쉽지 않다. 남들 눈치를 봐서일까? 신자가 아니어도, 다들 거둬 준다. 왜 우리 동네에만 그런 일이 벌어지는지는 니꼬 신부님도 모른다.

 사실, 딴띤 형에 비하면 마누 할아버지나 내 경우는 아무것도 아니다.

 해마다 문 앞에 놓인 상자만 열면 강아지가 튀어나왔다. 그런 강아지가 열두 마리나 된다. 딴띤 형은 전문 기술이 있어서 강아지들을 먹여 살리는 데에 큰 문제가 없었다. 하지만 다섯 마리가 넘고부터는 돈이 모자라서, 위험을 무릅쓰고 다른 동네에까지 출장 다닌다고 형은 말했다. 개들은 함께 두면 자동으로 새끼를 불리는데, 한 마리도 안 늘었다. 늘 열두 마리가 자기들끼리 점잖게 산책한다. 니꼬 신부님은 그 광경을 마주할 때면 "오, 자비로우셔라!" 손을 모아 쥔다.

 딴띤 형이 다루는 전기란 건, 지금 내 팔을 뒤덮은 잔가시보다도 작을까? 설마 그렇지는 않을 거다. 그렇게 작아서야, 알전구를 밝히고 냉장고를 윙윙대게 할 수는 없을 거다. 지금 여기 빠릿빠릿한 딴띤 형이 있다면, 잔가시를 피할 기술을 바로 알아낼 텐데. 동네 사람들은 형을 전기 도둑이라며 깔본다. 집마다 계량기가 천천히 돌아가게 손봐 줬기 때문이다. 하지만 형이 없다면, 다들 전기세도 못 내서 촛불이나 램프를 켜고 살 거다.

 딴띤 형은 항상 강조한다. 전선 도둑과 자기는 차원이 다르다고.

후밋길 전봇대에서 전선 따위나 훔치다 감전되는 놈하고는 비교도 하지 말랬다. 자기는 눈에 보이는 물체나 슬쩍하는, 그딴 하바리가 아니라고 큰소리쳤다. 그날 전선 도둑은 심한 화상을 입었다. 헬렐레한 채로 반나절이나 전봇대에 거꾸로 매달려 있었고 그런 채로 신문에까지 났다. 그 기사를 엔쏘 할아버지는 이발소 거울에 붙였다. 우리 동네에서 누가 일간지 일 면에 실리기는 처음이라면서. 전선 도둑은 주민들이 마구 흔들어서 깨어났지만 그 수다스러운 인간이 열흘씩이나 침묵했다. 십만 개도 넘을 낱말이 몸 안에 감금됐다. 아무튼, 딴띤 형 집에는 아예 계량기가 없다. 편리하게 길가 전봇대에서 끌어다 쓴다. 전봇대 근처의 폐가에 살면 그런 이점이 있다. 물론 수돗물은 안 나오지만.

생수통에다 담았다 뿐이지 이것도 수돗물일 거다. 플라스틱 맛이 나는 물로 목을 축인다. 빠오 바구니를 다시 화물차 뒷바퀴 옆에 붙여 둔다. 요리조리 옮겨 보지만, 해를 완벽히 피할 길은 없다. 깊숙이 밀어 넣으면 숨 막힐 거다. 얼굴은 그늘 쪽으로 두고, 햇살이 닿는 허리까지만 수건을 덮는다. 차 고리에 걸어 놓은 수건이 뻣뻣한 사포가 됐다.

*

잔가시보다 해가 무서워지는 시간이 왔다.

운전사들은 파라솔 밑에서 꾸준히 술을 들이켠다. 나는 아이들과 함께 샛노란 태양 아래로 나아간다. 불지옥으로 걸어 들어간다. 해는 딱 하늘 한가운데에 박혔다. 우리 동네에서 집에 모자 같은 물건을 갖춘 아이는 본 적이 없다. 그런 아이라면 여기에 있지도 않을 거다. 당연히 지금 모자 쓰고 일하는 아이는 한 명도 없다. 내 오른쪽으로 눈을 비비며 지나가는 체뻬의 얼굴이 핏물로 빨긋빨긋 얼룩진다. 아까 열매를 비틀다가 삐쭉한 가지에 손톱 하나가 쳐들려서 쑥 빠졌기 때문이다. 빈 손톱 자리마저 무감각할 만큼 눈이 가려운가 보다.

벌써 얼굴이 이글이글하고 머릿속도 시끄럽다. 나는 불안하면 생각이 줄줄이 이어져서 생각의 덩굴에 뒤엉킨다. 그럴 때마다 야야 부인은 "차누, 잠깐 하늘을 보렴" 타일렀다. 내 머릿속 말까지 듣는지, 꼭 한마디 했다. 마음이 어수선하면 하늘을 보면서 숨을 돌리라고 말이다. 하늘의 커다란 그물에 세상 모든 존재가 연결돼 있으니 분명코 안식을 얻을 거라나. 하지만 하늘이 그물을 짤 때 아무래도 코 하나를 빠뜨린 것 같다. 그래서 내가 저 그물에는 없는 것 같다. 봐도 봐도 지긋지긋한 빛뿐이다.

대체 얼마나, 얼마나 더 따야, 운전사가 자신 있게 말한 그 요령이란 게 생길까. 들통을 수십 차례나 채웠는데도 왼팔만 잔가시로 덥수룩해졌다. 박힌 가시를 손끝으로 훑자 열 배로 따갑다. 몸에서 제거할 수나 있을까. 요대로 살을 파고들어 영원히 내 몸에 남을지도. 빠오를 옭맨 붉은 실처럼 나랑 하나가 될지도.

들통을 채우고 옮기고 넘겨주고 돌려받고 되짚어간다. 점심 먹은 게 다 내린 지 오래다. 기운이 달려 몇 번이나 발을 헛디뎌서 발목이 시다. 하지만 멈추면 안 된다. 나도 모르는 사이 177번 옆에 줄이 그어지지 않으려면.

갑자기 모두가 걸음을 멈춘다.

지평선 끝에서 검은 파도가 일렁인다. 쎗쎗쎗쎗! 울며 검은 새들이 날아온다. 금세 하늘을 휘덮었다. 낮게 드리운 새 떼가 머리를 내리누른다. 빛이 한 점도 없다. 빛과 함께 내 안의 생각도 사라졌다.

탕!

총성에 모두가 나동그라진다. 들통의 열매들이 나뒹군다. 당연히 들려야 할 비명 하나 안 울리고, 무거운 고요만 들판에 고인다. 총성의 떨림이 가시기도 전, 그 많던 새들이 싹 없어졌다. 마치 이곳에 온 적도 없는 듯 증발했다. 하늘은 더 노래졌다. 해는 자기 몸을 불사를 기세다. 발치에 떨어진 열매들 사이로 새가 보인다. 터진 배가 쏟아낸 붉은 덩이가 노란 흙을 물들인다. 붉은 잉걸불에 노란 종이가 타들어 간다. 그냥 그렇게 보고 싶다. 찡그린 눈에 다시 힘준다. 아직 숨이 붙어 있는 걸까. 작은 발 하나가 까딱까딱한다.

탕!

또 아무도 혀를 안 움직였다. 소리가 샐까 봐 나는 손등으로 입을 누른다. 가만 뒤돌아본다. 화물차 짐칸에 우뚝 선 운전사가 화염을 뿜는 총구를 거두고 술병을 뺀다. 옆 화물차의 운전사는 장총을 역기처럼 올렸다 내리며 깰깰댄다. 삐이익! 확성기가 울부짖는다.

"풉, 떨어뜨린 열매는, 풉, 줍지 않는다! 자, 움직인다!"

총은, 뭐 하러 가져왔을까.

언제들 총을 꺼낸 걸까. 왜……. 마치 열매를 딴 적도 없는 듯이 텅 빈 들통을 든다. 새 떼를 본 적도, 총소리를 들은 적도 없는 듯이 아이들은 나아간다. 고분고분 다시 열매를 딴다. 45번이, 162번이, 9번이 전진한다. 언제고 총알이 등을 꿰뚫고 가슴을 터뜨릴 것만 같아 177번은 발이 말을 듣지 않는다. 내가 한낱 177번이 되기까지 하루도 안 걸렸다. 새의 터진 몸을 넘어 한 발짝 내디딘다. 진짜, 새 떼만 쫓으려고 총을 쐈을까. 28번도 177번이랑 똑같은 생각을 했는지 멈칫한다. 운전사들은 얼마나 퍼마신 걸까. 고꾸라진 53번이, 방금 건전지를 갈아 낀 장난감같이 빨딱 일어난다. 그리고 운전사 쪽을 흘끗한다. 저렇게들 취한 채로 우리를 화물차에 싣고 야간 국도를 내달릴 거다.

삐뽀는 바지만 내려다본다. 놀라서 오줌을 지렸나 보다. 겉보기와는 달리 잘 놀란다. 덩치만 커다랗지, 롤라가 죽은 도마뱀을 휘두르기만 해도 딸꾹질한다. 하지만 끊임없이 루초 아저씨한테 처맞으면서도 끊임없이 대드는 걸 보면, 평범한 녀석은 아니다. 저 창피한 꼴을 두고 나중에라도 놀릴 아이는 없을 거다. 하나같이 얼빠진 얼굴들이다.

제멋대로 춤추는 다리를 이끌고 기계적으로 빈 통을 채워 나간다. 가시가 박혀도 아무런 느낌이 없다. 아까까지만 해도, 너무 따갑다고

파랑이 일고

집에 가고 싶다고 투덜대는 말소리도 흐느낌도 가끔가다 들렸다. 하지만 총성이 울린 뒤로 조용하다. 삭삭삭삭, 나무 사이를 지나는 소리만 밭에 퍼진다. 삭삭삭삭, 우리는 지워지고 노란 번호표에 새겨진 까만 숫자들만 남는다.

*

들통을 비우러 작업대로 향하는데, 운전사가 롤라 뒷덜미를 잡고 씩씩대며 온다. 잔가시로 뒤덮인 롤라는 금빛 솜털이 풍성한 백인 소녀가 됐다. 볕에 달궈진 얼굴이 불룩불룩하다. 다람쥐처럼 뭘 입에 문 건지, 퉁퉁 부은 건지 헷갈린다.

"입 열어! 안 열어? 어서 뱉지 못해!"

운전사가 악쓸수록 롤라는 입을 앙다문다. 다른 운전사가 명부를 힘껏 말아 쥐며 다가와 곧장 롤라 등을 후려친다. 쩍! 뭔가 찢기는 소리와 함께 롤라 입에서 노란 반죽이 뚝 떨어진다.

또 먹다니, 흙을…….

야야 부인이 흙을 먹인 적이 있다. 롤라가 배가 아파 데굴데굴 구르자, 판야나무 껍질을 우려낸 물에 흙을 개어 먹였다. 매우 고운 흙이었다. 그 뒤로, 배가 아파도 배가 고파도 롤라는 스스로 흙을 먹었다. 그러다 입이 심심해도 흙을 우물거리게 됐고.

흙 한번 맛보지 않은 아이는 드물겠지만, 롤라는 좀 다르다. 먹을 수 있겠다 싶으면 그게 뭐든 입에 넣는다. 그래서인지 나이보다 성숙하다. 마누 할아버지가 주는 음식만 먹었더라면, 아마 세 살로 보일 거다. 플라스틱 조각이나 유리구슬, 쇠못, 잔돌, 동전은 입에서 사탕처럼 굴리다 뱉는다. 하지만 나무는 먹었다. 소화도 잘했다. 도마 귀퉁이, 망치 자루, 과일 궤짝, 낡은 선반 중에서 특히 망치 자루를 좋아했다. 마누 할아버지가 사는 망치마다 얼마 못 가 쥘 수도 없게 닳았다. 그래서 망치는 그때그때 나한테 빌려다 쓴다.

하루는 롤라가 우리 집 창문 앞에서 뭔가에 열중해 있길래 가만히 다가갔다. 뽀삭뽀삭 소리가 점점 커졌다. 나무 창틀을 앞니로 갉느라, 내가 바로 옆에서 째려보는지도 몰랐다. 롤라가 뭘 먹든 상관없지만 창틀만은 안 됐다. 그러다 유리창이 박살 나면, 들이치는 산바람을 빠오랑 내가 다 맞을 테니까.

그날로, 나는 야야 부인에게서 푸른 설탕을 얻어 왔다. 알이 굵고 거칠거칠한 설탕을 라임즙에 녹인 뒤, 곱게 간 오레가노와 섞었다. 그리고 창틀마다 작은 붓솔로 꼼꼼히 발랐다. 푸른 설탕은 혀에 닿자마자 얼굴이 우그러진 축구공이 될 만큼 달다. 며칠 동안 혀에서 지독한 단맛이 맴돈다. 기분을 팍 잡치게 한다. 보통 민달팽이나 깍지벌레, 장구벌레, 전갈, 박쥐, 도마뱀을 쫓을 때 쓰라고 야야 부인이 조금씩 나눠 준다. 그럴 때는 담뱃재나 태운 신문지를 푸른 설탕과 섞어야만 효과가 있다. 해롱해롱하는 녀석들은 스르르 사라졌다가 잊을 만하면 되돌아온다. 부인은 설탕 없이도 맨손으로 잡아 내쫓는다. 그게 뭐든 죽이는 법이 없다. 그날 오레가노와 라임즙에 섞은 이유는, 푸른 설탕의 독성을 없애고 단맛만 남기기 위해서였다. 롤라를 처치하는 게 목적이 아니었으니까.

그 뒤로 우리 집 창틀은 무사했다. 하지만 마누 할아버지는 걱정이 늘었다. 롤라는 다른 먹을거리를 찾아 헤맸다. 밀입국자가 숨어 사는 창고에까지 갔다. 이발소와 맞닿은 그 폐창고는 한때는 쥐들 천국이었다. 깔루가 그곳을 점령하고부터 쥐들 지옥이 됐고. 깔루는 혼자 목숨 걸고 도망 온 인물이다. 그런 깔루의 쥐수프를 롤라가 맛본 뒤로 사태는 더욱 심각해졌다. 올해로 열다섯 살이 된 깔루는, 쥐를 닭처럼 먹던 나라에서 왔다. 물론 닭 살 돈이 있는 자들은 굳이 쥐를 먹지 않는댔다. 여동생을 남겨 두고 왔다며, 깔루는 딱 한 번 내 앞에서 눈물 흘린 적이 있다. 그래서일까. 롤라를 친동생같이 대한다. 배움도 빠르고 미각도 남다른 롤라는 온 동네 쥐를 잡아다 구워 먹었다. 역시 쥐는 수프보다는 구운 게 맛있다면서.

깔루는 손재주가 좋아서 맨손으로 철망을 자르고 구부려 쥐덫도 뚝딱 만든다. 가죽 허리띠를 휘둘러 내 팔뚝만 한 쥐를 단칼에 때려잡던 모습은 잊을 수가 없다. 깔루의 활약으로 쥐가 줄었다. 주민들은 기뻐했으나 마누 할아버지는 치를 떨었다. 벽장문이나 빨랫비누를 갉아 대던 시절이 오히려 나았다면서, 깔루를 따라 하는 롤라를 말렸다. 하지만 불편한 다리로 롤라를 쫓아다니기란 쉽지 않다. 오싹할 만큼 식욕이 왕성하고 쌩쌩한 롤라를.

"흙? 누가 너더러 멋대로 흙 처먹으래! 이게 얼마나 비싼 흙인 줄이나 알아!"

술이 오른 운전사 얼굴이 폭발해 피를 튀길지도. 이런 상황에도 롤라는 입에 남은 흙을 오물거린다. 집에서 쥐나 도마뱀을 사냥해 먹는 게 나을 뻔했다. 생일 때 손에 쥐고 춤추던 도마뱀도 롤라는 아무렇게나 먹지 않았다. 자기 입맛에 맞게 굽고 석류알까지 뿌려 먹었다. 겨우 빵 한 덩이로 롤라가 버티기에는 너무 거친 일이다. 운전사가 흙을 한 움큼 쥐고 롤라 눈앞에다 마구 흔든다. 롤라 머리통만 한 주먹이 저러다 무슨 짓을 저지를까 봐 숨이 가빠 온다. 그러고 보니 야야 부인이 병아리색 흙에 관해 말한 적이 있다.

이렇게 노란 흙.

비띤 나무의 고향에 있다는 식용 흙. 비띤 나무는 우리 동네 한가운데에 옮겨 심긴 노목이다. 그 노목 고향에는 달콤쌉싸름한 흙이 있다고 했다. 과자도 만드는 맛있는 흙이랬는데, 그게 여기에? 바다 냄새도, 파도 소리도, 갈매기 한 마리도 없는 곳에? 그럴 리가……. 야야 부인은 비띤 나무가 전보다 기운이 쇠한 게, 그게 다 그 흙을 먹지 못해서랬다. 원래 먹던 흙을 한 양동이만이라도 퍼다 줄 수 있다면, 자기 눈이라도 바치겠다고 했다. 그리고 생각에 잠겼다. "아니지, 아니야, 바닷바람을 맞아야만 숨 쉬는 그 흙한테는 그것도 못 할 짓이지, 못 할 짓이야"라며 고개를 저었다.

그 순간 나는 의문스러웠다. 야야 부인은 세상 모든 존재를 공평히

검게 본다. 그런 부인 눈을 누가 받으려 들까 하고. 부인은 이도 하나 없어서 제대로 먹지도 못하면서, 구백 년도 더 된 노목의 흙까지 걱정했다. 그런 야야 부인에 관해 동네 사람들은 아는 게 거의 없다. 화초와 책과 벌레가 가득가득한 집에서, 쓰레기를 만들지 않으면서 홀로 살다, 문득 눈이 먼 여자로 알 뿐이다. 비띤 나무가 먹던 노란 흙에 관해서도 잘 모르기는 마찬가지다. 그런 데에 관심을 기울이는 사람은 야야 부인이랑 따띠 아줌마밖에 없다. 지금 롤라 상황을 부인이 안다면? 분노할까 자책할까?

"너 같은 잡것이나 처먹으라고, 비싼 기름 길에다 뿌려 가며 여기까지 퍼 나른 줄 알아! 이 비싼 흙을! 일, 칠, 팔?"

뚤뚤 만 명부를 롤라 코앞까지 찔러 댄다. 끝내 명부에서 178번을 찾아 줄을 다섯 개나 득득 그었다. 흙 한 입 먹은 죗값치고는 지나치다. 하지만 따지면 나한테도 줄을 그을 거다. 빠오가 먹을 깨끗한 음식과 기저귀를 사려면 돈이 꼭 필요하다. 시도 때도 없는 단수 때문에 먹을 물까지 사야 한다. 우기라면 빗물이라도 받아 모으겠지만 건기까지 길어진 바람에 그것도 어렵다. 자세히 보니 여기는 땅도 나무들도 물을 풍족히 먹은 티가 난다. 어디서 그 많은 물을 끌어온 걸까.

그 귀한 물을……

사실, 물세를 아끼려고 빗물을 모아 쓰다 수도 검침원한테 들키면 엄청난 벌금을 물어야 한다. 검침원한테 뭐라도 주는 게 훨씬 낫다. '어른들은 안 계시니'라든가 '학교는 안 다니니'라고 묻는 검침원은 지금까지 한 명도 못 봤다. 돈이 없다고 하면 알아서들 집을 둘러본다. 마음에 드는 물건을 하나씩 집어 간다. 애인 생일 선물이 마침 필요했다며 마트료시카를 가져간 검침원도 있다. 그 아저씨 얼굴은 엄마 얼굴보다도 또렷이 기억에 남았다. 눈, 코, 입이 중앙에 뭉쳐 '단결!'을 외치고 있었다.

그 마트료시카는, 빠오가 아무 반응도 없을 때 쓰던 물건이다. 눈앞에서 파리 대여섯 마리가 웽웽대도, 이따금 눈을 깜빡이지도 않았다. 그럴 때면 마트료시카가 답이었다. 하나하나 열 때마다 빠오 눈도 점점 열렸다. 마지막 인형이 나오면 분홍 혀가 보일 정도로 입도 열렸다. 첸초 아저씨를 따라 미장일하러 갔다 주운 거였다. 층계참 쓰레기 더미 속에서 나처럼 이국적으로 생긴 인형이 나를 올려다봤다.

첸초 아저씨 말을 들었어야 했다!

며칠 지나면 일감이 들어올 테니 제발 밭에 가지 말라고, 아무래도 수상한 냄새가 풀풀 난다고 말렸는데 말이다. 열매만큼이나 운전사들도 수상하다. 무거울 텐데 계속 총을 메고 있다. 움직일 때마다 쩔거덕거리는 장총이 아주 신체 일부가 됐다. 진짜 자기들 몸인 줄로 아는지 마구 행동한다.

첸초 아저씨라면, 저딴 총 달린 몸은 사양할 거다. 아저씨는 아직 여자의 몸이다. 하지만 남자의 몸이 되기 위해, 미장공으로 수리공으로 페인트공으로 닥치는 대로 일한다. 닥치는 대로 일할 수 있는 사람은 흔치 않다. 그만큼 재능이 많다는 뜻이다. 일 배우게 해 달라고 내가 졸라서, 때때로 나를 보조로 데리고 다닌다. 일도 가르쳐 주고 돈도 준다. 내가 첸초라고 부를 때마다 잇몸까지 드러내며 웃는다. 그건, 동네에서는 아저씨를 '아나마리'라고 부르기 때문이다.

"난 첸초라고!" 아무리 주장해도 소용없다. 아저씨의 우유 배급표에 새겨진 '아나 마리아 과달루뻬 싼체스 까스뜨로'라는 이름을 본 날, 나는 두통에 시달렸다. 그딴 어울리지도 않는 이름으로 불리면 나중에 아저씨가 어떻게 될지 상상하니, 심장이 철창에 갇혔다.

아저씨 머릿속의 성이 몸의 성과 일치하려면, 수술이, 그것도 대수술이 필요하댔다. 그 수술에서 이름난 의사를 티브이에서 봤다면서 흥분한 적도 있다. 그러나 자기가 수술비며 해외여행 경비까지 다 모을 때쯤이면, 아마 그 의사는 수술칼도 제대로 못 쥘 거라며 한숨 쉬었다. 그래도 아저씨는 은행에까지 갔다. 나도 함께 갔는데, 모두가 우리한테서 눈을 떼지 않았다. 아저씨는 버는 돈마다 은행에 맡겼다. 우리 동네에서 은행에 계좌가 있는 사람은 첸초 아저씨뿐일 거다. 성탄절 무렵이면 앵벌이들이 들고 다니는, 그 흔한 돼지 저금통도 없을 게 뻔하다. 저금할 돈은 아무한테나 있는 게 아니니까.

뭐, 롤라한테 작은 돼지 저금통이 하나 있기는 하다. 하지만 매우 다른 용도로 쓰인다. 그 안에 든 동전을 꺼내서 빨면 돼지고기 맛이 난다나. 그런 롤라는 178번 옆에 줄이 다섯 개나 그어져 어깨가 처졌다. 입술에 붙은 흙을 핥아 먹으며 밭으로 간다. 내 차례가 되어 들통을 넘겨주자, 인부가 재빨리 분류해 담은 상자를 화물차로 옮기고, 대기하던 운전사가 즉시 눈부신 상자로 차곡차곡한 짐칸 문을 닫는다. 나도 빈 통을 들고 다시 밭으로 향한다.

뿌어엉!

열매로 배를 불린 화물차가 요란하게 트림하며 흙구름 속으로 멀어진다. 저 경적 소리가 들릴 때마다 침대에 누울 시간이 가까워짐을 느낀다. 몸통만 밭에 남기고 머리는 이미 침대에 널브러졌다.

*

해는 서쪽으로 갸우뚱했다. 팔다리는 잔가시로 퉁퉁해졌다. 이젠 가시를 피하려 몸을 기울이지도 않는다. 바삭바삭한 몸이 저절로 작동한다. 몸을 움키면 가랑잎처럼 바스러질 거다. 나무나 흙은 퍽 기름지다.

이 흙을 야야 부인이 볼 수 있다면…….

노란 흙이 풍요로운 밭 한가운데 비띤 나무를 옮겨다 심는다. 그 앞에 흔들의자를 둔다. 야야 부인을 앉힌다. 나는 그 뒤에 선다. 비띤 나무가 흙을 맘껏 빨아들이는 모습을 함께 감상한다. 저 멀리서 두툼한 파도가 노란 땅에 일렁임을 만든다. 부인이 묻는다. 물마루가 무슨 빛깔이냐고. 나는 답한다. 은빛이라고. 은빛 일렁임은 힘차게 공기를 민다. 그러며 우리에게로 온다. 맑은 물결은 비띤 나무를, 야야 부인 무릎을, 내 발을 적시고 땅으로 스민다. 목을 축인 땅이 깊은숨을 내쉰다. 흙이 한결 맑은 노란빛을 띤다. 비옥해진 땅을, 촉촉해진 공기를, 우리의 얼굴을 짠바람이 부드럽게 쓸고 물러난다. 이게 바로 바다란 걸까. 온화하고 웅장하고 짭짤한 물질이다. 파도가 밀려들수록 상상이 깊어질수록 그 포만감으로 머리가 몽롱해진다. 하지만 배는 몹시 고프다. 목도 탄다. 오줌도 마렵다. 바구니에 누워 척척한 기저귀를 참아 내는 빠오도 혀가 빠짝 말랐을 거다. 술 취한 운전사들이 식사 시간을 까먹었나 보다. 어쩌면 이제 우리가 177번, 29번, 60번같이 그냥 움직이는 숫자로 보이는지도. 하나만 더 따고 들통을 건네주러 가려는데,

"차아누우."

나지막한 소리가 등줄기를 훑는다. 바로 옆줄에서 열매를 따던 아이다. 아침부터 내내 눈만 빼고 분홍 손수건으로 얼굴을 가린 아이. 내가 몸을 좀 더 틀자 아이가 수건을 살그머니 내린다.

"따띠 아줌마?"

놀라서 나도 모르게 목소리가 커지자, 바로 손수건을 올리고 고개만 끄덕인다. 아이들만 모집했는데 어떻게 마흔 살은 먹었을 어른이? 아니다. 가능하다. 지금 내 시선은 아래로 향했다. 따띠 아줌마는 롤라보다도 작다. 여섯 살 이후로 더는 자라지도 작아지지도 않는댔다. 접수 담당자는 기본증명서 같은 걸 요구하지 않았다. 키랑 이름만 물었다. 나이 따위에는 관심도 없었다.

"차누, 이거 좀 떼어 주렴. 한 발짝도 뗄 수가 없구나."

들통을 조심히 내리고 화물차 쪽을 건너본다. 아무도 우리를 감시하지 않는다. 운전사 한 명만이 짐칸에 실리는 상자를 확인하며 술을 마시는 중이다. 나머지는 파라솔 아래의 해변 의자에 늘어졌다.

"이게 뭐……예요?"

"예순 살이 되도록, 이런 건 나도 처음이다."

"네에?"

예순이라니! 따띠 아줌마는 진짜 잘 걷고 진짜 많이 걷는다. 그런 굳센 다리를 뭔가가 움켰다. 쪼그려 앉아 살핀다. 땅속에서 시체가 손을 내뻗은 모습이다. 그렇게 생긴 식물이 아줌마 종아리를 거머쥐었다. 일곱 개의 기다란 손가락이 달린 검보라색 손 같다. 끝 쪽만 하얘서 손톱처럼 보인다.

"뭔 놈의 벌레가 이리도 검질긴지! 아무리 잡아 뜯어도 꿈쩍도 않는구나."

아줌마 얘기를 듣고 나니 식물로 안 보인다. 동물이라고 생각하니, 나까지 잡아챌 것만 같다. 손이 안 떨어진다. 운동화 한 짝을 벗고, 양손으로 앞뒤축을 쥔다. 종아리 움킨 끝부분을 운동화로 밀어 내려 본다. 안 내려간다. 손톱 끝을 대 본다. 돌같이 딱딱했다. 아줌마 발목이 괴생명체랑 같은 색으로 물든다. 발목에서부터 종아리로 검보랏빛이 차오른다. 이러다 머리까지 썩으면?

"따, 따띠 아줌마……."

"아프진 않아. 서둘러라. 어물대다 운전사한테 들키기라도 하는 날엔, 손수건이 벗겨지고 죄 들통날 거다. 어서."

따띠 아줌마답게 내 어깨를 다독인다. 무슨 일이 벌어져도 흔들림이 없다. 지난가을, 지진으로 이발소 옆 가로등이 쓰러지고, 정육점 간판 '고기의 연인'이 떨어지고, 식료품점 짐수레가 렌틸콩을 토하며 내리막길을 구르는데도, 아줌마는 가던 길을 침착하게 계속 갔다. 그 모습은 잊히지 않는다. 언제나 너무도 고요해서 더 눈에 띄는 사람이다.

운동화를 다시 신는다. 놈을 있는 힘껏 당긴다. 내가 힘줄수록 놈은 사납게 아줌마 종아리를 조인다. 이제 무릎까지 물들었다. 그 속도도 무섭게 빨라진다. 순간 땅 밑에서 뭔가 치솟더니…… 내 허벅지를 쥔다. 아줌마를 쥔 놈보다 세 배는 크다. 빈약한 내 허벅지는 벌써 검보라색이다.

"하아!"

따띠 아줌마의 뜨거운 한숨이 내 머리에 내려앉는다.

부글거리는 신음을 가까스로 삼킨다. 아프진 않다더니! 쓰라릴 만큼 차다. 이미 몸속은 한기로 메워졌다. 이런 채로 저렇게 차분했다고? 나는 쪼그린 상태로 당해서 설 수도 없다. 몸을 일으키려 들자 살을 찢을 듯이 옥킨다. 이제 이까지 맞부딪힌다.

"아무래도 균형을 잃은 성싶구나."

"저, 저요?"

"땅 말이다. 이딴 놈들이 생겨날 만치 땅이 긴긴 세월 시달린 거지.

이 흙은 여기 있을 수도 없고, 있어서도 안 되는 흙이란다. 게다, 이 과실수에다 이 흙을 먹이다니!"

언젠가 야야 부인이 그랬다. 내 위장이 소화할 수 없는 물질이 있듯, 땅도 물도 풀도 소화할 수 없는 게 세상에는 수두룩하다고. 그렇다면 이 불균형은 소화 불량 같은 걸까…….

얇고 날카로운 함석판이 허벅지에 슬슬 파고드는 느낌이다. 이대로 꼼짝없이 허수아비가 되게 생겼다. 포기한 건지 초탈한 건지 아줌마는 잠잠하기만 한데, 흙길 쪽에서 어렴풋한 외침이 웅웅거린다. 나무들에 가려져 아무것도 안 보인다. 소리가 차차 가까워진다. 그럴수록 악취가 진해진다. 우리 모두가 싼 오줌 냄새보다도 강렬하다. 쩌렁쩌렁 울리는데도, 뭐라는 건지 하나도 모르겠다.

"물 도둑?"

따띠 아줌마는 알아들었나 보다. 내가 물끄러미 쳐다보자 아줌마가 상황을 중계한다.

"앞치마를 두른 여자 수십 명이 물 도둑은 물러가라고 아우성치면서 행진하는구나. 운전사들이 잠에서 깨기는 했는데, 어째 다들 심드렁하네. 밀랍 같은 걸로 귀를 틀어막고 되처 잠을 청하는 자도 있고. 음, 이런 상황에 익숙해들 보이는데? 누가 그랬더라…… 저 말을 할 줄 아는 사람이 세상에 딱 한 명 남았댔는데. 그 얘기를 들은 게 언젠데, 저리 많은 사람이!"

"아줌마도 저 말을 알잖아요?"

"그러게……."

따띠 아줌마가 버릇처럼 또 생각에 잠긴다. 한번 저러면, 세상과 연결된 고리를 뚝 끊는 아줌마다. 몸만 버려둔 채 아줌마가 어디론가 떠난 사이, 구호가 바로 등 뒤에서 퍼진다. 갑자기 따띠 아줌마 눈이 똥그래진다.

"장총을 들고 일어섰어! 맨 앞 화물차 위에 있는 운전사, 아까 총 쏜 놈."

삑삑! 확성기 잡음에 섞여 혀 꼬인 소리가 번진다.

"우리는, 우리는 엄연히, 정부 허가에다 지원까지 받았다고. 이게 다, 다 국익을 위해서라고."

목에 힘 하나 안 주고 몇 마디 툭툭 뱉는다. 곧이어 카랑카랑한 여자 음성이 울리고, 따띠 아줌마도 중계를 이어 간다.

"국익? 국익! 하고 노인이 고함질렀어. 긴 빗자루마냥 깡마른 노인이. 운전사가 총으로…… 배를 벅벅 긁었어. 이 징글징글한 열매에다 물이란 물은 싸그리 끌어다 써서 마을에는 물이 말랐대. 마실 물도, 씻을 물도, 한 방울도 없대. 정부에서 마지막으로 물차를 보낸 게 언젠지 까마득하대. 국익? 하고 물어. 노인은 뒤돌아. 여자들 쪽에다 대고 오른손을 위아래로 털면서, 국익? 하고 되잡아물어."

느닷없이 한 여자가 숨넘어가게 웃어 젖히자 수십 명의 웃음소리가 쉼 없이 터진다. 멀미가 날 정도로 날카로운 소리다.

"운전사는 딴 사람들같이 귀에다 밀랍 같은 걸 쑤셔 넣었어. 총을 지팡이처럼 짚고 삐딱하게 섰어. 이런 웃음에는 이골이 난 거지."

나무 사이로 아이들이 얼핏얼핏 보인다. 열매를 따다 말고 귀를 틀어막는 모습이. 이런 것도 웃음일까? 시끄러운 면도날이 초고속도로 회전하며 귓속을 파고든다. 더 듣다가는 고막이 찢기고 피가 철철 흐를 거다. 웃음소리로 머리가 터지려는데, 정수리로 따뜻한 유리관 같은 게 들어오더니…… 한기가 사르르 풀린다. 내게서 야야 부인의 마른 풀 냄새가 난다. 내 허벅지에서 검보라색 가루가 떨어진다. 따띠 아줌마를 틀어쥔 놈도 가루가 됐다. 노란 흙에 스며들었다.

탕!

웃음이 멎고 아이들은 주저앉고 차츰차츰 악취가 걷힌다.

*

아이들 얼굴이 그사이 팍 늙었다. 따띠 아줌마가 얼굴을 가리지 않아도 되겠다. 땀에 흠뻑 젖어 내 옷이 피부가 됐다. 오줌 싼 **삐뽀** 바지랑 똑같아졌다. 들통에 수북한 열매를 떨어뜨리지 않으려 조심조심 걷지만, 지워지지 않는 총소리 여운으로 몸이 부들거린다. 슬리퍼 끈이 끊어졌는지, **삐뽀**는 양말만 신은 발로 작업대 앞에 서 있다. 바구니를 건네고 되받고 **삐뽀**가 떠나자 따띠 아줌마가 들통을 넘긴다. 나도 뒤이어 열매를 내민다.

대체 무슨 생각으로…… 겁도 없이 따띠 아줌마가 밭이 아니라 운전사에게로 간다. 술병을 내리며 운전사는 눈을 찌그렸다 크게 뜨고 머리를 세차게 턴다. 아줌마가 꼬마 유령으로 보일지도. 총성이 울린 뒤로 아무도 운전사 가까이 안 갔으니까. 사냥터도 아닌데 장총 메고 다니는 인간들은 나도 겁난다.

"아저씨? 해가 이만치 끼울었는데, 뭐라도 먹을 게 없을까요?"

속 쓰리고 목 말라도 아무도 입을 못 열었는데, 따띠 아줌마가 꼬마 목소리로 묻는다.

"아까부터 뭔 냄새인가 했네. 어이, 또발! 거기 빵 다 내려, 다 썩기 전에!"

아침에도 점심에도 먹은 똑같은 빵을 상자에서 집는다. 거칫하던 빵이 눅눅해진 데다 쉰내까지 코를 강타한다. 이 정도면 배탈 나기에 충분하다. 인부들은 거의 다 화물차와 함께 떠났다. 마지막 차에서 달려온 인부 두 명이 빵을 펼치고는 묵상하듯 내려다본다.

딱!

운전사가 손가락을 튕겨 인부들 시선을 끈다. 무슨 어마어마한 거라도 베푸는 표정으로 비닐봉지를 가리킨다. 인부가 봉지를 열자마자 얼굴을 우그러뜨린다. 여럿이 손으로 집어 먹다 남긴 양고기가 지금 어떤 상태일지는 안 봐도 뻔하다.

딱!

운전사가 인상 쓰며 또 손가락을 튕긴다. 주는 대로 먹으라는 말도 하기 귀찮은 걸까? 또 딱 소리가 날까 봐 가슴이 쿵쾅댄다. 인부들은 입에 욱여넣고 곧바로 물을 벌컥거린다. 아침부터 볕 아래 놓였던 저 물도 뜨끈하고 물비린내가 진동할 거다.

막판에 몇몇 아이들이 들통을 놓치거나 엎어졌고 걔들한테는 빵도 물도 안 줬다. 팔을 휘둘러 다시 밭으로 내몰았다. 어깨에 멘 총이 쩔거덕쩔거덕했다. 밭에는 아직도 아이들이 비틀거리며 열매를 딴다. 땀으로 오줌으로 젖은 바지에다 신발마저 없는 삐뽀도 열매와 싸우는 중이다. 운전사는 자신이 쥐어짜는 아이들을 감상하며 술을 마신다.

화물차 뒷바퀴 쪽으로 간다. 빠오 물부터 먹여야 한다. 기저귀도 갈아야 하고. 볼기가 빨갛게 짓물렀을 거다. 아까 혼나고부터 시무룩한 롤라도 빠오가 있는 데로 걷는다. 롤라가 나를 스치는 순간 "윽!" 둘 다 신음한다. 팔은 선인장이 됐다. 그런 팔끼리 맞닿으니 두 배로 따갑다. 그런데도 롤라는 빵을 씹으며 나를 앞지른다. 집에 도착하자마자 다들 구아바 물을 퍼마셔야 할 거다. 배 속을 청소해야 할 거다. 마실 물이 부족한 아이들은 온몸에 열꽃이 필 거고.

"차누! 빠오 바구니는?"

롤라가 빵을 씹으며 외친다.

바구니가…… 없다.

분명 여기에 뒀다. 바로 앞 화물차도 살핀다. 여기에도 없다. 다음

차의 뒷바퀴 주변도 살핀다. 여기에도 없다. 아이들을 실어 온 차의 바퀴마다 하나씩 살핀다. 열기에 펄펄 끓어 증발이라도 한 걸까. 어디에도 없다.

"아저씨, 저기, 저어기 있던 아기 바구니 못 보셨나요?"

운전사는 통째로 자주색 덩어리가 됐다. 얼굴 중앙의 광대버섯도 푹 썩었다. 장총을 짚고 서서 나를 멀거니 본다.

"아아, 네가 걔구나!"

새벽에 한 말만 흘리고 좌우로 끼우뚱거리며 지나간다. 다른 운전사들도 붙잡고 물어본다. 하지만 다들 흘려듣고 손만 내젓는다. 나중에 도착한 화물차들은 이미 열매를 싣고들 떠났다. 한 대밖에 안 남았다. 거기에는 있을 리도 없지만 그리로 뛴다. 누군가 바구니를 옮겼을지도 모른다.

여기에도…… 없다.

내가 지금 찾는 건 마누 할아버지의 가느다란 수바늘이 아니다. 수박이나 파파야보다도 큰 바구니다. 적어도 수바늘보다는 큰 빠오다. 술 취한 운전사들이 양고기로 착각하고 뜯어 먹었다면 또 모를까, 내 눈에 안 띌 수가 없다. 머리통만 댕강 잘린 채 일 킬로 밖에서 나뒹군다 해도, 그 곱슬곱슬한 머리를 내가 못 알아볼 리 없는데…… 없다. 빠오가, 빠오가 없다.

마침내 밭에서 돌아온 아이들이 들통을 내주고 나니, 마지막 화물차까지 열매 상자로 꽉 찼다. 더 쥐어짠 보람이 있다는 얼굴로 운전사가 소리친다.

"자, 다들 오줌 누고! 일렬로 선다!"

햇빛이 시들어 가고 하늘은 뜨거운 색 차가운 색으로 얼룩덜룩해진다. 내가 타고 온 차 쪽으로 다시 발길을 돌린다.

뿌어엉!

경적을 울리며 마지막 화물차가 바퀴를 굴린다. 빠오 바구니가 있던 자리를…… 휙 할퀴고 내뺀다. 텁텁한 흙먼지가 나를 휩싼다. 이대로 먼지가 되고 싶다. 몸의 반쯤은 이미 먼지가 된 것도 같다.

"차누!"

멀리 누런 먼지구름 속에서 롤라가 양팔을 올려 흔든다. 아이들이 한꺼번에 눈 오줌 냄새가 나를 휘감는다.

"차! 누!"

저기서 뭘 하는 걸까, 롤라는. 왜 나를 부를까. 알고 싶지 않다. 하늘도 내게 뭐라고 주절대는 것 같다. 애매하게 붉어진 빛으로. 하지만 변덕스러운 하늘의 뜻 따위는 궁금하지도 않다.

운전사는 짐칸에 오르는 아이들 번호표를 휙 뜯고, 명부에서 줄을 확인하고, 돈을 준다. 나도 저 돈을 받을 거다. 뛰어온 롤라가 운전사한테 헥헥대며 떠든다. 운전사들이 왔다 갔다 하다 머리를 맞댄다. 금세 아무 일도 없었다는 듯이 하던 일을 한다. 나도 돈을 받으러 화물차 앞으로 간다. 짐칸을 마주 보고 선다. 푸른 지폐에 동전 셋을 받은 아이도, 푸른 지폐만 받은 아이도, 딸랑 동전 하나만 받은 아이도 얼굴이 똑같다. 납작한 샌드위치를 배 속에 담은 회색 얼굴들이다.

"일, 칠, 칠!"

등에서 177번이 뜯기고, 내 손에도 꼬깃꼬깃한 푸른 지폐 한 장이 쥐어진다.

3

롤라가 깡충대며 우리 집을 뒤지다가,

"따띠 아줌마? 이거도 넣을까요?"

아줌마를 향해 팔을 쳐든다. 혀에 대 본 적도 없는 열매 냄새가 계속 목으로 넘어와, 나는 몇 날 며칠 드러누워 있는 중이다. 혹시 먹어 봤다면 괜찮았을까. 어렸을 때 엄마가 파파야를 쪼개면, 새까만 알이 따닥따닥한 모습이랑 쿰쿰한 냄새 때문에 몸까지 떨었지만, 맛본 뒤로는 무뎌진 것처럼?

"아니다. 그건 아니다. 이리 다오."

흙길에서 발견한 붉은 실을 롤라가 따띠 아줌마에게 내민다. 빠오도 바구니도 옷도 온데간데없고 저 붉은 실만 있었다. 화물차에서 꽤 먼 곳에 외따로. 무게도 느껴지지 않는 실 한 올만 남기고 빠오는 사라졌다. 꼭 그걸 끊으려고 세상에 나온 것처럼, 그것만 끊어 내고 흔적도 없이. 첸초 아저씨가 아크릴 투명판으로 만든 추모 상자 안에 따띠 아줌마는 작은 나무 십자가를 세우고 접착제로 고정했다. 그 옆에 빠오 양말도 담았다. 지난 성탄절 아줌마가 노란 실로 떠 준 양말이다. 따띠 아줌마는 붉은 실을 손바닥에 올리고 눈을 못 뗀다.

"넣어 줄 게 이리도 없어서야……."

"마트료시카는 어디 갔지? 빠오가 좋아했잖아? 요기 있었는데?"

롤라가 낮은 선반에 어질러진 물건을 뒤적이지만, 다 쓸데없는 짓이다. 손수건으로 아줌마가 조심스럽게 실을 싸 치마 주머니에 넣는다.

"인제 좀 괜찮으냐?"

아줌마가 내 팔을 훑고, 나는 고개만 꾸벅인다.

"따띠 아줌마? 나도 괜찮아요. 안 따가워요."

롤라가 꺼멓게 그을린 팔을 뻗는다. 그날 밤 아줌마는 동네에 도착하자마자, 먼저 나부터 침대에 뉘고 자기 집으로 달려갔다. 따띠 아줌마 부탁대로, 롤라는 마누 할아버지한테 갔다 바로 되돌아왔다. 이것저것 갖아 먹으며 내 곁을 지켰다.

싹싹 소리에 눈뜨니, 아줌마가 얇은 종이들을 손바닥만 하게 자르느라 바빴다. 창문에 커튼 대신 붙이는 종이였다. 그 종잇조각들을 누르스름한 액체에 잠깐 담갔다 꺼내 팔다리에 빈틈없이 붙여 줬고 그럴 때마다 따끔했다. 하지만 가슴이 너무나 울렁여 별로 아프지 않았다. 따띠 아줌마가 종이를 붙이는데도 자꾸만 잠이 쏟아져 또 잠들었다.

다시 눈뜨니, 롤라가 팬티 바람으로 뱅그르르 돌았다. 얼굴부터 발끝까지 미라처럼 종이로 도배된 채로. 뭐가 그렇게 재미있는지 롤라는 웃고 또 웃었다. 나랑 눈이 마주치자 웃음을 참으려고 입술을 오므렸지만 푸! 터졌다. "차누, 미안. 내가 웃는 게 아니란 건 알지? 웃음이 자꾸 웃잖아. 나도 어쩔 수가 없어, 웃음은. 빠오는 왜 빨강 실만 남겼을까, 차누?" 옥수수빵 가게 주인이 의문사했을 때도 그랬다. 수사 중인 경찰들 앞에서 롤라는 끝없이 웃었다. 마누 할아버지는 경찰서에 따로 불려가 조사까지 받아야 했다. 롤라 웃음은 한번 터지면 진짜 어쩔 수가 없다. 과자 상자에 담겨 발견됐을 때도 해해대고 누워 있었다며, 할아버지는 롤라 웃음을 안쓰러워했다.

다시 눈을 감았다 뜨니, 롤라도 따띠 아줌마도 종이도 잔가시도 없었다. 누운 상태로 팔만 떨어뜨려 바닥을 더듬었다. 바구니가 만져지지 않았다. 늘 얄팍한 모포에 감싸여 간이침대 옆에 있던 빠오 바구니가.

그날 이후 따띠 아줌마는 날마다 들른다.
그리고 내게 말했다. 밭에 갔던 아이들 가운데, 다음 날에도 일 나간 아이는 한 명도 없다고. 또 오기로 돼 있던 화물차들은 새벽에 나타나지 않았다고. 며칠이 지나도 내가 열매 냄새가 치민다며 헛구역질하자, 아줌마는 야야 부인한테 다녀왔다. 다른 아이들에게는 없는 증상인 걸로 미루어 아마 충격 탓일 거라며 아줌마는 내 가슴을 토닥였다. 전통 요법이라면, 우리 동네에서 따띠 아줌마가 최고다. 하지만 최고라고 해서 다 아는 건 아닌지, 가끔 조언을 구한다. 야야 부인 치료법도 효험 있는 게 꽤 된다면서. 시력을 잃고부터 구십 년에 걸쳐 터득한 치료법들이라고.

"몸이 이리도 축났으니! 쭉 들이켜라."

보기만 해도 토할 것 같다. 벌레차다. 비띤 나무에 붙어사는 새끼 손톱만 한 벌레들이 있다. 물방울 모양인데 시간에 따라 색이 바뀐다. 하루 내내 시계방향으로 다 함께 천천히 이동한다. 십만 마리는 될 거다. 하지만 나무에 별 이상이 없기에 살충제는 안 뿌린다. 더구나 비띤 나무를 건드리는 사람은 없다. 외지인조차 알아서들 손도 안 댄다. 바로 그 벌레들을 우려낸 차다. 아침에는 노란색, 점심에는 연보라색, 저녁에는 연두색인데, 지금은 한낮인데도 까맣다.

"야야 부인은 절대 살생하지 않잖아요? 벌레를 죽였어요? 그것도 비띤 나무의 벌레를요?"

"그럴 리가 있겠니. 대관절 뭔 조화인지, 스스로 숨쉬기를 멈춘 벌레가 서른여덟 마리나 생겼더구나. 스물세 해 동안 이런 일이 없었는데……."

"야야 부인도 이걸 마셔 본 적이 있대요?"

"그렇지는 않아. 부인 몸에 직접 실험하기에는 인제 너무 연로하셨잖니? 어쨌거나, 이걸 마시면 속이 가라앉을 거 같다고 하시네."

뭐든 입에 넣고 보는 롤라조차, 무슨 이유인지 비띤 나무에 푸짐한 벌레에는 손도 안 댄다. 그래도 비띤 나무와 더불어 사는 생명체라면 인간을 해치지는 않을 거다. 단숨에 마시고 다시 눕는다. 따띠 아줌마가 커튼을 치고 나간다. 지지난 주에 야야 부인의 해진 홑이불을 가져와 첸초 아저씨가 창문에 달아 준 거다. 커튼을 쳤는데도 빛이 눈을 찌른다. 그런데도 또 잠이 든다. 빛이 힘을 잃어 가고 세상이 검어진다. 검고도 깊은 늪에 머리가 거듭거듭 빨려든다. 늪에도 어김없이 철로가 놓여 있다. 미끄덩하는 내 발을 침목에 고인 핏덩어리가 지긋이 잡는다. 모든 게 질척하고 아득하다.

*

밝다.

차를 마시고 잠깐 잠들었다 깬 건지, 하루가 지난 건지 헷갈린다. 비띤 나무 벌레의 효과일까. 메슥거림은 없어졌다. 말소리가 거슬려 커튼을 좀 걷으니, 먼지로 우중충한 유리창 밖이 어지럽다. 우리 집에서 뭘 하고들 있는 걸까. 비좁은 마당에 동네 사람 몇이 서 있다. 쥐 잡을 때를 빼곤 나다니지 않는 깔루까지 왔다. 흥분한 연설자처럼 양손을 올렸다 내렸다 한다. 깔루가 저렇게 말이 많다고? 밀입국 단속반에 들킬까 봐 쥐보다도 소리 없이 다니고, 죽은 듯이 사는 깔루라고는 믿기지 않는다.

갑자기 창 아래서 뭔가 펄쩍 뛰어올랐다 내려간다. 기겁해 꺅 내지른 순간, 모두의 시선이 내게 쏠린다. 밑에서 롤라 머리가 쑥 올라온다. 첸초 아저씨가 주먹으로 왼쪽 가슴을 툭툭 치며 인사를 보내고,

깔루는 나를 건너다보며 깍지 낀 손에 입을 맞춘다. 나머지 사람들까지 괴상하게 인사하기 전 침대에서 빠져나온다.

몸에 닿는 바깥공기가 거북하다.
마당 중앙의 추모 상자를 에워싼 사람들이 쭈뼛거린다. 어느새 각가지 장난감과 성모상, 울긋불긋한 조화로 상자가 미어터졌다. 빠오와 아무런 상관도 없는 물체뿐이다. 빠오가 한 번도 만져 본 적도, 빨아 본 적도 없는 것만 멍청하게들 집합했다. 따띠 아줌마가 발꿈치를 들어 내 눈을 살피고 뺨을 쓸어 준다.
"간밤에 죄 토하고 나니 시원하지? 인제야 낯빛이 좀 갰네."
토하다니. 토는커녕 오줌 눈 기억도 없다.
"이를 어쩌니. 아무도 그 밭이 어디 있는지 모르니! 빠오가 마지막으로 있던 자리에 이걸 둬야 하는데 말이야."
따띠 아줌마가 추모 상자를 쓰다듬으며 입술을 깨문다.
"그제 놈들 접수실에도 가 봤는데, 빌어먹을 놈들! 벌써들 튀고 흔적도 없더라. 종이 쪼가리 하나 없더라."
첸초 아저씨가 씩씩댄다. 일도 안 나가고 여기서 이러고 있어도 되나. 저 상자가 뭐라고 다들…….
"깔루도 그 열매 땄었대? 자기네 나라에서? 우리같이 멀리까지 안 갔대? 농장에 갇혀 살았대?"
롤라가 숨도 안 쉬고 떠든다. 자카란다나무에서 지저귀는 새 떼보다도 시끄럽다. 그러자 마누 할아버지가 롤라 손을 잡아끌고 뒤편으로 간다. 속도를 내려고 언제나처럼 몸을 앞으로 숙였지만, 다리는 반원을 완성해야만 다음 걸음을 허락한다.

"깔루네 부모는, 자식들을 나귀같이 팔았대? 여섯 명이나? 우리는, 파랑 돈이나 동전 받았잖아? 깔루는, 돈 구경도 못 했대? 몇 년씩이나 일했는데?"

끌려가면서도 롤라는 쪼잘댄다. 불에 탄 쓰레기 더미 앞에 겨우 닿았다. 그 곁에 놓인 장의자에 할아버지는 롤라부터 꾸욱 눌러 앉힌다. 바지 주머니에서 매듭진 손수건을 꺼낸다. 얼른 끌러 롤라 입에 뭔가를 물리자 드디어 조용해졌다. 열심히 오물거리는 롤라 옆에서 할아버지는 벌써 잠들었다. 내가 잠자던 사이 물차가 다녀갔나 보다. 다들 덜 더럽고 냄새도 덜 난다.

"예서는 어쨌거나 일당이라도 줬지. 깔루 나라에서는, 종일 나귀같이 부려 먹고 한 푼도 안 줬단다, 한 푼도!"

로로 아저씨가 들은 말을 전한다. 깔루가 나를 보고 눈물이 그렁그렁해졌기 때문이다. 얼굴이 뻘게진 아저씨가 계속 떠드는데 뭐라는 건지 하나도 모르겠다. 깔루가 신발코로 흙만 콕콕대다가 나를 똑바로 본다. 흉터투성이 팔로 눈물을 쓱 닦더니 입을 연다.

"말 안 들으면, 벌목도 손잡이로 등을 내리쩍었어. 가죽 채찍을 휘둘렀어. 애들만 모았어. 나같이 팔려 온 애도 있고, 납치된 애도 있고, 농장주가 친척이라서 맡겨진 애도 있었고. 삼촌 발길에 맨날 차였으니, 걔들은 훨씬 억울했을 거야. 어차피 나는 아버지가 나를 두고 흥정할 때부터, 그딴 취급을 받을 거라고 예상했지만 말이야. 밭 근처에 짐승 우리만도 못한 막사가 있었어. 거기서 먹고 잤어. 백 명도 넘는 애들이 모로 끼어서 잤지. 큰오빠는 벌목도에 귀가 잘렸어. 감시원한테 대들었다가. 감시원이 내 가슴을 아무 때나 움켰거든. 겨우 멍울이 잡히기 시작한 작은 가슴을. 아팠어. 멍울이 쪼개지는 거 같았어. 정말 쪼개졌을지도 모르지. 수십 조각으로. 우리 모두 매일 밤 똑같은 꿈을 꿨어. 열매 따는 꿈을. 졸려도 자고 싶지 않았어. 꿈에서는 열매가 더 무거웠어. 냄새도 더 심했어. 가시도 더 따가웠어. 쳐다보기도 겁나던 농장주 얼굴도 꿈에서는 뚜렷이 보였지. 그게 제일 무서웠어. 수수두꺼비 같은 얼굴. 큰언니는 키가 자라서 열매 따기에 적당치 않아졌어. 허리를 굽혔다 펴면 시간이 낭비되니까. 농장주한테 시간은 정말로 돈이었거든. 제때 거두지 않으면, 보석같이 값진 열매가 바로 썩으니까. 수출 선박을 채울 수 없으니까. 농장주는 언니를 바로 매음굴에다 팔아넘겼어. 원주민 아이만 좋아하는 외국 관광들만 드나드는 매음굴에. 얼마 뒤 작은언니도 거기로 팔려 갔고. 뚜쟁이가 와서 망고를 고르듯 애들을 고르는데, 그만 눈에 들고 만 거야. 뚜쟁이가 오는 날이면 모두가 발가벗었어. 알몸으로 막사 담벼락 앞에 서 있어야 했거든. 작은언니를 뜯어보곤, 이렇게 깜찍한 호리병은 처음이라면서 호들갑 떨었어. 외빈한테 선물할 아주아주 작은 호리병이 필요하다면서, 다섯 살짜리 애들을 데려가기도 했고. 농장주는 그런 애들은 비싼 값에 넘겼어. 아직 몇 년이나 더 부리고도 남을 나귀라면서. 까무잡잡하고 매끈하고 이쁜 애들만 골라서 한꺼번에 열일곱 명이나 데려간 적도 있고. 앙증맞은 호리병만 밝히는 국회의원 놈이라며 뚜쟁이는 킬킬댔어. 그때부터 내 남동생을 못 봤어. 내 아기 천사……. 사람들은 우리 피를 빨아먹으며 식탁에서 행복해해. 매음굴에서도 행복해해. 기자가 숨어든 적도 있어. 여자 하나, 남자 하나. 겁도 없이 우리한테 다가왔다가 째깍 잡혔지. 애들 중에도 감시원이 있는 줄 그때야 알았어. 농장주는 우리를 한데 모으고 코앞에서 탕, 탕, 기자들한테 총질했어. 시체에다 오줌을 갈겼어. 그러고 나서 탕, 탕, 확인 사살했어. 수프에서 꺼낸 쥐같이 늘어진 기자들을 감시원 넷이 잽싸게 발가벗기고 손을 한데로 모아 밧줄로 꽁꽁 묶었어. 농장주는 명령했어. 고속도로 다리에 보기 좋게 매달라고. 신문에 면상이 잘 나오게 대갈통을 뻔쩍 쳐들어 두라고. 긴 밧줄을 잡아당겨서 흙길을 질질 끌고 갔어. 흙길을 피로 물들이면서 기자들은 우리한테서 멀어졌지. 우리는 곧바로 끼니를 때우고 또 열매를 땄어. 그때부터 내 여동생은 줄곧 토하고 가위에 눌려 말라깽이가 됐고. 그랬었지……. 키가 자랐지만 몸에 흠이 많은 애들은 매음굴에 팔 수가 없어. 그 애들한테는 부엌일이며 빨래며 변소 똥 푸는 거며 온갖 허드렛일을 시켰는데, 몰래 뾰쪽한 돌로 살갗을 후벼 파는 애들도 있었어. 하지만 그러다 병들면 큰일이라 조심해야 했어. 심하게 다치거나 몹쓸 병에 걸린 애들은 느닷없이 증발됐거든. 말 그대로 증발. 걔들을 두고 흉한 말이 돌았어. 쓸 만한 부위마다 장기밀매업자가 깡그리 뜯어 간다고. 정말로 드문 일이었지만, 화물차 운전사로 뽑힌 애도 있었어. 하꼬는 약삭빠르고 다부졌거든. 우리가 아는 바깥세상은 하꼬한테서 들은 게 전부였어. 매음굴이나 바닷가 마을 같은 세상의 얘기. 계속해서 멀리 바닷가에서 노란 흙을 실어 왔어. 흙을 바꿨어. 수확을 거듭할수록 흙이 죽어 갔거든. 노란 흙이 칙칙한 자줏빛이 됐어. 바닷바람만 쐬며 살던 흙은 힘겨워했어. 더군다나 열매는 흙을 게걸스레 빨아 먹고 흙을 죽였어. 열매는 바닷바람을 감당하지 못해. 바다에서 아주 먼 곳에 심어야 해. 맞지 않는 것들을 억지로 한데 엮어야만, 그래야만, 사람들이 원하는 영양분이 나왔던 거야. 그렇게 해서 죽은 흙은 도로 바닷가 마을로 옮겼어. 그게 흙을 사고팔 때의 계약 조건이랬어. 쓰고 난 흙은 그 어떤 독성 폐기물보다도 독하댔어. 그 마을은 모조리 오염됐어. 사람들도 병들었지. 당연히 바다도 병들었고. 하꼬는 그 얘기를 들려주면서 부들부들 떨었어. 악몽에 갇힌 거처럼 말이야. 얼마 안 가 나도 키가 자랐어. 열매를 위해선 더 이상 쓸모없게 된 거지. 나도……."

단단한 침묵 속에 까악! 까악! 나무에서 시커먼 울음이 터졌다 멎는다.

"해서 견디다 못해 이리로 도망 온 거란다. 목숨 걸고 국경을 넘은 거래. 무슨 역병도 아니고, 그딴 게 예까지 번졌으니!"

로로 아저씨가 눈을 치뜨며 하늘을 본다. 이 시간이면 칼갈이 일을 나갔어야 할 아저씨다. 내가 모르는 큰일이라도 생긴 걸까.

"왜들 일도 안 나가고……."

나도 모르게 생각이 입으로 튀어나왔다.

"어유, 일요일인 줄도 모르다니! 얼마나 충격이 컸으면……."

로로 아저씨가 왼손으로 성호를 긋는다. 또 칼에 손이 베였는지 오른손에는 붕대가 감겼다. 그게 뭐든, 날 선 거에는 꼭 베이는 아저씨가 칼갈이라니! 전기 사유화 찬반 투표를 하러 가서도 투표지에 손가락이 베인 놈이라며 동네 어른들은 아직도 놀린다. 칼갈이는 대물림하는 전문직이지만, 로로 아저씨 경우는 다르다. 오래된 연마기 하나가 축일에 대문 앞에 놓여 있었다고 했다. 마치 자기에게도 생명이 깃들었다는 듯이. 그때부터 칼을 갈았다. 아무튼 아저씨가 피까지 흘려가며 반대표를 냈지만 전기는 사유화됐다. 그 투표 얘기만 나오면 오까 형은 펄펄 뛴다. 뜯지 않은 투표함이 산더미처럼 쌓였는데도, 정부는 이 정도면 충분하다면서 개표를 중단했다고. 나머지 투표함들은, 대통령 선거 때도 그랬듯이 째까닥 불태웠다고. 아까부터 따띠 아줌마가 머리를 가로젓는다.

"여기서 먼저 시작됐을 가능성이 더 크지."

우리 다리를 움킨 괴생명체를 깔루는 농장에서 본 적이 없다. 그런 사실로 미루어, 따띠 아줌마는 여기가 훨씬 더 위태로운 상태라고 설명했다. 그러다 갑자기 목소리를 높인다. 밭에서 시위하던 여자들이 쓰던 말이 흔치 않은 말이었으니, 그걸 토대로 밭의 위치를 알아내자고, 빠오 추모 상자를 안치할 자리를 찾아내자고, 그럴듯한 제안을 한다. 그러자 다들 멍한 표정이 된다. 따띠 아줌마가 능력 밖의 일을 제안할 때면, 똑같은 병균에 전염된 것처럼 다들 저러고만 있는다. 저런 얼굴들을 보고 있으니 나도 멍해진다. 뭔가 아주 말도 안 되는 얘기를 들은 기분이다.

일 년 남짓한 시간이었다.
돈도 못 벌고 돈만 들던 아기가, 그것도 내 진짜 동생도 아닌 아기가, 뭐 별거냐고 할 수도 있다. 하지만 빠오가 없었더라면 나는 미안함이 뭔지도 몰랐을 거다. 똥 기저귀에 볼기가 새빨갛게 짓물렀는데도 빠오는 울지 않았다. 그 모습을 보고 처음으로 미안했다. 그런 감정을 처음으로 느꼈다. 그 전에는 원망밖에 몰랐는데. 나를 혼자 이 꼴로 남겨 두고 떠난 엄마 아빠를 향한 끝없는 원망.
"붉은 실, 저 주세요. 그것만 있으면 돼요. 추모 상자 따위는 필요 없어요."
내 말에 다들 한층 더 얼빠진 얼굴이 된다. 따띠 아줌마가 작은 헝겊 주머니에서 실을 꺼내 아무 말 없이 건넨다. 나는 곧장, 탄 쓰레기 더미 쪽으로 향한다. 롤라가 장의자에 놓였던 성냥갑을 움키고 유황을 오독오독 씹고 있다. 성냥을 뺏아 적린에 성냥골을 확 긋는다. 붉은 실은 불이 닿기가 무섭게 사라졌다. 자카란다나무에 와글와글하던 까만 새들이 하늘로 퍼진다.

빠오를 옥죄던 실은 이제 없다. 빠오의 바람은 이 세상과 완벽히 끊기는 걸 거다. 누군가 추모하면 또다시 이 세상과 엉킬 거다. 다음 번에는 더 질긴 실에 매인 채, 더 작은 바구니에 담겨, 더 구질구질한 집 앞에 놓일지도 모른다.

4

버스 앞으로 늘어선 줄에서 첸초 아저씨가 손을 들어 올린다. 어깨에 멘 연장 가방이 보통 때보다 불룩하다.
"좀 더 쉬지 않고?"
"오늘은 몇 건인가요?"
"세 집이다만. 그 몸으로 세 건이냐? 하나만 해라, 하나만."
"오늘 세 건 다 뛰고 이틀 몰아서 쉴래요. 할 일이 있거든요."
존중이 취미인 첸초 아저씨는 캐묻지 않고 입을 다문다. 실을 태운 뒤로 며칠 누워만 있었는데, 꿈에 시달려 쉴 새 없이 자다 깨서, 휴식이 절실해졌다. 산 아래로 일 나가는 사람들로 메워지며 버스는 빈틈을 잃어 가고, 창 너머로 쑤쑤 누나가 보인다. 벌써 자리를 잡고 앉아 숟갈로 속눈썹을 올린다. 저러고 손거울을 볼 때면 꼭 입을 벌린다. 아저씨가 차창을 두드리자, 입술을 한 번 삐죽이고 다시 거울에 초집중한다.
쑤쑤 누나는 잘나가는 마트 계산원이다. 셈도 빠르고 암기력도 뛰어나다. 채소와 과일마다 여섯 자리의 고유 번호가 있다. 마트 계산대는 저울이다. 손님이 골라 온 채과마다 계산원은 표에서 번호를 확인해 숫자를 찍고 무게를 단다. 수십 개나 되는 번호를 빠짐없이 외운 누나는 그럴 필요가 없다. 다들 그 줄에만 서려 든다. 아무리 줄이 길어도 금방 자기 차례가 오니까 그런 거라고, 누나 엄마가 수없이 떠들었다.

그게 누구든 둘만 모여도 누나 엄마는 딸 자랑을 한다. 그러므로 계산원 일에 관해서라면 모두가 빠삭하다. 우리 바로 옆집에 사는 그 일곱 명의 가족 가운데, 매일 출근하고 꼬박꼬박 격주급을 타는 사람은 쑤쑤 누나뿐이다. 그 도마뱀 꼬리만 한 주급에 식구 모두가 주렁주렁 매달려 기적적으로 살아간다. 그러니 자랑스러워할 만도 하다. 성당으로 가는 지름길인 우리 집 골목을 오가다가 니꼬 신부님이 상황을 눈치챘는지, 하루는 누나를 칭찬했다. "오, 자비로운 천사가 따로 없구나!" 하지만 누나 얼굴은 얼음판이었다. 진짜로 쑤쑤 누나가 천사라면 그 도마뱀 꼬리를 한칼에 끊고 자비는 미련 없이 반납하고, 당연히, 날개를 퍼덕여 가출할 거다.

누나는 언제나 턱을 쳐들고 다니며, 그럴 만한 이유는 한둘이 아니다. 원래는 계산대 앞에서 봉투나 장바구니에 물건을 담아 주고, 주급도 없이 팁만 받는 일을 했다. 계산원이 되고 싶었지만 문턱이 높았다고, 적어도 중학교는 나와야 가능했다고, 누나는 우리 집 앞에 앉아 내게 늘어놨다. 초등학교도 다닌 적 없지만 스스로 돌파구를 찾았다고, 일이 끝나면 마트에 남아 번호를 익혔다고 했다. 그 마트는 주로 백인들이 모여 사는 동네에 있는데 값비싼 유기농품과 수입품만 취급하기 때문에, 생소한 채과투성이랬다. 그즈음 쑤쑤 누나는 야야 부인 집을 자주 들락거렸다. 부인 정원에는 마트에서 파는 식물 천지라 암기에 도움이 된다면서 말이다.

한번은 야야 부인더러 "있잖아요"라며 누나는 고개를 흔들었다. 바질이라면 악령 쫓을 때나 쓰는 식물인데, 백인들은 한 번에 몇 단씩이나 사 간다며, 아무래도 다들 저주에 걸린 듯싶다고 했다. 누나는 부정한 몸을 탁탁 털거나 집 구석구석을 훑는 흉내까지 내며 쉭쉭거렸다. 그러자 야야 부인은 목젖이 보이도록 웃었다. 며칠 후 누나한테 갖다주라며 연두색 유리병을 내게 건넸다. 면에다 비벼 먹으라면서. 그 뒤로 쑤쑤 누나는 정원에서 바질을 몇 움큼씩 뽑아 갔다. 루콜라, 표고버섯, 가슈파오, 아티초크, 찰롬, 미콜루, 아스파라거스, 코윰마의 번호까지 줄줄 외우게 되자, 마트 지배인을 찾아갔다. 그간 쌓은 실력을 선보였고, 그날로 당당히 계산원이 됐다는 부분을 얘기할 때, 누나는 내 이마에 열 번도 넘게 입 맞췄다.

쩔걱! 문소리에 이어 버스가 내리막길을 달린다. 쑤쑤 누나가 순식간에 사라졌다. 눈알이 빠져 숟갈에 담겼을지도. 힘차게 밀어붙이면 서넛은 더 탈 텐데, 늘 이런 식이다. 버스가 토한 검은 매연을 가르고, 드르르르! 거친 엔진 소리가 밀려온다. 코앞에서 미니버스가 급정거한다.

"차누, 바퀴벌레로 가자!"

첸초 아저씨가 내 등을 떠민다.

　남은 좌석이 하나도 없다. 아저씨와 함께 바닥에 쪼그려 앉는다. 인간 열두 명을 태우도록 만들어진 차이지만, 보통 열여덟 명이 탄다. 때로 창밖으로 몸이 삐져나와서, 꼭 약 먹고 버둥대는 바퀴벌레처럼 보이기 때문에 붙은 이름이다. 열다섯 명은 좌석에 구겨 앉고, 세 명은 바닥에 옹크린다. 신호란 신호를 싹 무시하고 오토바이같이 몰아서, 일반 버스보다 훨씬 빠르다. 산동네까지 오는 버스가 부족하니 바퀴벌레가 생길밖에.

　이 시간에는 아랫동네로 출근하는 사람이 대부분이라, 한번 꽉 차면 멈추지 않는다. 움푹 꺼지고 불룩 솟은 길을 바퀴벌레는 거침없이 달린다. 허물어져 가는 담으로 서로서로를 지탱한 집들이 획획 지난다. 부수다 만 폐가니, 늘어진 전선 타래니, 허리 꺾인 폐전봇대니, 지금이라도 무너질 온갖 물체가 뒤얽혔다. 그래서 동네 전체가 한 덩어리로 보인다. 오까 형 말대로 하나의 무지막지한 유기체, 함께 붕괴할 운명 공동체로 보인다.

　기우뚱한 공동주택을 뒤로하며 "내릴 사람 없죠?" 외친 운전사는, 그라피티로 뒤덮인 굴다리를 전속력으로 통과한다. 시뻘건 불도마뱀에 올라탄 혁명가가 입을 활짝 벌렸다. 그 입에서 드르르르! 엔진 소리가 터진다. 방금 지난 그라피티를 네 달에 걸쳐 완성한 인물이, 바로 이 미니버스를 색칠했다. 그리고 지금 이 차를 모는 중이다. 오까 형은 색칠에 뛰어나다. 미니버스를 허가 없이 운행하는 것도, 굴다리를 도화지 삼는 것도, 이런 속력으로 내달리는 것도 물론 불법이다. 하지만 형이 설명하기를, 뒷돈 밝히는 공무원들 덕에 아무 문제 없댔다. 바퀴벌레는 출퇴근 시간 무렵에만 딱 산자락까지 왔다 산마루로 돌아간다. 중심가에 늘어선 경찰들은 돈을 터무니없이 많이 요구하는데다, 형은 그들이나 상대하며 시간 죽일 여유가 없기 때문이랬다. 마무리할 그라피티가 자그마치 셋이나 된다나. 곳곳에 방치된 훼손된 구조물이나 폐허는, 그나마 자기 손길 덕분에 봐 줄 만한 거라고도 했다. 바퀴벌레는 산자락에 승객을 쏟고 벌써 사라졌다.

*

안 그래도 탁한 거리가 화산재에 휩싸여 시뿌옇다.

버스를 갈아타려고 대로를 따라 걷는데 멀리서 "젠장!" 욕이 울린다. 주유소에 딸린 편의점에서 덩치 큰 점원이 낑낑대며 여자 마네킹을 끌어내고 문을 쾅 닫는다. 덩그러니 세워진 마네킹은 여러모로 이상하다.

다리를 떡 벌리고, 등을 구십 도로 꺾고, 양팔은 앞으로 뻗었다. 볼기와 가슴을 겨우 가린 새까만 원피스를 입고, 검고 긴 생머리로 얼굴을 완전히 가렸다. 그런데 마네킹 손이…… 움직인다. 뭘 찾는지 손으로 허공을 더듬는다. 사선으로 걸쳐 멘 작은 가방이 달랑인다. 그러고 비틀비틀 주유소를 가로지르다, 갑자기 끈이 축 늘어진 마리오네트가 된다. 다리를 쫙 열고 주저앉았다.

"저런!"

첸초 아저씨가 달려가 여자 곁에 쪼그린다. 나도 뒤따른다. 여자는 양팔을 앞으로 올렸다 내렸다 한다. 그마저도 힘들어 보인다. 혀가 말을 안 들어서 팔로라도 표현하려는 걸까. 그러다 고개를 푹 꺾는다. 팬티가 보일 정도로 치마는 기어 올라가고, 깊이 팬 목 부분은 자그만 왼쪽 가슴을 밖으로 드러냈다. 가슴에서 헬레나모르포나비가 푸른 날개를 파닥인다. 우선 아저씨는 섬세하게 문신한 가슴을 안으로 넣어 준다. 다리도 오므린다. 내려도 내려도 치마는 고집스럽게 다시 올라간다. 까만 천의 탁월한 탄성에 아저씨는 손을 들고,

"얘야, 내 말 들리니? 이름이 뭐니?"

똑같은 질문만 반복한다. 한참 만에야 여자가 목을 쳐든다. 백금 덩어리를 들어 올리는 속도로 머리를 들기는 했지만, 눈에 힘이 하나도 없다. 눈 화장도 입술도 번질 대로 번졌다. 깔루 또래 같다. 초점 잃은 눈을 첸초 아저씨가 손가락으로 벌려도 보고, 입 가까이도 큼큼댄다. 무슨 형사같이 군다. 생각에 빠지는가 싶더니, 단서가 부족해 추리가 막힌 표정이 된다. 아주 멍청해 보인다.

"첸초 아저씨, 이러다 늦겠어요. 그만 경찰한테 데려가죠?"

"놈들한테 뭘 험한 꼴을 당하라고, 이런 정신도 없는 여자애를!"

"술 냄새도 별로 안 나는걸요?"

"웬 못된 약을 한 거 같구나."

여자는 물고기처럼 입술만 빠끔거린다. 하고 싶은 말이 있나 본데, 아무 소리도 안 난다. 그러다가 가방의 단추를 열려고 손가락을 꼼지락댄다. 작고 땡그란 쇠 단추는 요리조리 빠져나가고.

"도와줄까?"

아저씨 물음에 여자가 눈을 부릅뜬다. 김은 눈이 잠깐 맑아졌다 흐려진다. 드디어 여자가 단추 목을 잡아 뽑자, 휴대전화, 화장품, 종이 쪽지가 투두둑 떨어진다. 전화기는 눌러도 눌러도 반응이 없다. 가무잡잡한 피부에 비해 너무도 하얀 분가루나, 형광 핑크 립스틱이 이 상황에서 할 수 있는 건 아무것도 없다. 그나마 종이에는 굵은 펜으로 주소가 갈겨써졌다. 글자마다 종이 밖으로 뛰쳐나갈 기세다. 성질 나쁜 인간이 화가 치밀 때 썼나 보다. 쪽지를 집은 첸초 아저씨 눈이 빤짝한다.

"얘야, 여기다 데려다줄까? 내가 가려는 데랑 가까운데? 응?"

그러라는 건지 말라는 건지, 여자는 또다시 고개를 꺾고 굳는다.

"물먹은 담요 같은 여자를 데리고 버스를 타려고요!"

내가 말릴 틈도 없이 아저씨는 여자를 일으켜 세웠다. 마네킹을 옮기듯 여자 옆구리를 감아쥐고 정류장으로 이동한다. 그래도 다행인 건, 신발 굽이 높긴 해도 통굽이다. 빨간 통굽 샌들. 저게 뾰족한 굽이라면 맨발로 데려가다 발이 홀랑 까질 거다. 아저씨 연장 가방을 메고 쫓아간다. 첸초 아저씨 말대로 좀 더 쉬는 게 나을 뻔했다.

이미 만원인 버스가 정류장에 닿기가 무섭게 사람들은 앞뒷문 가리지 않고 올라탄다. 뒷문 쪽에 달라붙은 사람들 틈으로 여자를 구겨 넣고, 아저씨도 나도 승차한다. 바로 문을 등지고 서 있으니, 다음 정류장에서 또, 또 이 짓을 해야할 거다. 수십 개의 도시락 통에서 새어 나오는 냄새가 하나로 뭉쳐지는데, 첸초 아저씨가 여자를 끌고 전진한다. 단단히 반죽된 승객들을 가르며 안쪽으로 간다. 나도 바싹 붙어 뒤따른다. 여기저기서 짜증 섞인 말이 튀어 오른다. 다음 정류장에서 여자를 내렸다 올리느니 지금 욕먹는 게 나을지도.

"뒤로 탄 사람들! 차비 내요!"

운전사가 고함치자 옆 사람이 내게 동전 둘을 건넨다. 나도 아저씨 작업복 주머니에서 셋의 차비를 꺼낸다. 합친 동전을 앞 사람에게 넘긴다. 차비가 운전석까지 전달되는 동안 줄줄 흘러내리는 여자를 지탱하느라, 아저씨 옷은 벌써 땀에 찌든 걸레가 됐다. 승객들이 눈을 흘기고 욕하거나 말거나 아저씨는 "얘야, 얘야" 나직이 부르며, 뺨을 살짝살짝 때리기까지 한다.

"으으응."

여자가 고양이 소리를 내며 중심을 잡으려 들지만 꼿꼿해지긴커녕 원피스만 기어 올라간다. 내가 확 내려서 가슴이 반이나 삐져나오고 말았다. 앞 남자 시선이 여자 가슴에 내리박혔다. 유리벽돌 같은 안경알 뒤에서 회갈색 눈이 번뜩인다. 첸초 아저씨가 원피스를 바로 잡자, 남자 얼굴이 축 처져 십 년은 더 늙어졌다. 남자가 눈알을 굴리며 승객들 몸을 훑는 사이, 지하철 노선이 넷이나 교차하는 환승역에 닿았다. 포대에서 옥수수가 쏟아지듯 사람들이 내리고 그 틈에서 시퍼런 소리가 날아온다.

"약쟁이 년들!"

뒷문이 욕설을 삼키고 철컥! 입을 닫는다. 첸초 아저씨 눈가가 파르르 떨린다. 승객마다 아저씨를 뜯어본다. 얼굴이며 가슴이며 볼기며 갈가리 뜯겨 너덜너덜해지는 중이다.

"이번에 내릴 거다."

아저씨의 발걸음을 따라 사람들 고개도 끈덕지게 돌아간다.

5

골목 초입의 노천카페도 시뿌옇다. 자주색 차양마다 화산재가 두둑이 내려앉아서, 한껏 꾸민 동네까지 너저분해 보인다. 정방형의 포석이 질서 정연하게 부채꼴로 장식한 길을, 여자는 핵심 부품을 잃은 로봇처럼 걷는다. 오른팔은 내 어깨에, 왼팔은 첸초 아저씨 어깨에 걸쳐서 걸음마다 갸우뚱한다. 어깨를 겯고 걷기는 처음이다. 보통 때 같으면 동서양이 반죽된 나한테로 쏠렸을 시선이 여자에게 몰린다. 행인들 시선이 여자 몸 곳곳에 잇따라 꽂힌다. 무슨 생각으로 이딴 쪼끄맣고 제멋대로 쪼그라드는 천 조각만 걸치고 외출했을까. 걸으면서도 틈틈이 잡아당겨야 하는 옷이라니! 아저씨가 번지수를 찾다 말고 주춤한다.

"홀수니까 이편이 맞는데…… 내 참, 237만 건너뛰었네!"

여자가 눈을 치뜨자 아저씨가 등을 받쳐 준다. 여기가 맞느냐고, 정신이 드느냐고, 이름이 뭐냐고 질문을 퍼붓는다. 하지만 여자 눈에는 초점이 생기지 않는다. 눈은 떴지만 입을 헤벌려서, 아까보다도 심각해 보인다. 뭘 삼켰길래 이렇게 정신이 오락가락할까. 또 늘어졌다. 지금 여자가 머릿속에서 헤매는 장소는 어디일까. 뭘 하고 있느라 이 모양일까. 여자가 헤매는 세상까지 떠메고 있느라 다리가 다 후들거린다.

"첸초 아저씨, 저기 큰길에 있는 교통경찰한테 맡기는 게 낫지 않을까요?"

"하는 수 없다. 데려가자."

"그렇죠? 이쯤이면 우리도 할 만큼 했다고요."

내가 큰길 쪽으로 몸을 트는데, 아저씨가 가던 방향으로 발을 내딛고, 순간 여자 다리가 꼬여서 다 같이 나뒹굴 뻔했다.

"차누! 네가 아직 경찰 맛을 제대로 못 봤구나! 이쪽으로!"

이런 상태의 인간을 데리고 일하러 갔다 괴소문이라도 돌면, 첸초 아저씨 밥줄이 끊길지도 모른다. 아저씨는 늘 자랑스러워한다. 자기의 꼼꼼한 일솜씨 덕에 알음알음으로 인연이 닿은 오랜 단골들이라고. 그 모두를 단지 소문 하나로 잃을 수도 있다. 절대 아무나 집에 들이지 않는 무지 까다로운 인간들이지만, 아저씨를 아나마리가 아니라 첸초라고 부른다. 그런 자들을 만나기란 쉽지 않다. 끊임없이 말려 올라가는 요 냅킨만 한 원피스만 걸친 여자만큼이나, 아저씨 머릿속도 모르겠다.

"차누, 오 층이다."

초인종을 누르자 인터폰이 지직대며 누구냐고 묻는다.

"첸초예요!"

바로 빽 소리가 나고 공동 현관문이 열린다.

들어서니 라벤더에 섞인 초콜릿 향이 은은하게 얼굴을 감싼다. 뜻밖에도 승강기가 있다. 수백 년은 돼 보이는 건물이라 기대도 안 했는데 말이다. 이 동네에는 정부 허가 없이 맘대로 뜯어고칠 수 없는 구조물 천지다. 뭐든 고대로 보존해야 한다. 보존은 만만치 않은 일이다. 재료마다 희귀한 것투성이고 값도 비싸고 공도 많이 든다. 무엇보다 고급 지식이 필요하기 때문에, 주인이 시키는 대로 따라야 한다. 딴 데서 하던 방식대로 일했다가는 어마어마한 돈을 물게 된다. 승강기를 기다리는 동안 아저씨가 여자 이름을 되묻지만, 혀가 마비되는 약이라도 먹었는지 "으으응, 으으응" 신음만 흘린다.

덩!

둔탁한 울림과 더불어 승강기가 열린다. 좁아터진 공간 왼쪽으로 백발의 노인이 의자에 앉아 있다. 혼자서 공간을 반이나 차지했다. 몇 가닥 안 되는 머리칼은 뒤로 싹 넘겼고, 머리칼보다도 숱이 많은 콧수염은 양쪽으로 꼬아 올렸다. 나비넥타이까지 했다. 숨 막히게 느린 속도로 노인이 팔을 뻗어 손바닥을 보인다. 그렇게 어서 오르라는 수

신호를 보낸다. 여자를 보고도 노인은 조금도 놀라지 않는다. 뭘 봐도 못 본 척하도록 교육받았나, 아니면 이런 모습에 익숙한 걸까? 우리 셋은 똘똘 뭉쳐 반대편에 붙어 서고, 노인은 잔잔한 눈길만 보낸다. 자글자글 접히고 접혀 아코디언의 주름상자가 된 얼굴에서 구슬픈 음악이 흐른다.

"오 층요."

들리지도 않은 물음에 첸초 아저씨가 답하자, 노인은 황금빛 승강기 단추를 누르고 앞만 본다. 디오옹! 만화영화에 나오는 우주선 소리와 함께 부들부들 떨며 승강기가 올라간다. 노인 등에 업혀 올라가는 기분이다. 요만한 공간에 노인을 앉혀 두다니, 저 노인만 없어도 세 명은 더 탈 텐데, 저렇게 낮게 달린 단추는 꼬마들도 누를 텐데 하고 생각하는 순간,

"쎌……."

먼지 뭉치같이 건조한 소리가 난다. 여자는 다음 먼지 뭉치도 뱉는다.

"리……."

"안녕히 가세요, 쎌리 아가씨."

노인이 정중히 인사하자 덩! 문이 열린다.

아침 햇살로 줄무늬가 진 복도를 지나, 빼꼼 열어 둔 나무 문을 들어선다. 딱, 딱, 손톱 물어뜯는 소리가 거실에 울려 퍼진다. 거실 창 앞

에서 남자 하나가 휴대전화를 귀에 대고 서성인다. 늙지도 젊지도 않은 남자다. 가냘픈 몸에 매끈한 흰 목욕 가운만 걸쳤다. 가슴에 금빛 털이 북실북실하다. 창으로 들이치는 빛을 받아 가운이 번쩍인다. 가냘픈 빛 덩어리가 왔다 갔다 한다. 화산재 때문인가. 열 개도 넘을 유리창을 모조리 닫아 놨다. 공기에 익숙지 않은 향이 그득하다. 공간을 빙 두른 굽도리널에 특이한 문양이 조각됐다. 무섭도록 정교하고 균일하다. 분명히 인간이 직접 새겼을 텐데……. 상대가 전화를 안 받는지 남자는 계속 딱딱거리며 오가기만 한다. 그러다 어깨동무한 우리를 보고는 안경올빼미같이 눈을 뜬다.

겁도 없이 여자를 버스에까지 실을 때는 언제고, 첸초 아저씨는 쩔쩔맨다. 정면에서 마주 보니, 남자는 늙고 허약해 보인다. 가슴털만 젊다. 저런 사람이 여자, 그러니까 쎌리를 보고 쓰러지지 않은 것만도 기적이다. 첸초 아저씨가 어색한 침묵을 깬다.

"그러니까, 그러니까 여기가 253번지니까, 요 근방일 텐데 말이죠. 저, 혹시 237번지가……."

순간 휴대전화가 떨어져 대리석 바닥과 격돌하고 쎌리가 팔을 스륵 내린다. 똑바로 섰다! 남자가 뒷걸음질하다 창에 부딪히고, 쎌리가 흐리멍덩한 눈으로 그를 본다. 가뜩이나 창백한 남자 얼굴에서 핏기가 걷혔다. 남자는 닭발 같은 손을 모아 쥐고 입술을 누른다. 혼자 힘으로는 감당이 안 돼서 신이라도 찾는 걸까?

"무우울."

물? 쎌리 목소리를 들은 남자 이마에서 땀이 줄줄 흐르자 첸초 아저씨가 재빨리 설명한다.

"237번지가 어딘지만 알면 후딱 데려다주고 올 텐데 말이죠. 아, 애는 제 보조예요. 믿을 만한 앱니다. 먼젓번에 폭스 씨네 식사실도 옥상 정원도 얘랑 같이 손봤죠, 헤헤."

아저씨 웃음이 길어질수록 남자는 냉동 미라가 된다. 가로막듯 손바닥만 번쩍 들어 보이고 전화를 주워 번호를 누르며 서재로 들어간다. 야야 부인의 칙칙한 서재와는 달리 색색의 책들이 빼곡하다.

"케빈! 케에에빈!"

전화에 대고 악쓰며 문을 쾅 닫자 쎌리가 움찔한다. 목이 탄다며, 물을 달라며 쎌리가 갈라진 목소리를 낸다. 하지만 아무리 목말라도, 바로 눈앞에 물병과 물 잔이 보여도 손대면 안 된다. 변기 뚫으러 가면 변기만, 가스 호스 연결하러 가면 호스만, 바닥 타일 세척하러 가면 타일만 만져야 한다. 그래야 또 일을 맡기고, 다른 사람도 소개해준다. 쓰르륵, 물무늬 나뭇결이 웅장한 서재 문이 열린다. 그사이 피가 얼굴로 쏠려서 남자는 무르익은 피타야가 됐다. 머리만 옆으로 한 번 기울여 첸초 아저씨를 부른다.

벽에 기댄 쎌리 곁에서 아저씨를 기다린다. 물 달라고 보챌 힘도 없는지 조용하다. 쓰러질지도 모르므로 바짝 붙는다. 이런 정신으로도 서 있다니! 줄곧 숙였던 머리를 뒤로 꺾은 쎌리를 따라 나도 고개를 젖힌다.

시간이 멈춘 공간 같다.

천장 벽화에는 발가벗은 아기 천사들이 어지럽게 날아다닌다. 하나같이 포동포동하다. 빠오도 잘 먹었다면 볼기가 저랬을까. 저렇게 높은 곳에 저렇게 많은 천사를 그려 넣은 사람은 분명 목뼈가 나갔을 거다. 저 아기 천사들을 고대로 보존하려면 첸초 아저씨 솜씨로는 불가능할 거고. 박물관 같은 데서 일하는 사람을 부를까. 오까 형이 저걸 손보면 집주인은 시청에 불려가 벌금을 물 거다. 제일 크고 또렷하게 색칠된 천사가 나를 째려본다. 무슨 향신료 냄새일까. 무슨 곡물로 빚은 빵이 탄 걸까. 무슨 차를 우렸을까. 무슨 꽃을 섞은 비누일까. 향을 피웠나. 야야 부인 때문에 식물 향이라면 꽤 맡아 봤는데 다 낯설다. 무슨 박제를 냉장고 위에다 뒀을까. 새끼 표범인가. 기분 나쁘게 아까부터 나를 쏘아본다. 그 옆에 걸린 대형 사진 속에는 복잡한 인간이 박혀 있다. 팔다리를 엇갈려 꼬고 손바닥 하나로 바닥을 짚고, 붕 뜬 채로 나를 바라본다. 감시 카메라에 둘러싸인 기분이다. 맞은편 중앙의 벽감에서도 황동 모형 셋이 나를 건너본다. 셋 다 반인반수다. 몹시 불편해들 보인다. 얼굴은 피타야에 가슴은 복슬강아지인 남자의 목소리가 둔중한 문을 힘겹게 통과한다. 나무라는 것도 같고, 비는 것도 같고, 내용은 모르겠다.

야앙!

박제가 고양이 소리를 내며 뛰어내리고 나도 쎌리도 나자빠진다.

6

 콜택시 운전사는 거울에 비친 쎌리를 끈적한 눈길로 더듬는다. 그러느라 내 말은 들은 체 만 체 하고 멋대로 직진한다.
 "대체 몇 번째예요! 보건소 옆 샛길로 빠졌어야죠!"
 "큰길로만 갈 거라고 분명히 말했다. 누구를 잡으려고 샛길로!"
 그리로 갔더라면 벌써 목적지에 도착하고도 남았다. 쎌리한테 물도 줬을 거다.
 무슨 일인지, 아까 서재에서 나오자마자 남자는 콜택시를 부르겠다며 스피커폰부터 켰다. 하지만 우리 동네 이름을 듣자마자 바로바로들 전화를 끊었다. 뚜 소리가 울릴 때마다 남자는 일 킬로씩 빠지는 듯 보였다. 열 번째에 이르러 남자는 웃돈을 얹어 주겠다고 큰 소리로 말했다. 그러자 운전사는 세 배를 주면 가겠다고 더 큰 소리로 말했다. 첸초 아저씨는 다저녁때나 돼야 일이 끝날 거라며, 일단 쎌리를 야야 부인네 데려다 놓으라고 했다.
 세 배나 되는 돈을 미리 받고도 운전사는 이 모양이다. 내 말은 무시한 채 큰길만 따라 몬다. 범죄자만 뼈글뼈글한 동네에 와 준 것만으로도 감사하라면서. 뼈글거리는 건 범죄자가 아니라 배곯는 사람들이고, 그중 몇몇만 범죄자라고, 무슨 근거로 싸잡아서 범죄자로 몰아세우느냐고 따지려다 그만둔다. 그랬다가는 우리를 차 밖으로 내던질지도 모른다. 뺨이 새빨갛게 달아오른 운전사는 허벅지 사이가 몹시 간지러운지 운전하는 내내 오른손이 몹시 바쁘다. 폭발 직전의 택시 옆으로 자전거 한 대가 아슬아슬하게 비껴간다.

로로 아저씨?

자전거 뒷자리에 부착한 연장 통을 새로 칠했나 보다. 한눈에 봐도 오까 형 솜씨다. 시퍼렇게 날 선 칼이 입체적으로 그려졌다. 저런 연장 통을 가진 칼갈이는 로로 아저씨뿐일 거다. 보통, 연마기는 그대로 내놓고들 다닌다. 하지만 연마기를 향한 아저씨 애정은 유별나다. 뭐든 빛을 쐬면 쉬 상한다면서, 나무 덮개까지 손수 짜서 씌웠다. 축일에 아저씨 품에 안긴 연마기라서일까. 꼭 아기같이 다룬다. 아침 설거지까지 마친 사람들이 숨을 돌릴 즈음 아저씨는 일을 나간다. 그 전에는 가 봤자 허탕 친댔다. 아무도 무딘 칼에까지 신경 쓸 여유가 없다나. 요맘때 출발해야, 아랫동네에 도착해 자기 구역을 다 돌 수 있다면서, 딴 칼갈이 구역을 침범했다가는 큰코다친다면서, 로로 아저씨는 등의 칼자국을 보여 줬다. 칼갈이 자전거가 다섯 동네를 훑고 나면, 빵 장수 자전거가 다닌다. 해 지기 바로 전 하늘이 야릇한 기운으로 들끓는 시간이 된다. 저녁을 때울 빵을 사러 하나둘 나오는 시간. 기다란 그림자를 꼬리처럼 단 자전거를 향해 빵을 달라고 휘파람을 부는 시간. 또 그렇게 하루를 마치며, 또 밝아 올 내일에 어깨가 축 처지는 시간. 내가 가장 좋아하면서도 싫어하는 시간.

"야 새꺄! 그 눈 못 치워!"

쎌리가 폭발음을 낸다. 정신이 들었다 나갔다 하더니 깨끗이 깬 걸까.

"네 눈깔에서 침 떨어지잖아!"

꼬부라진 혀로 운전사 뒤통수에 쏘아붙이고 바로 곯아떨어진다. 택시가 급정차하고 쎌리가 앞으로 처박혔다 뒤로 튕긴다. 쎌리 코에서 피가 주룩 흐른다. 나도 혀를 깨물어 입을 다물 수조차 없다.

"내려!"

군턱을 출렁이며 운전사가 똥을 누다 만 얼굴로 노려본다. 아직도 비탈을 한참 더 올라야 한다.

"내리라고!"

운전사 명령에 쎌리가 로봇처럼 자동으로 내린다. 저러다 넘어질까 봐 나도 곧장 뒤따르는데, "쓰레기들!" 운전사가 내갈긴다. 정말로 우리가 쓰레기로 보이는지, 비틀대는 쎌리 바로 옆에서 씽! 급회전한다. 택시가 일으킨 흙먼지 속으로 쎌리가 나동그라진다. 캑캑대며 몸을 웅크리고 웅크린다.

*

첸초 아저씨는 거듭 부탁했다. 택시에서 내리자마자 쎌리를 야야 부인네 넣고, 반드시 대문을 걸어 잠그라고. 동네 사람들 눈에 띄지 않게 하라고. 하지만 다 망쳤다. 헬렐레한 쎌리를 달래며 비탈을 오르는 동안, 우리를 대놓고 관찰한 주민만 해도 오십 명은 될 거다. 다행히, 그 말 많은 어른들도 쎌리의 정체를 묻지 않았다. 빠오가 송장도 안 남기고 떠난 게 겨우 며칠 전 일이다. 괜히 건드렸다 내가 울면 골치 아플 거다. 엄마가 죽었을 때와 마찬가지로 눈물을 단 한 방울도 흘리지 않은 나를 모두가 시한폭탄처럼 대한다.

고맙게도 코피는 바로 멎었지만, 나보다 키도 큰 데다 중심도 못 잡는다. 이런 인간을 부축하며 걸으니, 십자가를 지고 무릎걸음으로 가파른 성지를 오르는 기분이다. 더군다나 스무 명도 넘을 꼬마들이 우리 뒤로 따라붙었다. 쎌리는 단번에 꼬마들을 사로잡았다. 일하기에는 어리고, 유치원은 꿈도 못 꾸는 꼬마들이다. 쎌리가 킁킁댄다. 나도 코를 벌름거려 보지만 별다른 냄새도 없다. 갑자기 쎌리 허리가 곧아진다. 내 팔을 훅 걷어 내더니 어느새 나를 앞질렀다. 쎌리가 속력을 내자 꼬마들도 덩달아 빨라지고 그 사이사이를 헤치며 나도 뛰어오른다.

비띤 나무다.

나무 둘레의 높은 돌무더기에 쎌리가 걸터앉아 있다. 등을 젖히고 눈을 감고 숨을 깊이 들이쉰다. 그 주위를 맴돌던 꼬마들은 아무 일도 일어나지 않자 하나둘 떨어져 나간다.

오늘따라 나무 몸통도 가지도 분홍빛이 짙다. 다섯 갈래로 굵직굵직하게 뻗어 오른 가지마다 어른 얼굴만 한 잎이 무성하다. 두툼하고 둥그런 연녹색 잎이다. 몸통에는 잔가지 하나 없다. 펼쳐진 치마 같은 밑동에서부터 허리까지 촉촉한 벌레가 다닥다닥하다.

하나둘 느는 게 아니다. 이곳에 옮겨 심은 다음 날 생겼고, 이십삼 년째 그대로랬다. 그걸 목격한 사람은 엔쏘 할아버지였다. 이발소 회전등을 고치러 새벽에 집을 나섰는데 비띤 나무에 노란 물방울들이 생겨났댔다. 알을 낳듯이 나무에서 배어났다나. 그 얘기를 들으며 야야 부인은 내 손을 꼭 쥐었다. 비띤은 바닷가 마을에서 병아리색 흙만 먹으며 구백 년이나 살았다고, 그런 나무를 강제로 뽑아서 하루아침에 이토록 척박한 곳에 옮겼으니, 몸에서 벌레가 튀어나올 만도 하다고.

숨을 가라앉히려고 나도 궁둥이를 붙인다. 목을 꺾고 쎌리처럼 숨을 들이마신다. 아무 냄새도 안 난다. 노란 물방울들이 시계방향으로 꼬물꼬물 이동할 뿐이다. 저게 벌레가 아니라 진짜 물방울이라면, 한 움큼 떼어 목을 축일 텐데. 저렇게 득실거려도 잎이 우거진 걸 보면, 비띤 나무에 해롭지 않은 건 확실하다.

쎌리가 나무를 향해 팔을 뻗치더니 벌레를 한 주먹 움켜…… 입에 털어 넣는다. 다른 사람들은 상상도 못 할 짓이다. 비띤 나무에 손대는 건 야야 부인과 따띠 아줌마밖에 없다. 그리고 둘은 늘 그렇다. 나쁜 일이라도 당할까 봐, 다들 곁눈질만 한다. 그뿐이 아니다. 나무에 엉뚱한 변화가 생겨도, 눈을 내리깔고들 지난다.

때로는 돌무더기에 앉은 사람을 굽어보는 것처럼 가지마다 각기 다른 각도로 구부정하다. 잘못 날아든 독수리가 가지에 앉으면, 귀찮은 듯이 툭 턴다. 건기에 갑자기 미친 빗줄기가 뿌리면, 굼틀대며 물을 빨아들인다. 우유 배급 받는 사람들로 주위가 시끄러우면, 몸을 움츠린다. 성격이 예민한 건지 뭔지, 짹짹대는 새 떼가 다가가면 잎 테두리가 날카로워진다. 단칼에 새들을 쫓는다. 무슨 이유인지 어떤 때는 큰키나무같이 쑥 자라고, 어떤 때는 떨기나무같이 납작해진다. 그런 때면 벌레들로 뒤덮여 나무가 하나도 안 보인다.

하지만 다들 못 본 척한다. 페파 아줌마처럼 수다스러운 사람조차, 비띤 나무를 두고는 한 마디도 안 한다. 비띤 나무와 인간이 얽힌 사건은 단 하나도 없었는데도, 모두가 거리를 두고 지낸다. 그런데 비띤 나무의 일부인 벌레를 먹다니! 그것도 일 초도 망설이지 않고.

"병뚜껑 맛인가? 머리끈 맛인 거도 같고······."

입가에 남은 서너 마리도 핥으며 머리를 갸웃한다.

"난 쎌리, 넌?"

"창, 창우."

"차누?"

"어."

"넌, 내게 몸을 바칠 의무가 있지. 이게 규범이다. 난, 네 아빠니까. 그러면서 나를 덮쳤어. 그 새끼 왕국에선 그러거든. 딸은 무조건 아빠 거야. 그 규범이라면 옆집 언니들한테 들어서 이미 알고 있었지. 옆집 아저씨도 같은 왕국 인간이거든. 두 아빠가 죽이 척척 맞았지, 척척. 다섯 자매 모두 씹다 뱉은 구아바 같은 얼굴로 살았어. 아빠란 작자는 늘 배부른 얼굴이었고, 딸들을 덮치고 나선 꼭 민트껌을 짝짝 씹었대. 뭔 왕국이냐고? 우리 아빠랑 옆집 아저씨, 두 또라이가 지어낸 왕국."

씹다 뱉은 구아바 같은 얼굴이 어떤 건지 아느냐며 쎌리는 잔돌 하나를 쥔다. 그리고 흙바닥에 얼굴을 그려 나간다.

"아빠는, 엄마가 고작 딸 하나만 남기고 죽어서 엄청 아쉽다는 얼굴로 담배를 피웠지. 그러곤 바로 뻗었어. 그따위 규범을? 억울했어. 하지만 나보다 세 배나 무거운 짐승한테 뭘 할 수 있었겠니. 그날로 집을 나왔어. 그딴 규범이나 따르며 죽어지내기보다 더 더러운 게 있을까 하고. 근데, 아빠는 쩝도 안 되게 추잡한 놈한테 걸려든 거지. 차누? 어디를 가려던 거지?"

쎌리가 둥치 쪽으로 잔돌을 던지자 잎들이 동시에 파들거린다. 드디어 다섯 개의 얼굴이 완성됐다. 다섯 자매가 일그러진 얼굴로 나를 올려다본다.

"차누?"

"야야, 야야 부인네."

"가."

묻지도 않은 걸 쏟더니, 약에서 완전히 깼나 보다. 발음도 똑똑해진 쎌리는 딴사람 같다. 내가 멍하니 보자, 깡말라 뽈록한 어깨로 나를 툭 친다.

"오줌 마렵다고!"

탄성이 훌륭한 원피스를 위아래로 힘껏 잡아당긴다. 위태롭던 몸이 이제야 가려졌다. 날카롭고 푸른 앞날개만 남기고 나비는 옷 안으로 숨었다. 목에서 간들간들하는 가방도 옆으로 고쳐 멘다.

아까부터 벤하 아저씨가 우유 배급소 창틀에 턱을 괴고 이쪽을 본다. 우리가 비띤 나무를 떠나 길모퉁이를 돌 때까지 눈으로 쫓는다. 무슨 해를 끼치는 건 아니지만 찜찜하다. 그래도 페파 아줌마가 아니라 다행이다. 다들 '살인 악어'라고 부르는 페파 아줌마는 삐뽀 엄마다. 보고 들은 것마다 그 좍 찢어진 입으로 줄줄 흘리고 다니고, 뽀쪽한 이빨로 닥치는 대로 헐뜯어, 여럿을 곤경에 빠뜨렸대서, 그래서 붙은 별명이다. 그 입 때문에 갈라선 남녀만 해도 스무 쌍이 넘고, 십년지기를 잃은 사람도 부지기수라며, 거의 다 슬슬 피했다. 이 골목 저 골목에서 떠드는 페파 아줌마를 보면, 저년 말은 믿을 게 못 된다고들 했다. 하지만 자기 짝이나 친구에 관해 들으면, 다들 얼마 못 가 헤어졌다. 내가 직접 본 경우만 해도 일곱이나 된다.

신기하게도, 아무도 절대 털어놓지 않을 얘기만 페파 아줌마는 한 자루쯤 알고 있다. 아무 때나 아무나 붙잡고 마음껏 떠들 수 있다. 그런 아줌마가 신기해서 관찰한 적도 있다. 나쁜 뜻으로 떠드는 사람이라기에는 눈빛이 너무 맹했다. 정말이지 뇌에 아무 생각도 없어 보였다. 그냥 눈으로 귀로 들어온 정보마다 자동으로 흘렸다. 헐뜯을 때도 자동으로 뱉었다. 배설 구조가 특별한 인간 같았달까. 자기가 부른 결과를 쭉 봐 오고도 쭉 그러는 아줌마가 불쌍하게까지 보였다. 벤하 아저씨는 다르다. 창가에서 기분 나쁘게 바라볼 뿐, 쥐가 병을 옮기듯 말을 옮기지는 않는다. 사람들이랑 한 마디도 안 하는 사람은 그런 장점이 있다.

7

골목 초입까지 향기롭다.

야야 부인 집이 뿜는 향이다. 낮은 담장 위로 치솟은 나무마다 열매가 주렁주렁하다. 울창한 나무로 안이 하나도 안 보인다. 철 대문을 밀자 각가지 향이 나를 힘차게 포옹한다. 시간, 공간과 연관된 자연의 섭리를 비웃듯, 이 정원의 식물은 다들 제멋대로다. 계절을 가리지 않고 꽃을 피우고 열매를 맺을 뿐만 아니라 한해살이풀도 여러 해를 살고 잘 시들지도 않는다. 땅 밑에서 모두가 뿌리에 뿌리를 맞잡고, 생장! 생장! 부르짖는 것 같다.

다른 집들처럼 작지만, 대문만 넘어서면 수십 배는 크게 느껴진다. 아니, 느낌이 아니라 진짜로 크다. 담장을 따라 줄지어 늘어선 사포딜라, 망고, 가시여지, 코윰마, 아보카도, 판야, 자카란다, 야자 등등 우람한 나무들만 해도 그렇다. 이 정원의 실제 크기에서라면, 다 같이 살기란 불가능하다.

집 밖에서 양팔로 담을 껴안고 돌면서 길이를 재면, 뻬뽀네 아홉 식구가 사는 비좁은 집보다도 작다. 그럼에도 무슨 국립식물원같이 어마어마한 양의 식물이 산다. 이쯤은 아무것도 아니다. 화초들의 허리를 획획 꺾으며 질주하는 사나운 바람도 여기에서는 힘을 못 쓴다. 담을 넘자마자 얌전해진다. 그냥 홀씨들을 날려 보낼 뿐이다. "이 풀이 이 산꼭대기에?"라며 주민들이 갸우뚱하게 하는 데나 힘쓴다.

멀리 야야 부인이 보인다.

하얀 브루그만시아 꽃잎 끝이 뾰족뾰족 하늘을 향했고 그 옆으로 부인이 앉아 있다. 언제나처럼 흔들의자에서 아보카도 반쪽을 숟갈로 떠먹는다. 의자 맞은편으로는 분홍 발레리안이 흐드러졌고, 찰롬나무에는 샛노란 열매가 빈틈없이 매달렸다. 내 얼굴이 비늘 버짐으로 뒤덮이면 부인이 먹여 주는 그 땅콩버터랑 닮았다. 찰롬의 얄따랗고 투명한 막도 입천장에 달라붙는다. 진짜 귀찮다. 하지만 생강 향이 은은한 게 후식으로는 더할 나위 없다면서, 부인은 가끔가다 꿀에 절여서 준다. 야야 부인이 우리 쪽을 향해 숟갈을 까딱인다. 가까이 오라는 뜻이다.

쎌리가 걸어간다. 제정신이 아닐 때도 내리라는 말에 바로 내리더니, 무슨 신호만 떨어지면 작동한다. 벌레까지 집어삼킨 쎌리다. 또 무슨 짓을 저지를지 몰라 쎌리를 앞지른다.

야야 부인이 껍질에 붙은 아보카도를 긁어 먹는다. 부인 입이 빠오 입처럼 오물오물한다. 오십 년 전에 맞춘 틀니가 맞지 않아서, 아예 안 낀다. 그래서 푹 무른 마메이 열매나 으깬 병아리콩, 아마란스죽, 라임즙에 버무린 파파야, 렌틸수프, 삶은 비트, 찐 미콜루 알뿌리나 아티초크 속잎같이 부드러운 음식만 먹는다. 미콜루는 일주일 동안 표고버섯과 함께 담아 두면, 단맛도 향도 풍부해진다. 아침저녁으로 표고버섯은 다른 걸로 갈아 놔야 하고. 좀 복잡해도 부인은 그 과정을 꼭 거친다. 복잡하다고 그 단계를 건너뛰면 제맛을 영영 모를 거라나.

한번은 아랫동네의 좋은 치과에 가서 틀니를 새로 맞추라고 내가 제안하자, "백 살도 훌쩍 넘은 인간을 보면 얼마나 호들갑이겠느냐. 시끄러운 거 싫다"라며 거절했다.

"이게 집이야 공원이야!"

걸어도 걸어도 끝이 없자 쎌리가 중얼댄다.

그 틀니는 오랫동안 유리 상자에 박물관 전시품처럼 보관됐는데, 몇 년 전 첸초 아저씨가 꺼냈다. 귀퉁이에 구멍을 내고 고리를 끼웠다. 그렇게 완성된 열쇠고리에 대문 열쇠를 끼워 드렸다. 하지만 야야 부인은 누구나 자유롭게 드나들도록 대문을 항상 살짝 열어 둔다. 결국 틀니는 영원히 쓸모없는 물건이 되고 말았다.

동네 사람들은 쓱 들어와 가만히 꽃을 감상하기도 하고, 실례한다며 아기만 재빨리 목욕시키기도 한다. 쑤쑤 누나는 부인이 듣거나 말거나 상관없이 푸념하다 간다. 비비는 잠자코 부인의 긴 생머리를 묶었다 풀었다 땋았다 하다 간다. 그 둘처럼 편하게 지내는 주민은 몇 안 된다. 뭐, 스스럼없기로 치자면 그레고리오를 따를 자가 없지만. 자카란다나무 아래서 잠까지 자니까. 아무튼 그 이후, 첸초 아저씨는 아무리 좋은 생각이 떠올라도, 아무리 좋은 의도라 해도, 야야 부인 물건에 함부로 손대지 않는다. 아저씨가 운명을 결정지은 부인의 물건은 그 틀니가 마지막이었다.

저게 왜…… 여기에?

갑자기 날아온 창이 가슴을 꿰뚫고 그 벌어진 틈으로 노란 빛줄기가 파고든다. 멀리서는 부인 몸에 가려져 안 보인 걸까. 노란 뜨개 양말이 차양에서 대롱거린다. 같은 뜨개실을 꿰어 늘어뜨린 걸 보니 따띠 아줌마가 실까지 갖다드렸나 보다.

"이것마저 불사르지는 않겠지? 이 정도는 남겨 놔야 네가 버틴다. 여기다 두고, 오가며 보거라. 그러다 보면 괜찮아질 게다."

우리 집 마당의 시들시들한 듀란타 곁에 사람들이 추모 상자를 놓고 갔다. 보자마자 속이 울렁거려 롤라한테 줬는데, 저걸, 저걸 또 보게 되다니!

"그나저나 흙 때문에 큰일이구나."

"흙이요?"

"깔루네 나라에서도, 여기에서도 똑같은 일이 벌어지고 있다니 말이다. 비띤 나무 고향도 엉망이 됐을 테니……. 이런, 몹시 지쳤구나, 차누! 차를 마시렴. 나하고 함께 들자꾸나. 한데 너는……."

콧구멍이 동그래졌다 우므러지더니 쎌리를 향해 머리를 기울인다. 베일에 싸인 문제를 푸는 눈빛이다. 저럴 때면 진짜로 보는 것 같다. 부인의 연둣빛 눈이 오늘따라 투명하다. 후 불면 눈동자가 맑은 물방울을 흩뿌릴지도. 가무스름한 피부에 저런 눈에다 머리칼까지 주홍빛인 사람은 야야 부인 말고는 본 적이 없다. 이도 하나 없는데 흰머리도 하나 없다. 차양 끝에 허브를 줄줄이 매달 때도 누구의 힘도 빌리지 않는다. 뼈만 앙상하지만 허리도 반듯하고, 첸초 아저씨보다 키도 한 뼘 반은 더 크다. 오까 형의 그라피티에나 어울릴 외모다. 쎌리가 부인 눈을 살피다 답한다.

"화장실 좀."

"그래, 너는 거기부터 가야겠구나. 거실 복도 끝에 욕실이 보일 게다. 변기 왼편에 달린 작은 문을 열면 뇌록색 항아리가 있다. 물독이지. 두 바가지만 퍼서 욕조에 담고. 물빛 비누를 쓰렴. 지금은 그 향이 적당하겠구나."

말이 끝나기도 전 쎌리가 뛰어가고, 그쪽에 대고 야야 부인은 콧숨을 길게 들이마신다. 냄새 하나만으로 수수께끼를 풀고도 남을 부인이다.

"비띤 나무의 벌레를 먹다니!"

"저, 그게……."

"서재 책상 밑에 상자 하나 있지? 하늘색 원피스하고 헝겊신을 내주렴. 아, 흰 사각팬티도. 뒤란 빨랫줄에서 제일 폭신하고 큰 수건으로 가져다주고. 그걸, 그걸 먹다니……."

잘못했다는 건지 잘했다는 건지 헷갈리는 말만 야야 부인은 되풀이한다.

*

빠오가 죽은 뒤로 처음 왔다. 틈날 때마다 들르던 서재다. 이제 겨우 책장의 아홉째 칸까지 청소했다. 모두 몇 칸인지도 모르고, 세어

볼 마음도 안 생긴다. 그 정도로 많다. 사실 치울 것도 없고, 청소라고 부르기도 애매한 일이다. 하지만 시간이 꽤 걸리는 일이다. 야야 부인이 옮겼는지 나무 사다리가 구석에 세워졌다.

예전에 엄마가 출근하면 나는 늘 여기서 지냈다. 야야 부인은 납작한 양철통을 꺼내고 그 앞에 나를 앉히곤 했다. 타원형 통은 내 허벅지를 오므린 크기였다. 뚜껑에는 높은음자리표처럼 꼬불꼬불한 글자들이 보일락 말락 했다. 매우 오래된 과자 통이랬다. 안에 담긴 고운 모래에 부인이 검지로 글자를 쓰면, 나도 따라서 검지로 그렸다. 그렇게 글자를 배웠다. 그래서 내 글씨도 길쭉길쭉하다. 글도 수도 모래에 그려 가며 배웠다. 셈이 느린 나를 위해, 통후추에 씨앗이며 단추까지 부인은 온갖 수단을 동원했다. 하지만 엄마가 죽고 나서도 한참 뒤에야 한 자릿 수 덧셈을 뗐다. 그러고 나자 부인은 엉뚱한 서재 일을 나한테 맡겼다.

서재 벽마다 바닥부터 천장까지 책으로 빽빽하다. 창문 앞으로 작은 떡갈나무 책걸상이 있고 그 아래에 상자 하나가 있을 뿐이다. 오직 책을 위한 장소다. 스물아홉 살이 되던 해의 춘분절에 야야 부인이 시력을 잃었다고 했다. 그러니까 구십 년 동안 아무도 읽어 주지 않은 책들이 쓸쓸히 모여 있는 거다. 따띠 아줌마의 아들 꼬꼬가 드나들기는 한다. 하지만 아래편에 꽂힌 책만 읽다 간다. 몇백 년이나 된 책도 많기 때문에 조심히 다뤄야 한다. 내 손에서 가루가 된 책도 한 권 있다. 책꽂이에서 빼자마자 희누런 가루가 됐다. 열흘 만에 용기 내어 사실을 털어놓자, 부인은 오히려 나를 다독였다. 저도 얼마나 버티기 힘들었겠냐며, 갈 때가 돼서 간 거라며, 죽음을 목격한 충격에서 부디 벗어나라며 말이다. 하지만 야야 부인은 책으로 먹고산다. 그런 부인한테 죄송한 마음은 씻기지 않는다.

책을 사러 일 년에 두세 번 특별한 손님이 온다.

승용차가 집 앞에 세워진 날은 부인이 지폐를 만지는 날이다. 그것도 거금으로. 앞에서 말이 끌면 어울리게 생긴 차가 오르막을 누비면 꼬마들이 뒤쫓는다. 하지만 그날만은 내가 대문을 굳게 잠그므로, 안에서 무슨 일이 벌어지는지 아무도 모른다.

은빛 곱슬머리가 풍성한 움비 할아버지는 아마 백삼십 살은 먹었을 거다. 하얀 손수건을 쥔 손을 차창에 걸치면, 백비둘기가 날개를 퍼덕이며 마술 상자에서 튀어나오는 것 같다. 옷도 마술사 못지않다. 푹푹 찌는 날씨에도 정장을 입고 온다. 셔츠 위에 겉옷을 걸친 것만 봐도 갑갑한데 그 안에 조끼까지 덧입는다. 통통한 몸에 꽉 쩨는 조끼. 늘 똑같은 갈색 구두는 길이 잘 든 표가 난다. 몇 시간씩이나 서재를 왔다 갔다 해도 할아버지는 끄떡없다.

둘은 묘하게 흥정한다.

쫙 빼입은 움비 할아버지가 책 한 권을 고른다. 그러면 헐렁하고 긴 통짜 원피스를 걸친 야야 부인이 손끝으로 책을 훑는다. 딱 한 번 무심히 쓱. 볼록한 점자도 없는데, 제목도 묻지 않고 그렇게만 한다. 그런 뒤, 해진 원피스 밑단에서 풀린 실을 똑똑 끊으면서 생각에 잠긴

파랑이 일고

다. 잠깐 그러다 검지를 까딱이거나 가로흔든다. 해가 서재 왼쪽으로 기울고 빛에 서늘한 기운이 감돌 때까지 그 짓을 반복한다. 둘 다 물 한 모금 안 마시고 말이다. 책이 젖기라도 하면 큰일이니까. 둘의 뜻이 맞아 최종 선택된 책마다 움비 할아버지는 지폐를 두둑이 건넨다. 한 권만 팔아도 부인은 반년쯤 먹고산다.

그런 비싼 책을 내가 가루를 냈던 거다.
내 작은 손놀림 하나로 야야 부인 밥줄이 끊기는 상상을 하면 아찔하다. 책이 부인 밥줄임은 아무한테도 말하지 않았다. 그건 내 유일한 비밀이다. 물론 부인은 비밀이라고 한 적이 없다. 하지만 책이 돈이 되는 줄 사람들이 알면, 무서운 일이 벌어질 것만 같다. 책이나 돈은 인간을 한순간에 바꿀 수도 있으니까.
주민 가운데 부인 책을 가진 사람이 딱 한 명 있다.
그것도 열 권도 넘게.
그건, 이 년 전 봄에 일어난 일이다. 춘분절 의식으로 뿔피리 소리며 북소리가 하늘을 물들이고 있었다. 그날 첸초 아저씨는 납작한 상자를 야야 부인에게 건넸다. 오십 개나 되는 칸을 각가지 사탕이 메운 상자를. 코코넛 가루가 소복한 라임사탕을 입에 넣어 드리기까지 했다.
춘분절이면 주민들은 부인을 슬금슬금 피한다. 그러나 아저씨만은 달랐다. 부인이 시력을 잃은 그날을 기념이라도 하듯, 폭죽처럼 화려한 사탕을 선물했다. 그러자 부인은 정원용 수레에 책 열세 권을 담고, 그냥 가져가라는 손짓만 했다. 왠지 아저씨한테 부인이 숙제를 낸 것 같아서 나는 입을 다물었다. 그 정도 돈이면 아저씨가 꿈꾸는 수술을 받고도 남을 거다. 하지만 책의 비밀을 모르는 첸초 아저씨는 지금까지도 그걸 읽느라 두통에 시달린다. 그 모습을 볼 때마다, 부인이 나한테 숙제를 낸 걸지도 몰라 머리가 지끈댄다. 독서할 때 아저씨는 고통스러워 보인다. 자잘한 타일들의 얼룩을 독한 염산으로 지울 때처럼 까무러치기 직전의 얼굴이 된다.

그날 부인은 아저씨에게 책을 넘긴 후 나랑 외출했다. 춘분절을 맞아 비띤 나무한테 인사하러 갔다. 물론 벌새도 함께 갔다. 부인 눈앞에서 정신없이 붕붕대며 날갯짓하는 벌새. 부인이 외출만 하면 나타나는 연둣빛 벌새인데 머리털만 빨갛고, 모두가 '밀씨아데스'라고 부른다.

이발소 엔쏘 할아버지의 아버지는 이런 목격담을 전했다. 야야 부인이 눈이 멀고부터 똑같은 벌새가 부인 곁을 알짱댔다고. 그의 말대로라면 밀씨아데스는 최소 구십 살은 됐다. 엔쏘 할아버지네 가족은 '목격 유전자'를 지닌 게 확실하다. 그들 때문에 주민들은 잠든 사이에 생기는 일까지 낱낱이 알 수 있다. 축일에 아이들이 버려지는 장면도 분명 목격했겠지만, 입을 딱 닫고들 있다. 복잡한 일에 휘말리기를 겁내는 유전자가 그 원인일지도. 그들이 남의 일에 끼어드는 건 본 적이 없다. 페파 아줌마와 정반대 부류랄까?

춘분절 의식이 막바지에 이르러 뿔피리 소리가 드높아지자, 그날도 동네 꼬마들은 바빠졌다. 몸 곳곳에 작은 쇠방울을 달고, 비띤 나무 둘레에 앉았다. 눈까지 꼭 감고서. 방울을 달아 본 적 없는 나는, 그 풍경을 늘 지켜만 봤다. 모두가 쇠방울을 되도록 많이 달고들 싶어 했다. 봄의 요정이 다가오면, 바로 알아채고 입 맞추기 위해서였다. 봄의 요정과 입 맞추면 일 년 동안 배도 곯지 않고 병도 앓지 않는다고 부모들이 가르쳤기 때문이다. 배고픈 게 뭔지, 아픈 게 뭔지 똑똑히 아는 아이들이니 요정의 키스가 간절할밖에.

엄마네 나라에는 없는 풍습이랬다. 여기서 가까운 나라이고 같은 말을 쓰지만, 풍습은 다르댔다. 아이들이 허기와 병마의 혹독함을 되새기게끔 어른들이 지어낸 한갓 놀이랬다. 그때는, 쇠방울 살 돈이 없는 엄마의 핑계로 여겼다. 더군다나 말 없는 엄마가 삼십 초도 넘게 말하니 더더욱 믿기지 않았고. 거짓말하려면 삼십 초로는 모자라니까. 하지만 이제 와 생각해 보면 그럴듯한 말이다. 누군가는 반드시 코를 파거나 콧등을 긁을 거고 그러다 방울이 흔들릴 거다. 그러니 아이들은 봄의 요정이 꼬박꼬박 찾아온다고 믿을 거다.

그날만 해도 그렇다. 야야 부인이 지팡이를 놓쳐 휘청하자, 밀씨아데스가 회전하며 휘리릭 날았고, 한 아이가 움칠해 방울이 짤랑였다. 그러자 일제히 허공에 대고 입 맞추느라 방울 소리로 요란했다. 때마침 책 비운 수레를 끌고 지나가던 첸초 아저씨가 쓰러지려는 야야 부인을 떠받쳤다. 태어나 처음 선물받은 책에 아저씨는 기분이 붕 떴는지, 빈 수레에 부인을 앉히고 골목골목을 내달렸다. 그러니까, 책을 읽기 전까지만 해도 아저씨는 나름대로 밝았다.

그런 책들을 틈틈이 청소하면 야야 부인은 내게 약간의 돈을 준다. 이러고 있으면 머리가 멍하니 가벼워진다고, 내게는 두통약 같은 일이라고 거절하자, 연둣빛 눈을 부릅떴다. "일했으면 응당 대가를 요구해야지!"라며 매우 천천히 머리를 저었다. 긴 주홍 머리칼을 빗다 말고 그래서 무지 오싹했다. 그런 기괴한 얼굴을 또 보느니, 돈 받는 게 나았다.

한 권 한 권 빼내, 부드러운 붓으로 한 장 한 장 살살 쓸어, 우묵한 사기그릇에 모아야 한다. 케찰의 긴 꽁지깃이 새겨진 그릇에. 어이없게도 부인은 글자마다 어루만지듯이 눈길을 주면서 쓸라고 했다. 반드시 그러랬다. 마치 글자들이 내 눈길을 기다리기라도 한다는 투였다. 언젠가 "대체 뭐가 있다는 거예요? 눈에 보이지도 않는데?" 따졌더니 "그러게, 내 눈에도 안 보이는구나. 하나, 우리 눈에 보이지 않는다고 해서 없는 건 아니란다"라고 했다. 호기심에 캐물어 봤자 괴상한 답만 돌아온다. 그러니 고분고분 해 드리는 게 낫다. 이따금 들러 부인이 하는 말은 늘 이랬다. "우리 차누 덕에 책들이 활기차구나!"

사기그릇에 모인 건 정원에 뿌려야 한다. 화초마다 공평하게. 내 눈에 아름답게 보인다는 이유로 더 줘서도 안 되며, 내 코에 고약하게 느껴지는 향을 풍긴다는 이유로 덜 줘서도 안 된다고 부인은 말했다.

아름답다거나 고약하다는 느낌은 그 화초하고는 아무런 상관이 없다고, 화초는 그저 화초일 뿐이랬다. 그런 말을 계속 듣다 보면 어느새 저절로 곱씹게 돼서 머리가 아프다.

책 청소에 쓰는 그릇이랑 붓이 떡갈나무 책상에 가지런히 놓였다. 내가 둔 모양 그대로다. 쪼그리자 바로 상자가 보인다. 손도 대 본 적 없는 상자. 항상 궁금했지만 왠지 열기가 겁났다. 칙칙하고 낡은 책들과 책걸상 틈에서 유일하게 빛나는 물건이다. 나무 상자의 면마다 매끄러운 남보라색 천이 붙었고, 그 모서리마다 청동 장식이 박혔는데, 천에는 잠자리가 금실로 수놓였다. 자수법도 별나다. 마누 할아버지 자수는 입체적이다. 그런데 이건 가느다란 붓으로 그린 듯 느껴진다. 손끝을 대면 날개가 찢길 것 같다. 입바람을 불면 포르르 날아오를 것 같다.

상자를 책상에 올린다. 창에 비낀 햇살에 금빛 잠자리가 날개를 떤다. 비탈에서 시간을 다 보내서 벌써 햇빛이 시들해졌다. 묵직한 뚜껑을 열고 흰 천을 걷으니, 박하향이 퍼진다. 야야 부인이 말한 물건밖에 없다. 상자째 갖다주라고 할 것이지!

상자를 들고 뒷마당에 나온다. 긴 빨랫줄 둘이 늘어졌고 그 옆의 검정 바위에 팬플루트가 쓰러져 있다. 오늘 새벽 저 소리에 깼다. 너무나 못 불어서 부엌 찬장 구석에 감췄는데, 또 찾아냈다. 길고 짧은 대나무 관이 스물두 개나 달렸다. 하지만 야야 부인은 그 어느 구멍으로도 듣기 좋은 음을 내지 못한다.

하루는, 전봇대에 몰래 전선을 잇던 딴띤 형이 부인을 보고는 항의했다. 부인 연주만 들으면 개들이 몸부림한다고. 문을 긁어 대고 뱅글뱅글 돌고 늑대같이 울며 난리를 피운다고. 전기를 훔치다 말고 전봇대에 매달려 떠드는 형을 보면서 나는 심장이 터지는 줄 알았다. 그러고부터 부인은 왼쪽 관 셋에는 절대 입술을 대지 않았고, 개들은 평온을 되찾았다. 보통 저녁에 분다. 그런데 무슨 일인지 오늘은 해도 뜨기 전부터 불어 댔다. 정말이지, 나도 모르게 부인을 죽일지도 모른다는 생각이 들 만큼 살인적인 소음이었다.

도톰한 우윳빛 수건을 내린다. 다른 건 낡아서 수세미나 다름없다. 돈이 넉넉한데도 야야 부인은 물건을 잘 사지 않는다. 왜 그러는지는 나도 모른다. 긴 원피스들은 날실과 씨실을 셀 수 있을 정도로 닳아 빠졌고, 구멍 나지 않은 외출복 하나 없다. 서재에 가득한 책 일부만 팔아도, 유대교 회당 근처의 으리으리한 저택에서 살 수 있을 거다. 그럼에도 이 산꼭대기에서 혼자 지낸다. 좀 이해하기 힘든 이유로, 부인은 아무 책이나 팔지 않는다. 박물관에서 영생하기를 꿈꾸는 책만 움비 할아버지한테 넘긴다나 뭐라나. 무릇 인간도 그러하듯 완벽한 온도, 습도, 조도를 반기지 않는 책이 수두룩하댔다. 모두가 똑같은 조건에 홀리지는 않는다나.

이 홑이불도 저 커튼도 전부 야야 부인이 손빨래했다. 뭐든 스스로 한다. 넓은 정원에 셀 수 없이 많은 화초를 돌보기도, 물독에 든 나무 뿌리를 매달 새 걸로 바꾸기도, 물독에 담긴 돌들을 꺼내 구둣솔로 문지르고 볕에 말리기도 물론 직접 한다. 오래된 흑단목 지팡이를 짚고 울퉁불퉁한 흙길을 오르내리며 장도 본다. 올이 고스란히 드러난 원피스를 입고 말이다. 치마 볼기가 죽 갈라진 채로 돌아다닌 적도 있다. 지팡이로 발 앞을 톡톡 치는 일조차 없다. 그 지팡이의 쓸모는 뭘까?

벽장에 숨어든 박쥐도, 정원을 배회하는 전갈도, 욕실을 여행하는 달팽이도, 부엌을 싸돌아다니는 도마뱀도, 뒷방에서 명상하는 독거미도, 부인이 처리한다. 기껏 잡아서 집 밖에 놔준다. 그리고 다들 얼마 후 되돌아온다. 꼭 무슨 놀이 같다. 정말로 잡을 마음이 있기나 한지 의심스럽다.

어쨌든 야야 부인 스스로 하는 일들은 그 결과가 바로 눈에 보인다. 하지만 나한테 시키는 일이라고는 쓸데없는 것들뿐이다. 예를 들어, 보이지도 않는 뭔가를 책에서 모아 화초에 뿌리기 같은 일.

수건이 땅에 끌리지 않게 목에 건다. 양손으로 상자를 받쳐 들고 좁은 복도를 지난다. 창 너머로 검은 고양이가 담장 위를 걷고 있다. 오닉스로 조각한 체스의 보병이 한 칸씩 꾸준히 전진하는 듯하다. 꼬꼬의 접이식 체스 상자 속에 든 까만 보병. 꼬꼬가 이름 붙인 대로, 우리 동네에선 '뼈온'으로 통하는 떠돌이 고양이다. 늘 감긴 눈 때문에 완벽히 까매서 진짜 조각품 같다. 해가 뜨면 저 담장에 나타나 시계 초침처럼 거닐다 해가 지면 사라진다.

"문 앞에 갈아입을 옷이랑 수건 있어."

"이 물, 안전해?"

"그걸로 수프도 끓여 먹어."

노란 점이 드문드문 박힌 새까만 돌들, 세모꼴로 뒤엉킨 나무 뿌리들, 이 두 가지를 물독에 오분의 일쯤 차게 담고 뚜껑을 덮어 두면, 조금씩 물이 차오른다. 같은 돌로 만들어진 욕조에 그 물을 한 바가지 부으면, 욕조에서도 물이 배어난다. 금세 물이 열 배로 분다. 책의 정체를 모르는 주민들이 야야 부인네서 가장 욕심내는 물건들이다.

돌도 뿌리도 물독도 모양부터 평범하지 않다. 물독은 잿빛이 도는 녹색을 띠고 있는데, 그 불룩한 배에는 매섭고 하얀 눈 하나가 오목하게 새겨졌다. 물의 신의 왼눈이니 겁낼 것 없다며 부인은 나더러 안심하랬다. 오른눈은 응징의 눈이지만 왼눈은 관용의 눈이라고. 하지만 어쩌다 눈이 마주치면, 하루가 가도록 머리에서 지워지지 않는다. 오른눈을 왼눈으로 착각하고 팠을지도. 빠오가 툭하면 열이 펄펄 끓고 입술이 말라도, 부인은 물을 줄 수 없어 안타까워했었다. 물독에서 생긴 물은 대문턱을 넘자마자 마르니까. 더구나 여기는 우리 집에서 먼 데다 빠오는 다른 집에서는 끝없이 딸꾹질했다. 데려올 꿈도 못 꿨다.

"이게 무슨 맛이지?"

"뭐? 목욕물을 마셨다고?"

대체 저 안에서 뭘 하는 건지!

"으음…… 무슨 주스 같은데?"

롤라 빤친다. 벌레까지 꿀꺽이고 병뚜껑 맛이네, 머리끈 맛이네 하더니만, 이제 목욕물까지! 부인이 만든 비누까지 우걱우걱 씹어 먹진 않겠지?

고만고만한 유리병 수십 개가 식탁에 어질러졌다. 부엌에서 향료와 향신료를 정리하다 말았나 보다. 야야 부인은 무슨 일이든 한번 끝내려면 오래 걸린다. 그건 자꾸 다른 할 일이 떠올라서 자꾸 일을 벌여서이다. 거실의 낮은 탁자에도 말린 씨앗들이 종류별로 널렸다. 침대에도 길고 짧은 머리끈, 개다 만 옷, 각가지 잔돌까지 잡다하게 펼쳐졌다. 서른 가지도 넘는 일을 벌여 놓고도, 까먹지 않고 하나하나 끝맺는 모습을 보고 있으면, 속은 기분마저 든다. 정말로 몇 살일까 하고.

이렇게 커다란 주전자에 차를 끓여 두다니! 못 보던 물건이다. 식지 말라고 이랬나? 주전자에 스웨터까지 입혀 놨다. 주전자에 찰랑찰랑한 히비스커스차를 다기에 옮겨 붓고, 겨자색 치마를 씌운다. 따띠 아줌마가 손뜨개 한 치마를 입어 통통해진 다기를 찻잔과 함께 호두나무 쟁반에 담는다.

*

차양 아래 셋이 나란히 앉아 하늘을 본다.

히비스커스 꽃잎이 투명한 물에 가라앉으며 선홍빛으로 물들이듯, 가볍던 하늘에도 핏물이 번진다. 어느새 무겁게 내려앉았다. 빠오 기저귀를 갈아야 하는데, 하고 몇 차례나 생각했다. 창으로 바람이 들이치면 빠오를 덮은 모포가 걷힐 텐데, 하고 생각했다. 그렇게 없어질 거면, 내 기억까지 전부 갖고 가지……. 저녁 산바람이 밀려와 빠오 양말을 가만가만 건드린다. 더위 속에 죽었으니 발이 시리지는 않을 거다. 내가 내 기억을 이기지 못하듯 하늘이 자기 무게를 이기지 못하면 어떻게 될까.

"저러다 하늘이 뚝 떨어질 것만 같죠?"

"그러게나 말이다."

또 깜빡하고 야야 부인에게 묻고 말았다. 이마를 긁는 나를 보고, 쎌리가 손바닥을 부인 눈앞에다 흔든다. 그러자 부인 입가에 터질 듯 말 듯 한 웃음이 고인다. 쎌리는 치렁치렁한 치마를 모아 허벅지 사이에 끼웠다. 화장을 지우고 나니 깔루보다도 어려졌다. 굽이 없는 헝겊 신은 구겨 신어서 볼품없어졌다. 그런 채로 부인 옆의 낮은 나무 의자에 앉았다. 나는 그 옆의 돌덩어리에 앉았고. 차로 데워진 몸에 싸늘한 저녁이 스민다.

"빵이요! 빵!"

빵 장수 자전거 소리가 희미해진다. 쎌리가 나를 향해 눈썹과 입술을 모으지만, 지금 나는 가진 돈이 없다. 쎌리가 멘 가방 속에는 화장품과 방전된 휴대전화뿐이고. 첸초 아저씨는 언제나 올까. 집에 가서

침대에 뻗고 싶다. 버스에서 거리에서 택시에서 비탈에서 힘이 다 빠졌다. 탁탁탁! 대문 두드리는 소리에 모두가 고개를 돌린다.

"바람에 문이 닫혔나?"

"아뇨, 제가……."

"저예요!"

"이 시간에 웬일로 첸초가?"

야야 부인은 나한테 쎌리에 관해 하나도 안 물었다. 수수께끼를 즐기며 스스로 풀고 싶다는 듯이. 그래서 아침에 벌어진 일을 하나도 알리지 않았다. 밖에 놔준 전갈이 다시 기어들 때처럼 부인은 쎌리한테도 무덤덤했다. 내가 문을 열자 첸초 아저씨가 누런 봉지를 내민다.

"쟤는 뭐야!"

쎌리 호들갑에 부인이 검지를 입술에 댄다.

"그레고리오란다. 못 본 체하거라. 뭔 수난을 겪었는지 냄새가 보통이 아니구나."

아저씨를 뒤따라 들어와서 벌써 나무 아래 드러누웠다. 앞다리는 빠짝 구부리고, 뒷다리는 언제나처럼 하나만 쭉 뻗었다. 어쩌다 한 번 들러 잠만 자고 떠나는 나귀다. 어디서 왔는지도, 어디로 가는지도 모르는 나귀. 파수꾼처럼 살피며 동네를 쏘다니다 떠나곤 한다. 잠자리에 민감한지, 저 자카란다나무 밑에서만 잔다. 아쉽게도 엔쏘 할아버지네 가족도 그레고리오에 관해서는 목격한 게 없다. 그래서 나도 들은 게 없고.

무슨 일을 했길래!

 우주복 모양의 작업복도 연장 가방도 안전화도 윤활유 얼룩투성이다. 보통 때는 없는 일이다. 깨끗한 옷을 꼭 갖고 다니는 아저씨다. 옷이 더러워지면, 근처 건물의 층계참이나 사람 없는 데서 갈아입는다. 그래야만 버스나 지하철에서 눈총을 안 받는다. 변기 뚫으러 가서조차, 오줌이 마렵거나 씻고 싶어도 그 집 화장실은 쓰지 않는다. 다들 꺼리므로 어쩔 수 없다. 너무 급하면 가정부들한테 부탁한다. 그들의 창고 방에 딸린 화장실을 쓴다. 그중에는 변기 바로 위에 샤워기가 달린 것도 모자라, 변기에 앉으니 세면대에 턱이 맞닿은 곳도 있다. 아랫배가 뿌글대던 그날, 나는 싯누런 세면대에 턱을 괴고 상상했다. 거기서 인간이 샤워하는 모습을. 상상마저 쉽지 않았다. 가정부 화장실이란 그랬다. 남는 공간에 온갖 걸 처넣었다. 놀라운 구조가 손바닥만 한 공간에 펼쳐졌다. 쓰라고 만든 게 아니라 보라고 만든 예술품에 가까웠다. 그마저도 없으면 참는다. 일 나가기 전에도, 일하면서도, 목은 살짝만 축여야 한다. 이건, 일 시작한 날 제일 먼저 배운 거다.

 "롤라가 따라붙은 바람에, 휴! 오겠다고 떼쓰는 걸 간신히 떼어 놨네. 별일 없었고?"

 쓰러지게 생긴 아저씨가 내 표정을 살핀다. 나는 어깨만 한 번 으쓱한다.

 "두어 바가지 쓰게나."

"기름내가 심하죠?"

아저씨는 쎌리에게 손을 한 번 흔들고 바로 욕실로 간다.

"곧 잠자리에 들 시간이니 캐모마일차하고 같이들 먹거라."

내 손에 든 빵 봉지의 주둥이를 쎌리가 쫙 벌린다.

"에계! 겨우 네 개?"

하지만 금세 환해진 얼굴로 봉지를 가로채 부엌으로 뛴다.

내가 찻물을 끓이는 동안 쎌리는 무슨 결정적 증거를 찾는 탐정처럼 부엌을 샅샅이 살핀다.

"냉장고도 없어?"

"음식은 그냥 서늘한 데다 두면 돼. 냉장고는 왜?"

"먹으려면, 제대로 먹어야지."

"야야 부인은 이가 하나도 없어. 그리고 뭐가 있다 해도, 꿈도 꾸지 마."

여기저기 뒤지며 쎌리는 보이는 것마다 만진다.

"내려 둬! 그 청동 접시는 부인이 아끼는 거야."

"우웩! 이런 데다 먹으면, 병 걸리겠다."

"그건 그냥 거기 있는 거야."

"이딴 걸, 식탁 장식품으로?"

내가 생각해도 식탁에 맞는 물건은 아니다. 접시에는 끔찍한 현장이 새겨졌다. 범선은 사각 돛 중앙이 북 찢겨 뒤집히기 직전이다. 한 명은 돛대를 부둥켰고, 세 명은 튕겨 나가 바다에 빠지는 중이다. 표정까지 보이지는 않지만 틀림없이 공포로 일그러졌을 거다. 뱃멀미로 토하는 중일 수도 있겠고. 지옥에 떨어진 인간들만큼이나 괴로워 보인다. 부인 서재에는 그런 그림이 실린 책이 더러 있다. 배경만 지옥일 뿐 등장인물들 표정은 조금도 낯설지 않다. 빵을 꺼내 큰 접시에 담는다. 겉껍질만 좀 단맛이 돌고, 베어 물면 푹 꺼지는 빵이다. 빵집에서 파는 건 아기 주먹만 한데, 자전거에서 파는 건 어른 주먹만 하다. 그런 빵만 넷이다. 쎌리는 싱크대 구석의 냄비 뚜껑까지 열더니 성냥을 집는다.

"그건……."

"오늘 지나면, 상할걸?"

쎌리가 긋는 성냥마다 성냥골이 힘없이 부서진다. 성냥갑의 반을 부수고 나서야 불꽃이 생겼다. 가스레인지 손잡이를 돌리지만 따다다닥 소리만 요란할 뿐, 성냥불을 갖다 대도 불은 붙지 않는다.

"의! 가스도 떨어졌어?"

찻물을 먼저 끓이기를 잘했다. 부엌 쪽창으로 뒤쪽을 내다본다. 내 직감대로 가스통이 안 보인다. 그새 또 누가 훔쳐 갔다. 우리가 부엌에 있는데도 바로 뒤에서 도둑질했다. 얼마나 숙련된 도둑인지 숨소리도 안 낸다. 야야 부인은 딴띤 형네 개들처럼 잘 듣는다. 그런 부인이 못 들었을 리 없다. 하지만 늘 눈감아 준다. 냄새도 잘 맡는 부인은 누구 짓인지도 알 거다. 언젠가 첸초 아저씨는 가스통 주변에서 담배

꽁초들까지 발견했고, 집 뒷문에 아예 시멘트를 발라서 막자고 부인을 설득했다. 도둑맞는 건 둘째 치고 불이라도 나면 큰일이라고. 그러나 야야 부인은 졸린 강아지같이 하품만 했다.

이렇게 식탁에 둘러앉으니 가족 같다.

야야 부인은 차만 마시고 잠을 청하겠다며 빵은 건드리지도 않았다. 차에 적셔 즐겨 먹던 빵인데도 손을 내저었다. 첸초 아저씨랑 나는 캐모마일차에 곁들여 하나씩 먹었다. 쎌리는 먼저 렌틸수프 한 접시를 비웠다. 차가워도 맛있게 먹었다. 이제 부인 빵까지 먹는다. 그 모습을 모두가 말없이 본다. 아저씨는 무슨 말부터 어떻게 꺼낼지 막막한지 아랫입술만 잘근거리고, 부인은 보통 때랑 똑같다. 늘어진 주름들과 하나가 되어 편안히 늘어졌다. 의문이라고는 한 점도 없는 얼굴이다. 쎌리의 정체, 237번지, 남자가 외친 케빈 따위를 궁금해하기에는 나도 너무 피곤하다. 아저씨는 바람 빠진 풍선 입간판이 됐다. 어느새 다 먹어 치운 쎌리가 나랑 눈이 마주치자 내 손을 움킨다.

"딱 한 잔 마셨거든. 아저씨들이 준 새파란 술. 근데, 핑 도는 거야. 이렇게 피이잉."

뻘떡 일어서 머리를 돌린다. 긴 머리가 허공에 검은 붓질을 한다.

"237번지엔 나 말고 남자애도 하나 있었어. 왜, 작은 성처럼 생긴 건물 있잖아. 유령의 집 같은. 그 길에서 지 혼자 번지수 없는 데."

순간 아저씨가 부풀어 올라 꼿꼿해진다.

"그게?"

아저씨가 나를 본다. 우리 둘 다 의심 없이 지나친 건물이 하나 있었다.

"그거, 진짜 유령의 집 아냐?"

내 물음에 쎌리가 콧소리를 낸다.

"흥흥, 누가 그딴 데다 놀이 기구를 짓냐! 집에다 번호 붙이는 걸 상스럽게 여긴다나 뭐라나. 왜, 유난 떠는 인간들 있잖아. 암튼, 걔는 나보다 어려 보였어. 내가 도착했을 때, 이미 눈이 맛이 갔더라고. 뭘 얼마나들 몸에다 쑤셔 넣었는지, 아저씨들끼리도 서로 미친 에밀이니 미친 케빈이니 하면서 키들댔어. 천장에 매달린 샹들리에가 딥다 덜렁이는 거 같았지. 저게 떨어지면 요대로 뒈지겠지 걱정하다가도 생각이 뚝 끊겼어. 머리가 수렁에 처박힌 거 같았어. 근데, 요란한 소리가 느껴지는 거야. 들리는 게 아니라…… 그런 거 알아? 소리가 몸속에서 소용돌이치더라니까? 피리인지 뭔지, 으! 더럽게 못 부는 악기 소리였어. 정신이 팍 깨서 뛰쳐나왔지. 가로등만 점점이 보였어. 샛노랗게. 아직 해도 안 떴더라고. 거기까진 기억나. 암튼, 뚜쟁이한테 걸리면, 전기톱에 발목이든 손가락이든 뭐든 하나 잘릴 거야. 그것도 딴 애들 앞에서. 본보기로 말이지. 그러고 나서 외국인이나 애들만 납치하는 장기밀매업자한테 팔아넘길걸? 그놈하고 한패걸랑."

8

 간이침대에 걸터앉아 내가 눈물 나게 하품하는 동안 쎌리는 나갈 준비를 완벽히 마쳤다. 똑바로 보라며 꽥꽥대는 내 잠꼬대에 잠을 설쳤다면서 긴 머리를 죽죽 빗었다. 바닥에는 검은 머리칼 천지다. 전부 다 빼앗아서 더는 넘볼 게 없자, 신인지 하늘인지 뭔지 열받은 걸까. 갈수록 잦은 간격으로 빨갛고 뜨겁고 끈끈한 꿈이 찾아들더니, 이제 가위눌림은 일과가 됐다. 퓨즈가 끊어지듯 잠든 날은, 빠오의 붉은 실을 태운 이후로 단 하루도 없다.
 "가는 김에 네 우유도 받아 줄게. 네 표도 내놔."
 "난 배급표 없어."
 "이렇게 못사는데?"
 "출생신고가 안 됐거든."
 "깔끔하고 좋네. 근데, 넌 왜 혼자 살아?"
 이런 질문은 처음 받는다. 동네 사람들은 그 이유를 나보다도 더 잘 알기에 물은 적이 없다. 창우가 아빠 이름이고, 박이 아빠 성이고, 가르시아가 엄마 성이라는 것까지 알 뿐만 아니라, 아빠랑 말하거나 밥 먹은 사람도 있다. 나는 얼굴도 모르는 아빠하고 말이다.
 "엄마가 죽었으니까. 여섯 살 때."
 "설마, 살해?"
 "일 마치고 귀가하려고 지하철 기다리는데, 엄마 뒤에서 애들이 장난치다 밀쳤어. 열차에 깔려 죽었어. 노란 선 밖에 있었는데도 안전하지 못했지, 엄마는……."

"애들?"

"네 살, 여섯 살, 남매. 걔네 엄마 아빠가 한눈판 사이."

"그럼…… 살해 맞나? 이 집은? 유산?"

"야야 부인이 빌려준 거야. 엄마랑 처지가 비슷했다나."

"처지?"

"도망."

"범죄?"

"엄마가 싫다고 했는데도 끈질기게 쫓아다니던 남자가 있었대. 이사 가는 집마다 찾아내고, 밤낮 집 주위를 어슬렁댔대. 안 만나 주니까, 엄마 가족이랑 친구들한테까지 줄기차게 전화하고. 외할머니도 덩달아서 도망치듯 이사 다녔대. 큰딸도 비슷하게 당한 적이 있어서, 외할머니는 툭하면 숨이 멎었다나 봐. 잠깐 같이 살다 헤어진 남자가 계속 매달리다가 어느 날 망치를 휘둘러서, 큰딸이 반신불수가 됐거든."

"스토커!"

"알고 보니, 입만 열면 거짓말인 인간이었대. 정말 골 때리는 건, 엄마가 헤어지자고 하니까, 자기가 톨스토이라고 우기더래. 자신이 만든 거짓말의 무덤에 엄마도 같이 파묻히길 바랐다나 봐."

"톨스, 뭐?"

파랑이 일고

"토이. 무지무지 옛날 사람. 야야 부인 서재에도 그 사람 책이 몇 권 돼. 진짜 옛날 책. 당신이 정말 톨스토이래도 난 당신이 싫다고 했더니, 남자 얼굴이 구더기가 버글버글한 생선 토막이 되더래. 그래서 말을 고쳤대. 난 톨스토이가 싫다고. 그랬더니, 자기하고 더 지내다 보면 좋아하지 않고는 못 배길 거라면서 구더기같이 느물대더래."

"그딴 똥을 밟다니!"

"그 얘기를 한 날이, 엄마가 가장 말이 많았던 날이야. 다음 날 자기가 죽을 줄 알았던 거처럼 말이지. 내가 꼬맹이라서 못 알아들을 줄 알고, 그래서 혼잣말처럼 중얼댄 거도 같고."

"여섯 살이었다며? 그걸 다 기억해?"

엄마가 처음이자 마지막으로 들려준 긴 이야기여서일까. 마치 엄마가 읽어 준 유일한 동화처럼 한 마디 한 마디가 아직도 또렷또렷하다. 하지만 사진 한 장 안 남긴 엄마 얼굴은 뭉개질 대로 뭉개졌다. 엄마는 그날, 맨 끝으로 이상한 말도 했다. 누가 나더러 싫다고 하면 바로 알아먹으라고. 누가 나를 싫어하는 것도 받아들일 줄 알아야 한다고. 좋다는 말보다 싫다는 말에 더 귀 기울이라고.

"아무튼, 엄마는 견디다 못해서 어느 날 새벽 몰래 이 나라로 왔대."

"그럼 그 구라쟁이 톨스토이가, 네 아빠?"

"내가 그렇게까지 운이 나빠 보여?"

"솔직히, 좀."

"나는, 한국에서 온 남자랑 사랑해서 낳았어. 뭐, 직접 보지는 못했지만. 내가 태어나기 바로 전날, 빗물받이 공사 중에 맨홀에 빠져서 즉사했거든. 그 충격으로 내 출생신고고 뭐고 잊은 거 같다고 따띠 아줌마가 그랬어. 신기한 건, 그 말을 듣고부터, 매년 똑같은 뉴스를 들었다는 거야. 나는 티브이도 라디오도 신문도 없는데. 가겟집에 켜 놓은 티브이나, 버스 라디오나, 일할 때 바닥에 깔린 신문지에서 우연히 말이지. 매일매일 뉴스 듣는 사람은, 그렇게 똑같이 죽은 사람을 몇 명이나 알까? 참, 장소까지 같은 적도 있다."

"신기할 거도 많네. 그딴 일이 한둘이냐?"

"엄마는 슬픔에 빠져 꼼짝도 못 해서, 따띠 아줌마가 바로 여기서 나를 받았대. 아줌마는 뭐든 잘 받거든. 굉장한 포수지. 동네 꼬마들이 마구 던지는 야구공도, 길 가다가도 척척 받을 정도니까. 엄마는 자기 나라에서는 고등학교 교사였대. 물리? 뭐 그런 거 가르치는. 여기서는 아랫동네로 파출부 일 다녔고. 이 나라는 엄마 나라에서 딴 자격증을 안 믿어 주고, 엄마 나라도 이 나라 자격증은 거들떠도 안 보기 때문에, 그나마 파출부 자리도 간신히 구했댔어. 아빠 얘기는 이다음에 해 준다고 하고선……. 엄마는 아주 말이 없었고 아주 일찍 죽어서, 이게 내가 아는 전부야."

"야야 부인도, 스토커 땜에?"

"딴 나라에 와서도 마음이 안 놓여서, 배에다 잔뜩 싣고 온 책이랑 돈뭉치만 들고 이 꼭대기까지 올라왔다나 봐. 책방에 갈 때를 빼고는 산동네를 안 벗어났대. 야야 부인도 자기 얘기는 잘 안 해서, 따띠 아줌마가 어쩌다 흘린 말을 들었을 뿐이야."

"싫다는데 매달리긴, 구리게!"

등을 팽 돌린 쎌리가 손가락 끝으로 벽을 훑는다.

"아아!"

고개를 끄덕인 쎌리의 두 손가락이 오톨도톨한 벽을 따라 한 걸음 한 걸음 내디뎌 마침내 한 문장에 다다른다.

우리 집 물건들을 내다 팔 때, 첸초 아저씨는 아빠 거라면서 내게 책 한 권을 건넸다. 꽤 두꺼운 책으로, 어디에 처박혀 있었는지 낯설었다. 딱 한 문장에 연필로 밑줄이 쳐져 있었다. 내 눈에는 자디잔 네모와 동그라미 들만 똑똑히 들어왔다. 스물아홉 글자에 네모 셋과 동그라미 다섯을 품은 문장이었다. 무슨 뜻인지 내가 알 리가 없었다. 내 이름에 동그라미나 네모가 있는지 없는지도 나는 모른다. 큰 물건이 놓였다 빠져나간 벽마다 흉하게 흔적이 남았고, 엄마가 있다 없어진 내 일상처럼 곳곳이 흉했다. 그래서 나는 아저씨한테 부탁했다. 깨끗하게 책으로 도배해 달라고. 첸초 아저씨는 도배를 마친 뒤, 남겨둔 마지막 한 장을 간이침대 옆에 붙였다. 아빠가 그었을지도 모르는 선을 간직한 책장을. 쎌리가 밑줄 쳐진 부분을 뚫어져라 보다 목을 팩 튼다.

"아빠는 어디에 묻었어?"

"한국 상점들만 몰려 있는 동네에다 뿌렸대."

"그 시내 한복판에다? 너네 엄마 죽인다!"

"아니, 첸초 아저씨가 했어. 자기네 나라 사람들 가까이에 뿌려 줘야 아무래도 좋지 않겠냐고 아저씨가 제안했대. 뼛가루 담은 검정 비닐봉지에다 쪼끄맣게 구멍 내고, 그걸 들고 몇 바퀴 돌아다녔대. 가루가 바닥날 때까지."

"와!"

"뭐니 뭐니 해도 남편 곁이 좋지 않겠냐며 엄마도 거기다 뿌렸어, 첸초 아저씨가."

"와아아!"

양손을 치키고 머리를 돌리며 쎌리가 나간다. 야야 부인의 우유 배급표를 머리 위로 흔들며 대문을 지난다. 아침에 우유를 받아서 갖다 달라고 부인이 어젯밤 부탁했다. 다행히 쎌리는 하늘색 원피스를 너풀거리며 문을 나섰다. 그 까만 원피스를 입고 배급소를 갔다가는 동네에 어떤 소문이 돌지 뻔하다.

너무 떠들어서 혀가 바삭하다.

보건소 의사같이 쎌리도 술술 털어놓게 하는 능력이 있는 걸까? 딱 한 번 의사를 찾아간 적이 있다. 작년에. 출생신고가 안 된 사람은 보건소에서 받아 주지 않는다. 그래서 따띠 아줌마는 다른 아이의 개인 정보를 빌렸다. 웬만한 병은 아줌마가 치료했다. 하지만 나는 안 아픈 데가 없었고, 동네 아이들의 때아닌 독감으로 아줌마 약초까지 바닥났는데, 야야 부인마저 삼 일째 정원에서 잠든 상황이었다. 그것도 청동 조각상처럼 선 채로. 삼 일 동안 밤마다 무지갯빛 벌레들이 동네가 들썩거리게 울더니만, 결과는 예상대로였다. 쑥쑥 자란 넝쿨에 온몸이 휘감겼다고 따띠 아줌마는 내게 전했다. 나뭇잎으로 촘촘히 수놓인 드레스를 입은 마네킹이 따로 없었다고. 넝쿨을 뜯어내려 첸초 아저씨에 오까 형까지 동원됐고, 자꾸만 잠들려는 부인을 깨우고자, 롤라는 아는 춤이란 춤은 다 췄고, 꼬꼬는 아는 시란 시는 다 암송했다면서 아줌마는 머리를 싸쥐었다.

어쩔 수 없이 나는 의사 앞에 앉았다. 부위마다 언제부터 어떻게 아팠는지, 뭘 먹었는지, 뭘 했는지, 뭘 만졌는지 등등 하나하나 설명하느라 몸이 더 아팠다. 보건소는 공부를 막 마친 사람들이 의무적으로 얼마 동안 머무는 장소라서 의사가 계속 바뀐다. 당연히 내가 체뻬라고 속여도 문제없었다. 다들 그러듯, 내 얼굴만 잠깐 뜯어봤을 뿐이다.

하지만 딴띤 형이 보건소를 찾았을 때는 난리가 났다. 아침에 술이 덜 깬 운전사가 몬 버스에 치여, 개 다리가 으스러져 생긴 일이었다. 상황은 위급했고, 동물병원이라면 아랫동네에나 있다. 수의사든 인간을 고치는 의사든, 다 죽어 가는 생명 앞에선 똑같을 거란 믿음으로 형은 보건소로 내뛰었다고 따띠 아줌마한테 말했다. 뭉개진 개 다리에 아줌마가 소독약 퍼붓는 걸 보면서 나는 기절할 뻔했다. 아무튼 그 사건으로 동네에 소문이 다채롭게 돌았다. 피를 콸콸 흘리는 개를 안고 들어서자, 소독솜같이 냉랭하던 의사가 폭발했다고. 억지로 산비

탈로 출근하던 의사가 급기야 본성을 드러냈다고. 새파란 의사가 "털 달린 짐승은 안 받아요!"라고, 개보다도 털이 무성한 딴띤 형한테 악악댔다고 떠들썩했다. 그즈음, 어디를 가든 살인 악어의 꼬리가 보였다. 살인 악어는 소문의 살집을 부풀리며 골목골목으로 퍼뜨렸고, 결국 의사는 박물지에도 안 나오는 괴수가 됐다.

그런 살인 악어한테 들키지 않으려, 어젯밤에 나는 쎌리랑 뺑뺑 돌아 귀가했다. 쎌리는 우리 집에서 잤다. 그건, 야야 부인네 빈방이 있기는 하지만 아무도 잘 수 없어서이다. 우리 집은 작은 마당과 화장실이 딸린 방 하나가 전부다. 가구라고는 간이침대가 전부고. 그러나 다른 방법이 없었다.

벌레 때문이다.

밤이면 무지갯빛을 내는 벌레들이 야야 부인 집을 뒤덮는다. 무지갯빛 덩어리가 하늘에서 느릿느릿 내려와 지붕에서부터 벽, 문, 퇴창, 발판에까지 달라붙는다. 그러면 폭신한 벨벳 망토를 두른 거인이 등을 구부리고 앉아 발톱 깎는 것처럼 보인다. 치이이이 하는 소리를 한 마리가 내면, 나머지도 뒤따라 차르차르 하고 운다. 나지막한 소리지만 온몸을 진동한다. 그런 속에서 아무렇지도 않게 잠들 수 있는 인간은 야야 부인뿐이다.

그 벌레들은 꼭 북쪽으로 되돌아가서 죽는다. 하지만 어쩌다 한 번, 수십 마리씩 침실 창턱에 너부러지곤 한다. 부인은 벌레들이 주는 선물이랬다. 죽은 벌레들을 모아 그늘에서 얼마간 말리면, 차츰차츰 푸른빛이 돈다. 야야 부인은 그걸로 푸른 설탕을 만든다. 롤라 버릇을 고치려고 창틀에 바른 바로 그 설탕을, 부인은 어제도 썼다. 쎌리의 히비스커스차에 한 꼬집 뿌렸다. 눈이 똥그래진 나를 향해 "누군가에게는 독이, 누군가에게는 약이 되기도 하지" 속삭였다. 나한테도 몰래몰래 먹였을지 몰라 섬칫했다. 그래도 아직까지 말짱한 걸 보면, 나를 처치할 생각은 없는 것 같다.

야야 부인 창고에는 갖가지 약초가 그득하다. 단번에 벌레 수천수만 마리를 끝장낼 수도 있을 거다. 그런데도 무지갯빛 벌레들을 가만두는 데에는 다 이유가 있다. 짝짓기 때나 죽기 직전에는 끼끼끼끼 하고 세차게 우는데, 다음 날은 화초들이 훌쩍 자라 있다고 했다. 그 말을 듣는 순간, 부인의 주홍빛 머리칼과 그레고리오의 털이 떠올랐다. 그레고리오는 다른 나귀들보다 털이 아주 길다. 또 시곗바늘이 쉼 없이 회전해도 부인 머리칼은 한 올도 안 센다. 그 기이한 현상도 벌레 울음 때문이 아닐까 하고. 하지만 거울을 못 보는 부인한테 머리 얘기는 안 했다.

어제 야야 부인에게서 벌레에 관해 듣고 쎌리는 몸을 푸들거렸다. 만약 자기한테 푸른 설탕을 먹인 줄 알았더라면 부인 얼굴을 할퀴었을지도. 쎌리가 첸초 아저씨 집에서 자겠다며 아저씨 팔에 팔을 끼자, 아저씨는 유리개구리처럼 펄쩍 뛰었다. "동네 사람들은 나를 곧 죽어도 아나마리라고 부르지만, 네가 우리 집에서 잔 걸 알면 생난리를 칠 거다"라며 팔을 휙 풀었다. "그럼, 첸초를 첸초로 대한다는 거잖아?

잘된 거 아냐?" 쎌리가 또 팔을 끼자, 야야 부인은 찻숟갈로 접시를 톡톡 두드렸다. "잠만 차누네서 자고 이리로 오너라. 죽지도 않은 비 띤 나무의 벌레를 몸에 들였으니, 대가를 치러야지?"

내 간이침대는 너무 작아서 쎌리가 몸을 펼 수조차 없었다. 쎌리는 펼친 종이 상자를 겹겹이 시멘트 바닥에 깔고 그 위에서 잤다. 언제나 빠오 바구니를 감쌌던 회색 모포로 배만 돌돌 감고서.

*

쓰레기봉투를 들고 대문을 나서자,

"빠오 대신 키우려고?"

롤라가 건너편 전봇대에 삐딱하게 기대서서 팔짱을 낀다. 쎌리하고 마주쳤나 보다. 또 뭘 입에서 굴리는지 딸그락딸그락한다.

"엄청 먹게 생겼던데?"

터덜거리며 비탈을 내려가 쓰레기차 앞에 줄을 설 때까지도, 롤라는 내 쓰레기봉투를 발로 툭툭 찬다. 또! 차 깊숙이로 봉투를 내던지고 한달음에 비탈을 오른다. 따돌리려면 이 방법밖에 없다. 롤라는 평평한 데서만 나보다 빠르다. 양 발바닥에 혹이 솟았다. 딴딴한 혹 둘이 갈수록 뽈록해진다. 마누 할아버지가 과자 상자에서 롤라를 꺼낸 날보다 못해도 열 배는 커졌댔다. 따띠 아줌마는 자기도 손쓸 수 없다며, 절대 억지로 도려내면 안 된다고 했다. 하지만 할아버지는 용하다는 민간요법 치료사한테 데려가려 다섯 번이나 시도했다. 나한테 함께 가 달라고 부탁했다. 그때마다 롤라는 몸이 불덩이가 됐고, 나는 따띠 아줌마를 불러와야 했다. 그때마다 아줌마는 그럴 줄 알았다는 듯 고개만 저었다.

나온 김에 옥수수빵 가게로 향한다.

오르막에 아슬아슬하게 세워진 폐창고 옆에서 형들 일고여덟이 연기를 뿜는다. 저 안에 깔루가 있는 줄 알면서도, 탕탕! 철문을 걷어찬다. 콧수염이 나고부터 학교를 때려치운 형들이다. 학교에서 코 묻은 돈을 뜯으며 갈고닦은 솜씨로 아주 시내를 휘젓고들 다닌다며, 저딴 자식들 때문에 우리까지 싸잡아 쓰레기 취급을 받는다며, 오까 형은 나보고 말도 섞지 말랬다. 이제 시끄럽게 아침 회의를 시작한다. 휴대전화, 운동화, 사이드미러, 손목시계, 점퍼 등등 아랫동네에서 슬쩍한 물건을 두고, 누가 누구한테 얼마에 팔지 정하며 으르렁댄다.

반은 허물어지고 철문도 뻘긋뻘긋 녹슨 폐창고다. 하지만 깔루가 살아서일까, 바로 옆의 엔쏘 할아버지 이발소보다도 생기가 돈다. 내가 지날 때마다, 깔루가 후려치거나 뚝딱대는 소리가 난다. 이발소에서는 아무 소리도 안 난다. 알전구 켠 것도 못 봤다. 면도칼 병균에 감염된 손님이 늘고부터 저렇게 됐다. 마누 할아버지 오른뺨은 석류처럼 부푼 적도 있다. 보건소에서는 주사라면 예방주사만 놓으므로, 따띠 아줌마가 놔 드렸다. 아줌마는 손재주가 남다르다. 상한 오렌지를 찌르며 딱 두 번 연습했지만 마누 할아버지는 지금도 살아 있다.

일 년이 다 가도록 손님이 하나도 없는데, 엔쏘 할아버지는 아침 일곱 시면 문을 열어 저녁 일곱 시면 문을 닫는다. 한번은 뻑뻑한 문을 열다 고꾸라진 할아버지를 일으키며 "아무도 안 오잖아요? 뭐 하러 여나요?" 물으니, "예순다섯 해 동안 하루도 거르지 않고 열어 왔잖냐. 날마다 치르는 의식이랄까?" 답하고 뻑뻑한 문을 마저 열었다. 의식이란, 날개 뜯긴 날벌레가 제자리를 맴도는 모습이랑 비슷한 걸로 보아, 의식이 맞는 것도 같았다.

지금 엔쏘 할아버지는 흰 가운을 여미고 거울을 닦는 중이다. 저런 뒤에는 이발소 앞 의자에 앉아, 오가는 사람을 구경한다. 인사 건네는 주민은 봤어도, 목숨 걸고 이발이나 면도까지 하는 주민은 못 봤다. 그러니 전처럼 "무난하게? 과감하게?" 하고 물을 일도 없다. 엄마가 죽고부터 내 머리는 야야 부인이 깎아 줬다. 왼손으로 길이를 가늠하며 쪼끔쪼끔 가위질한다. 부인이 머리를 만지기만 하면 잠이 쏟아진다. 하지만 야야 부인이 내 목이나 귀에 가위집을 넣지 않게 정신을 똑바로 차려야 한다. 그 황홀한 나른함을 물리쳐야만 한다.

폐창고 문에 기댄 알보가 나랑 눈이 마주쳤다.

입을 빠짝 오므려 마리화나를 빤다. 숨을 참고 가슴을 내밀며 겁주려 들지만, 눈은 이미 확 풀렸다. 손끝으로 겨우 쥘 만큼 작은 꽁초를 다른 형한테 넘기고, 그 형이 피우던 담배를 건네받아 한 모금 빨더니 손가락으로 튕긴다. 내게로 날린다는 게 그만 자기 얼굴에 날아들어, 맘보 추는 롤라같이 폴짝댄다. 마트에서 다리에 쥐가 나도록 서 있는 쑤쑤 누나가, 동생 알보의 하루 일과를 알게 된다면? 누나만 빼고 모두가 아는 사실이다. "차누, 쑤쑤한텐 비밀이다!" 이건 누나 엄마가 백 번도 넘게 한 말이다. 딸이 모르게 주민들 입을 막는다. 자기는 교문 근처에도 못 가 봤는데 저런 놈을 중학교까지 보냈느냐며 생활비를 끊을지도 모르니까.

폐가로 빽빽한 곳을 벗어나자 악취가 짙다. 버려진 집 냄새보다 사람들이 사는 집 냄새가 더 고약하다. 낡은 집들에서 질질 새는 구정물이랑 곳곳이 막힌 하수구 때문이다. 흘려 보낸 물은 이러지도 저러지도 못하다가 꼭 역류한다. 내려가야 할 게 제대로 내려가지 못하면 꼭 이 모양이다. 건기에도 반갑지 않은 물이다. 건기에 단수까지 잦은 때 버려지는 물은 여러 번씩 쓴 거라 무척 더럽다. 힘들고 슬픈데 나쁜 일까지 겹치면 몸에 병이 나는 거처럼 말이다.

"다고 가게에 가니?"

따띠 아줌마가 비탈에서 목소리를 높인다. 구정물을 밟지 않으려 땅만 보고 걷느라 못 봤다. 아줌마가 소쿠리를 안고 내려온다. 우유 한 봉지가 담긴 소쿠리. 반 봉지는 아들 꼬꼬 거다. 사람들이 좀 모자란 놈이라고 놀리는 아들. 꼬꼬는 어른 같기도 하고, 아이 같기도 하다. 나머지 반 봉지는 딸 비비 거다. 바퀴 달린 짐 가방에 실린 채로 축일에 문 앞에 버려진 아이. 상자에 담기기에는 너무 컸던 아이. 내버려지고도 출생신고까지 된 아이는 비비뿐이며 중학교에 다닌다. 중학교에도!

균형을 잡으려고 따띠 아줌마는 가파른 길의 각도에 맞춰 몸을 살짝 뒤로 굽혔다. 주정꾼 남편 앞에서도 아줌마는 저런다. 아무 데서나 아무 때나 그가 내뻗는 주먹이 닿지 않게 윗몸을 잦힌다. 하지만 잘 때 주먹이 날아들었는지, 오늘도 뺨이 보라색이다. 니꼬 신부님이 말하는 자비의 손길은, 딴띤 형네 개들이 임신하지 않게 힘쓰느라 남는 힘이 없는지도. 그래서 아줌마네까지는 그 손길이 미치지 못하는지도. 내 앞에서 아줌마가 숨을 몰아쉰다. 우유 봉지에 그려진 젖소가 이건 자기 몸에서 나온 게 아니라는 표정으로 나를 본다.

"집에 있는 옥수수빵이 다 딱딱해져서요."

"몸져누워 지내느라 그리됐구나. 참, 인권 단체다 무료 변호사다 만나 가며 힘자라는 데까지 해 보기는 했다만, 그게, 너나 빠오나 출생신고가 안 돼 있어서……."

나를 보는 아줌마 얼굴이 텅 비었다. 할 말을 찾는 건지, 더는 할 말이 없는 건지 헷갈린다.

"따띠 아줌마? 우유 탈 때, 혹시 낯선 여자아이 못 봤나요?"

딴 데로 샜으면 큰일이다. 생각에 빠지기만 하면 아줌마는 아무것도 못 보고 못 듣는다. 저수지에 내던져진 솜 인형처럼 푹 가라앉는다. 수면 밖에서 벌어지는 일에는 관심도 없다. 쎌리가 바로 코앞에 있어도 보지 못했을 수도 있다.

"깔루보다 좀 어리고, 아, 하늘색 원피스 입은……."

"그 원피스를, 그걸, 또다시 보게 될 줄이야! 후닥닥 뛰어가는 뒷모습만 봤는데. 그 아이를 찾는 중이니? 그렇다면 야야 부인 댁에 가면 있을 거다. 그 원피스를 입은 아이라면 말이야……."

얘기하다 말고 또 멍하다. 이럴 때는 그냥 놔둬야 한다. 그냥 가던 길을 간다. 뒷길로 빠지자, 끼익끼익 쇳소리와 함께 구수한 냄새가 요염하게 단숨을 추며 다가온다. 부드러운 스텝으로 한 발짝 한 발짝.

큰길에도 옥수수빵 가게가 있다. 진열창에도 금 하나 안 가고, 최신형 기계까지 들인 깔끔한 가게. 하지만 아무리 멀어도, 모두가 다고 아저씨 가게를 찾는다. 아저씨의 아버지가 관에 담기고부터 그렇게 됐다. 반백 년 가까이 기계를 돌린 아버지가 죽자, 빵 맛이 굉장히 좋아졌다. 늘 어둡던 다고 아저씨도 밝아졌고, 사람들이 그 비결을 물을 때마다 아저씨는 소리쳤다. "재료도, 방법도, 옛날 그대로라고!" 그래서 사람들은 여기저기서 쑤군댔다. 맛이 좋아진 게, 그게 다 의문사한 아버지 때문이라고. 맛의 비결이 죽음에 있다니 참으로 괴상쩍다고.

경찰 둘이 와서 이것저것 묻기도 했다. "관은 왜 짜 놓은 겁니까? 그것도 손수 짰다니, 왜죠?" 그러자 다고 아저씨는 눈을 부라렸다. "집에 남아도는 나무가 있으면, 누구든, 관 하나쯤 짜고 싶어지지 않나요?" 경찰은 "방패비늘무늬가 독특하군. 마치 상어 껍질 같아"라며 관 뚜껑을 손으로 쓱 훑었고, 아저씨는 "그 무늬가, 제 아버지 죽음하고 대체 뭔 상관이 있냐고요!"라며 침을 마구 튀겼다. 그때 아저씨가 정말로 개처럼 침 흘려서 나는 깜짝 놀랐는데, 경찰이 기계를 탁 내리쳤다. "당신이 주장하듯, 후두부가 기계 모서리에 부딪힌 게, 그게, 직접 사인이 아니란 말입니다!" 그러자 내 뒤에서 구경하던 어른들이 "하! 직접 사인?" 했다. 언제부터 경찰이 우리 동네서 누가 생죽음했다고 조사를 다 했느냐며, 큰 소리로 비웃었다. 그래서였는지, 경찰들은 조사하는 척은 했다. 주민 하나를 잡아갔고 곧 사건을 덮었다. 경찰서에 끌려갔다 온 마누 할아버지는 멀리서 경찰복만 보여도 몸을 숨기더니, 이제 무슨 제복만 봐도 두더지가 된다.

구수한 온기가 몸에 감긴다. 낡은 기계의 쫙 벌린 입이 익반죽을 삼키니, 누릇하고 납작한 옥수수빵이 툭툭 튀어나와, 관처럼 기다란 판에 몸을 뉜다. 기계에 반죽을 밀어 넣으랴, 빵을 옮겨 선반에 쌓으랴, 다고 아저씨 얼굴은 땀으로 번들번들하다.

"차누!"

나를 향해 김이 모락거리는 빵을 휘익 날린다. 얇은 빵을 반으로 접어 씹는다. 그러며 기계의 반복적인 동작을 본다. 이러고 있으면, 야야 부인 책을 붓으로 쓸 때처럼 머리가 가벼워진다. 기계 소리는 옅어지고 냄새는 짙어진다. 이러다 소리가 완전히 사라지고 냄새만 남으면, 내 머리통은 구수한 향으로 가득해진다. 빨대를 꽂아 빨면 구수한 맛이 날 코코넛이 된다.

"반만?"

"아, 아뇨, 일 킬로요."

"일 킬로나? 아나마리 심부름 왔냐?"

"아뇨, 그게……."

쎌리 얘기를 해도 될 사람은 아닌 것 같다. 내 머릿속 기준을 꼭 집어 말하기는 힘들지만 어쨌든 그렇다. 적어도 첸초 아저씨를 아나마리라고 고집스럽게 부르는 사람에게는 말하면 안 될 것 같다. 뭐 하나 아나마리라는 이름에 어울리지 않는 아저씨한테 아나마리라니! 더구나 자기는 첸초라고 부르짖는 사람한테.

선반의 그늘진 곳에 빵을 둔다.
따띠 아줌마가 떠 준 보자기에 이렇게 싸 두면 꽤 오래간다. 하지만 이제는 일 킬로도 곧 바닥날 거다. 롤라 짐작대로 쎌리는 엄청나게 먹는다. 어제 세 탕 다 뛰고 이틀 몰아 쉬면서 집을 정리할 계획이었는데, 다 망했다. 첸초 아저씨는 부탁했다. 만사 제치고 오늘은 쎌리만 보살펴 달라고.
집 곳곳에 빠오 흔적이 널렸다. 이런 속에서 사는 건, 붉은 실에 꽁꽁 묶이는 거랑 똑같을 거다. 그 전에 다 끊어야 한다. 한번 묶이면 끝이다.

9

"차누!"
미니버스 창밖으로 오까 형이 새끼손과 검지를 뻗치며 지난다. 드르르릑! 소리가 내가 골목 중간에 닿을 때까지 따라붙는다. 야야 부인네 가서 쎌리도 감시하고, 책도 좀 청소할 거다.

"나, 나한테…… 말도 안 돼……."

페파 아줌마가 대문 옆으로 주저앉는 바람에 손에 든 양동이가 떨어진다. 떼구루루 굴러 내 발치에서 멈춘다. 양동이를 집어 아줌마 옆에 둔다. 저건…… 삐온? 칠이 너덜너덜한 대문 바로 앞에 까만 고양이가 목에서 피를 흘리며 뻗어 있다. 그 앞으로 사람들이 지나는데 "저런 일을 당해도 싸지, 싸"가 내 귀를 쌩 스친다. 우유 두 봉지를 타 온 루초 아저씨가 고양이를 집어 내던진다.

"이게 다, 네 그 염병할 악어 아가리 덕분이라고! 악어 같은 년! 정말 악어였으면 구두라도 만들지!"

사실 저 악어 아가리 덕분에 나는 엄마가 죽은 지하철역이 어딘지 알았다. 다들 쉬쉬하던 그 역이 어딘지. 거기가 거기인 줄 알고 나니 역은 완전히 달리 보였고, 되풀이되는 악몽 속의 피범벅 철로도 훨씬 정교해졌다. 그 사실을 모르는 첸초 아저씨는 아무렇지도 않게 나를 데리고 그 역을 오르내릴 수 있다. 모름과 앎은 그렇게 달랐다. 들끓는 열이 식지 않아 뻘건 루초 아저씨가 우유를 팽개치자 페파 아줌마를 하얗게 적신다. 칠 년간 해마다 루초 새끼들을 까느라 기미가 걷힐 새도 없었다고 떠들던 그 꺼먼 아줌마 얼굴도 방울방울 하얘졌다.

비띤 나무의 벌레를 먹은 대가를 치르게 한다더니!

내가 도착했을 때부터 지금까지, 쎌리는 야자 깔개에 죽은 고양이처럼 뻗어 있다. 불쑥 몸을 뒤집더니 깔개를 만다. 거기에 등을 대고 누워 오르락내리락한다. 부인과 내가 나누는 대화가 따분한지 아니면 저것도 무슨 체조의 일부인지, 벌떡 일어나 한숨 쉰다. 이제 한쪽 다리를 달달 떨며 껌을 질겅인다.

"목은 어떻더냐?"

"예?"

"고양이 목 말이다."

야야 부인은 고양이 목이나 걱정하고 앉아 있다.

"잘 드는 칼로 한 번 싹 그은 거 같던데요?"

"물론 코끝은 집을 향했겠지."

부인의 눈가가 바르르 떨린다. 혹시, 자기가 저지른 범행을 확인하며 즐기기라도? 딱 범인의 모습이다. 하지만 야야 부인은 모기 하나 안 죽이고, 달걀 하나 입에 안 넣고, 라임과 고춧가루에 절인 멸치 하나 안 먹는다. 그런 부인이 고양이 목을 칼로 가를 수 있을까? 더군다나 자기 집 담장을 매일 시곗바늘처럼 돌던 고양이를? 도착하자마자 샅샅이 둘러봤지만, 뻬온은 어디에도 없었다.

"흑마법이네."

쎌리가 껌을 씹으며 한마디 툭 뱉는다. 어디서 났을까, 저 껌은…….

"저어어주!"

내 코앞에 대고 풍선을 크게 불었다 팡 터뜨린다. 풍선껌? 동네 꼬마들한테서 뺏었나?

"저주?"

등을 꼬집는 목소리에 놀라 뒤도니, 롤라가 껌을 짝짝 씹는다.

"그게 흑마법사들 수법인 줄은 어찌 알았느냐?"

부인이 쎌리에게 파란 끈을 내밀며 턱을 쳐든다. 쎌리는 옮겨 받은 끈으로 치렁거리는 머리를 높이 묶어 올린다. 허리를 양손으로 잡고 다리를 떡 벌리고 선다.

"내가 몇 살로 보여요? 앗, 죄송!"

쎌리는 그 자세로 풀쩍 튀었다 내려서며 롤라를 본다.

"나 몇 살로 보여?"

"여얼……두 살?"

쎌리가 검지를 까딱인다.

"정확히 열두 살, 열두 살에서 멈췄지."

"그러니까 너는 열두 살이야? 열두 살이 아냐? 어어?"

흔들의자 옆에 탈퍼닥 앉으며 롤라가 계속 "어어" 한다. 그러자 부인이 롤라 머리에 손을 얹는다. 야야 부인 손만 닿으면 치솟는 기운이 가라앉는지, 롤라는 조용해졌다.

다섯 달, 일곱 달, 열 달, 아무리 시간이 흘러도 빠오는 일 밀리도 안 자랐다. 그런 빠오를 보고, 따띠 아줌마가 부인한테 소곤대는 얘기를 엿들은 적이 있다. 어쩌면 빠오가 여덟 살, 아니 여든 살일지도 모른다고 말이다.

"열다섯 살. 근데 이 모양이야!"

쎌리는 조그만 가슴을 양손으로 감싸며 내려다보다 손을 탈탈 턴다. 이제 힘껏 깍지를 꼈다 뺐다 한다. 제동장치가 망가졌는지 잠시도 가만있지를 못한다.

"헬루 아저씨가 벌인 일이지. 우리 아빠한테 해코지당한 아저씨. 왜 있잖아. 주차 요원도 아니면서, 별 도움도 안 되는 말이나 지껄이곤 손 내미는 인간들. 쪼끔만 더! 고만! 그렇지! 그딴 말. 우리 아빠도 집 근처에서 그 짓을 하거든. 근데 자기 구역을 건드렸다면서, 헬루 아저씨 다리를 작살냈지. 녹슨 못이 삐죽삐죽한 각목으로 내리찍었으니! 헬루 아저씨는 째깍 복수했고. 자기 딸더러, 나랑 같이 놀다가 내 머리를 한 뭉텅이 뽑으라고 시켰어. 그걸, 죽은 나무 밑에 파묻은 거야. 그때 내가 열두 살이었고."

"저런, 네 머리카락을 고목 뿌리에 엉키게 했구나! 언젠가 따띠가 들려준 얘기인데. 실제 그런 일이……."

"저주가 내렸어? 우리 할아버지 다리같이?"

"롤라! 마누 할아버지 다리는 사고 때문이야, 사고!"

내가 나무라자 혀를 쏙 내민다. 페파 아줌마가 흘리고 다니는 말을 들은 게 분명하다. 루초 아저씨 소원대로 아줌마가 진짜 악어여서 구두든 가방이든 만들어서 내다 판다면 동네가 훨씬 평화로울 거다.

"저주로 대갚음하다니……. 그래, 그 나무는 찾았느냐?"

쎌리가 묶은 머리를 휘릭 풀고 목운동한다. 검고 굵고 윤기 나는 머리다.

"의심 가는 나무가 하나 있긴 했죠. 우리 집 골목에 죽은 나무가 한 그루 있었거든요. 껌나무라고."

"누가 길에다 사포딜라를 심었을까……."

"아유! 그 껌나무가 아니라, 정말, 정말 껌이 붙은 나무요. 무지 흉한 나무였는데. 오가는 사람마다 씹던 껌을 따닥따닥 붙여서, 나중엔 고무 덩어리처럼 됐어요. 그렇게 되고부턴 더 악착같이들 붙여서, 몸이 두 배는 불었고요, 으! 재수 없다면서 거기엔 오줌도 안 갈겼어요. 지들이 그렇게 만들곤!"

롤라는 무릎에 턱까지 괴고 눈을 반짝인다. 앞으로 씹는 껌마다 나무에 붙일지도. 질경이던 껌은 또 삼켰는지 입이 얌전하다. 쎌리는 팔을 펼치고 등을 뒤로 구부린다. 활 모양으로 둥글린 가슴에 해가 조각조각 떨어진다. 말하면서도 계속 움직여서 소리도 계속 커졌다 작아졌다 한다.

"근데 흙이 흠뻑 젖어 있는 거예요. 죽은 나무에다 어떤 미친놈이 물을 줘요? 아빠한테 당하고 도망친 날 새벽에야 그걸 봤죠. 죽어라 뛰다가 하도 오줌이 마려워서 나무 옆에서 엉덩이를 깠는데, 글쎄 질척하잖아요. 아, 이 나무다! 했지만 손쓸 틈도 없었죠. 아빠는 내 인생에서 젤로 재수 없는 새끼예요."

야야 부인이 빈 찻잔을 탁자에 두고 긴 숨을 내쉰다. 햇살이 내려앉았는데도 얼굴이 먹구름이다.

"따띠 얘기가 사실이라니! 자정마다 물을 주어 달의 음한 기운이 스미게 하는 게지. 머리카락과 고목 뿌리가 하나가 되게끔. 따띠 말로는, 머리카락을 찾아내서 동틀 녘에 태우면 저주가 풀린댔는데……."

쎌리가 양팔을 치키고 하늘과 교신한다.

"거기 가면, 난 그 새끼를 죽일지도 몰라."

하늘로부터 수신한 말을 전한 뒤, 부인 쪽으로 뛰어가더니 차양에 매달린 노란 양말에 잽을 날린다. 제자리 스텝까지 뛰며 팔을 뻗는데, 부인 손이 가벼이 날아간다. 쎌리 옆구리에 손가락을 대자 졸린 고양이가 된다. 벌써 흔들의자 옆에 쪼그렸다.

"롤라, 따띠 아줌마 좀 불러오너라."

곧바로 롤라가 뛰쳐나간다.

사실 야야 부인은 따띠 아줌마를 통해 들어 봤을 뿐, 주술이라면 질색하고 잘 알지도 못한다. 시간을 멍청하게 물들이는 덧없는 짓이라나. 언젠가 내가 따띠 아줌마보고, 내 눈에는 주술이나 야야 부인의 괴상한 행동이나 그게 그거 같다고 말하니, 더 괴상한 답이 돌아왔다. 야야 부인은 주술 따위는 쓰지 않는다고, 그저 다른 것들과의 경계가 없다 보니 괴상해 보일 따름이라고.

경계가 없다니! 내 발뒤꿈치의 굳은살, 야야 부인의 이 빠진 찻잔, 롤라의 무서운 식욕, 따띠 아줌마 눈가의 검푸른 멍, 체뻬 손에 뜯긴 잠자리 날개, 마누 할아버지의 시큰시큰한 무릎, 아빠의 찢긴 책, 루초 아저씨의 돌주먹, 빠오의 노란 양말 등등이 경계가 없다고 생각하면 신비하지도 재미있지도 않았다. 모든 것과 경계 없이 한 덩어리인 야야 부인이란 상상조차 하기 싫었다.

 고목 뿌리에 뒤엉킨 쎌리 머리칼이 머릿속에서 떠나지를 않는다. 야야 부인 지시대로 글자마다 눈길을 주며 붓으로 살살 쓿어 사기그릇에 담으면서도, 사다리에 올라 책을 꽂고 뽑으면서도, 줄곧 그 생각뿐이다. 더구나 껌이 덕지덕지한 나무라니! 죽은 나무라고 그렇게 막 대하다니. 내 시체에다 사람들이 그 짓을 한다면? 혹시, 그 나무는 뿌리도 끈끈하지 않을까? 쎌리 머리칼에 들러붙어 영영 떼어 내지 못한다면? 빠오 팔목의 붉은 실은 끊어졌는지 어쨌는지라도 볼 수 있었다. 하지만 땅속에서 쎌리의 시간을 옭맨 머리는······.
 "뭐 도와줘?"
 하마터면 사다리에서 떨어질 뻔했다. 언제부터 저기에? 쎌리가 의자에 다리를 꼬고 앉아 발을 까딱인다. 뒤축이 우그러진 헝겊신이 달랑인다. 늘 책상 아래 있던 상자는 없어졌다. 쎌리가 그 안의 옷을 입고 상자 대신 서재에 있다. 책 한 권을 조심히 들고 내려와 책상에 올려놓는다. 그러자 흠흠, 쎌리가 책에 코부터 댄다. 벌레를 먹기 전에도 냄새부터 맡았는데······.
 "이건 먹으면 안 돼."
 책을 치우니 픽 웃으며 일어선다. 팔을 앞으로 비스듬히 내뻗어 손뼉 치면서 서재를 거닌다. 저러다 아무 책이나 씹어 먹을지도.
 "여기는 나 혼자 충분해."

파랑이 일고

"야야 부인이, 차누를 거들어 주렴, 했는데?"

턱을 쓱 쳐들어 부인 흉내까지 내더니, 책을 빼앗아 책상에 얹고 즉시 손을 움직인다. 가르쳐 주지도 않았는데, 다루는 솜씨도 속도도 나보다 수준급이다. 부인 말을 무시하고 그냥 붓만 놀려 대서, 그래서 빠른 걸 거다. 그렇게 생각하면서도 뭔가 불편하다. 쎌리 손만 눈으로 좇는데 서재 문이 스르르 열린다.

깃털이 바람에 날아들듯 꼬꼬가 들어온다. 언제나 소리도 없이 부드럽게 행동한다. 덩치는 루초 아저씨보다도 크지만 무척 작게 느껴진다. 늘 움츠리고 다녀서 그렇다.

"안녕? 난 쎌리!"

꼬꼬는 들은 체 만 체 책장으로 직진한다. 쎌리는 입을 삐죽이고 다시 책 청소에 열중한다. 맨 아래 칸에서 꼬꼬는 또! 저 책을 뽑는다. 적어도 백 번은 읽었을 거다. 싫증도 안 나는지, 야야 부인 앞에서 암송할 정도인데도 읽고 또 읽는다. 이 서재에서 가장 작고 얇은 책이다. 부인이 말하기를, 이 중에서 제일 이해하기 까다롭지만, 한번 마음에 와닿으면 손에서 놓기 힘든 책이랬다. 책도 화초나 허브차랑 비슷하다나. 가끔 꼬꼬는 부인이 내준 흰 종이에다 휘갈기고 큰 소리로 읽는다. 내가 "하나도, 하나도 읽을 수가 없어요. 좌우가 다 뒤집혔어요!"라며 종이를 이리저리 돌리자 야야 부인은 깔깔댔다. 거울 문자로 꼬꼬 스스로 시를 쓴 거라면서.

창 맞은편 아래 칸에 꽂힌 책들은 그다지 낡지 않았다. 물론 최소 구십 년은 넘었지만. 꼬꼬는 그것들만 읽는다. 내 궁금증을 눈치챈 건지 뭔지, 하루는 야야 부인이 꼬꼬에게 그 이유를 물었고, 꼬꼬는 바로 답했다. 상단에 꽂힌 책들은 서로서로 워낙 말을 많이 주고받기 때문에, 중간에 대화 끊기가 미안해서 그런다고. 그러자 부인은 "그래, 어느 나라 말로 주고받던?"이라며 손을 맞잡았다. 순간 내 궁금증은 야야 부인에게로 방향을 틀었다.

사람들은 꼬꼬가 모자란 놈이라면서 깔본다. 그리고 꼬꼬는 우리 동네에서 책을 가장 많이 읽는 사람이다. 아니, 유일하게 독서하는 사람일 거다. 첸초 아저씨야, 책을 읽는다기보다는 뚫어지게 보는 사람이니까. 다 외운 책을 꼬꼬는 왜 자꾸자꾸 읽느냐고 내가 야야 부인에게 물으니, 연둣빛 눈알을 천천히 굴렸다. 책이 손에 없을 때도 머릿속으로 읽고자 암기했을 테고, 눈으로 보아야 더 신나기에 재차 읽는 걸 테라고.

"꼬꼬, 오늘은 집 안 지어?"

내가 묻거나 말거나 읽던 데를 손끝으로 다시 더듬으며 키득댄다. 저렇게 꼬꼬 손이 닿은 자리에는 뭔가 꾸물꾸물하는 것 같다.

"무슨 집?"

어느새 사다리에 올라선 쎌리가 나를 내려다보다 그만 휘청한다.

"제발! 책부터 꽂고!"

쎌리가 거미원숭이처럼 가볍게 뛰어내려 단번에 꼬꼬 앞에 앉는다.

"꼬꼬, 집 지어?"

꼬꼬는 빙 돌아앉아 책만 본다.

"뭐 읽어? 어디, 나도 좀 볼까?"

책을 보자마자 "으!" 쎌리가 눈을 찌푸리며 내게 묻는다.

"집을 짓는다고?"

"따띠 아줌마 남편이 한때 시멘트 벽돌 공장 다녔는데 거기서 빼돌린 벽돌이 무지 많아. 아, 따띠 아줌마는 꼬꼬 엄마야. 그걸로 집 지어서 세놓거든. 꼬꼬가 지은 집이 벌써 두 채나 돼. 뭐, 창고 같은 단칸방이지만."

"집도 세놓고, 와, 부자네!"

"무허가주택이라서 따띠 아줌마는 그냥 조금만 받는댔어. 그런 데다 왈도 아저씨가 몽땅 술값으로 날려서 아줌마는 짬짬이 지압 출장도 나가야 되고. 아, 꼬꼬 아빠야. 길에서 잠든 왈도 아저씨를 못 본 사람은 아마 한 명도 없을걸."

"고렇게 쪼그만데, 지압? 이딴 동네에, 지압받는 사람도 있어?"

"아랫동네 잘사는 부인들 집으로 가. 근데 네가 어떻게 따띠 아줌마를……."

"롤라가 아줌마 데려왔어. 그래서 야야 부인이 날 이리로 보냈고. 둘이서 할 일이 있대. 따띠 아줌마가 바구니에다 죽은 고양이 가져왔던데? 위로해 주고 묻어야 한다고. 억울하게 죽은 마당에, 위로가 될까? 꼬맹이들이 밀쳐서 죽은 너네 엄마나, 일하다 맨홀에 빠져 죽은 너네 아빠나, 뭔들 위로가 되겠니? 롤라는 오다 구정물에 자빠져서 지금 목욕 중. 아아, 껌 하나만 더 달랠걸!"

"롤라가 줬다고?"

"걔, 보통이 아니던데? 우유 타려고 줄 섰을 때, 내 앞에 있던 남자애가 껌 한 통을 떨어뜨렸거든. 근데 롤라가 잽싸게 집어서 입에 하나 넣더라. 남자애가 달라니까 뭐랬는 줄 알아?"

"땅 거라고 했겠지."

"아네! 땅에 떨어졌으니까 인제 땅 거라면서, 나한테까지 하나를 주잖아? 그러곤 쌩하니 날더라?"

벌써부터 갈취에 재미 붙인 꼬마를 두고 감탄이나 하다니! 이런 쎌리를 잘 보살피라고 부탁한 첸초 아저씨가 불쌍하다.

*

전갈이 들락대는 바위 앞에 뻬온은 묻혔다. 어쩌다 한 번 눈 뜨고 회전을 멈춘 채 굽어보던 바위였다. 이제, 그 앞으로 흰 돌멩이들이 동그라미를 이루었다. 체뻬네 고양이처럼 전갈을 꿀꺽하고 뻗을까 봐 걱정하곤 했는데⋯⋯ 그게 나을 뻔했다. 억울한 거로만 따지면 엄마, 아빠, 뻬온 중에 누가 일 등일까? 지금에야 목욕을 마쳤는지 롤라가 큰 수건을 몸에 둘렀다. 머리에서 물을 뚝뚝 떨어뜨리며 뒤꼍으로 간다. 헤헤 웃음소리가 흐릿해진다. 또 뭘 갉아 먹을까.

"한번 손대면 대대로 끊어 낼 수 없는 술법이지요."

따띠 아줌마가 말린 허브를 손바닥으로 살살 비비면서 야야 부인한테 설명한다. 그러다 쎌리를 건너본다. 화초마다 공평하게 주라고 아까 세 번이나 강조했지만 불안하다. 쎌리는 뿌리다 말고 사기그릇만 내려다본다. 관찰이라도 하듯 야야 부인 얼굴은 내내 쎌리 쪽을 향했고. 따띠 아줌마 무릎에 놓인 나무 쟁반에 푸릇한 가루가 쌓여 간다.

"자기 손만 더러워지는 게 아니랍니다. 숱한 사람들 손을 더럽히게 되지요."

"손을 더럽힌다뇨?"

내가 묻자 야야 부인이 손바닥으로 빈 찻잔을 살며시 가리킨다. 잔에 차를 채우니 따띠 아줌마가 한 모금 넘기고 쟁반을 들여다본다. 긴 주홍빛 머리칼 하나를 집어내고 다시 말을 잇는다.

"자신이 죽기 전에, 자식이든 조카든 손주든 하여간 가족 중 누군가에게, 머리카락에 물을 주게끔 가르쳐야 하거든. 대를 물려 가며 매일없이 물을 줘야 하니까. 대대로 원망을 가르치는 거지. 구태여 가르치지 않아도 인간에게 넘치는 그 감정을 말이야."

"물 안 주면요?"

"누구한테?"

롤라가 불쑥 끼어들어 탁자를 넘어뜨릴 뻔했다. 언제 왔는지 내 옆에 웅크리고 있다. 웬일로 조용한가 했더니 쎌리 가방을 뒤졌나 보다. 입술을 형광 핑크로 칠해서 두 배로 만들어 놨다.

"물? 무슨 물? 누가? 누구한테?"

늘 그러듯 야야 부인이 롤라 앞가르마에 손을 얹어 가라앉힌다. 현관에 드리워진 금붕어 풍경이랑 똑같아졌다. 눈만 빤짝인다.

"단 하루라도 거르면, 언젠가는 그 집안의 아기 하나가 해를 입게 된단다. 평생 한 살로 살게 되지. 설령 건기에 단수에 아무리 마실 물이 없더라도 머리카락에는 필히 맑은 물을 줘야 해. 그것도 듬뿍."

흩어진 허브를 수북이 그러모으며 따띠 아줌마가 답한다.

"그럼, 가족이 없는 사람은 아무 문제 없겠네요?"

내 경우를 두고 한 말인 줄 안 걸까. 아줌마가 입술을 모아 쪽 빼고 눈을 가늘게 뜬다.

"가족 있는 사람들만 덤벼드는 게 바로 이 술법이란다. 술법마다 끌어당기는 인간이 다르거든. 사람마다 매혹되는 게 다르잖니?"

"술법이 사람을 유혹한다고요?"

"바로 그러라고 인간들이 긴 세월에 걸쳐서 머리를 짜낸 거니까. 그 덫에 걸렸다는 사실만 알아채도 벗어날 기회가 있겠지만, 딱하게도, 백이면 백 다들 모른단다."

"거울 앞에서도 제 자신을 못 보는 거하고 똑같군."

따띠 아줌마 말에다 야야 부인이 이상한 말까지 보태자 롤라가 한

숨 쉬며 사라진다. 들뜬 공기가 다시 차분해진다. 롤라 주위로는 늘 어수선한 입자가 떠다닌다.

"하루속히 쎌리 머리카락을 찾아내서 태워야 해요, 부인."

"그게 그런가? 하면, 오까더러······."

야야 부인이 말하다 말고 고개를 갸우뚱한다. 따띠 아줌마 눈알은 굴러떨어지게 생겼다. 뒤돌아보니 쎌리가 사기그릇을 싹싹 핥고 있다.

"오까더러 도와 달라고 하게. 차누? 놔두렴. 이미 다 먹었는걸."

쎌리를 혼내려고 입술만 뗐는데 야야 부인이 말린다. 몸이 조금의 일렁임도 없이 고요해지면 더없이 환해진다던 부인의 말처럼, 앞이 환히 보이는 걸까? 다 보이면서도 안 보이는 척 장난치는 걸까? 이딴 데서 혼자 백 년 가까이 지내다 보니 너무 심심해서?

"비띤 나무 벌레도 먹었다고 하셨잖아요? 먹어도 되는 줄 어떻게 아는 걸까요, 저 아이는?"

"만물이 뿜는 향기하고 하나가 되는 게지. 아침나절에 화초들 씨앗 받은 거며, 물독 배에다 새끼줄 감은 거며, 이것저것 더듬어 봤는데, 놀랍더구만. 일러 주지도 않았건만, 글쎄 무한대 기호 모양으로 줄을 정확히 아홉 번 감았더라고. 오늘 그 일들을 해야 하는 줄은 또 어찌 알았는지! 일솜씨도 옹글고 직관도 남다른 게, 여하간 앞으로 할 수 있는 일이 많을 게야."

"혹시······ 비띤 나무와 이따 나무의 일을 염두에 두고 계신 건가요?"

"저 아이가 그 둘을 화해시킬 수 있을지도 몰라. 하나 섣불리 재우쳐선 안 돼. 스스로 터득하고 스스로 나설 때까지 기다려야 하네."

"너무 지체하면, 비띤 고향도 여기도 위험에 빠질 텐데요? 근래 들어 종적도 없이 사라진 애들이 부쩍 늘었어요. 게다, 부모조차 제 자식들이 없어진 줄도 모르고, 숫제 그들의 존재 자체를 기억도 못 하니! 실종 신고하는 사람도 하나 없고. 우리가 할 수 있는 게 아무것도 없잖아요. 이렇게 손 놓고 있을 수만도 없고요. 얼마 전 비띤 나무 벌레들이 서른여덟 마리나 집단 자살한 것만 해도 그렇고, 영 께름칙해요, 부인."

"스스로 깨닫지 않으면 힘이 없잖은가. 기다려 봄세."

내가 보기에는 그냥 롤라처럼 아무거나 먹고 보는 문제아다. 그런데 부인이나 아줌마나 무슨 대단한 능력자라도 본 것처럼 놀라워한다. 저렇게 제멋대로인 인간이 어떻게 노목들을 구한다고. 둘 다, 일 초라도 빨리 현실에 눈떠야 한다.

"쎌리는 목욕물까지 먹었다고요. 롤라랑 뭐가 다르다고!"

내가 쎌리의 진실을 알리자, 야야 부인이 풋! 터지는 웃음을 주먹으로 누른다.

"롤라는 뭐든 목구멍으로 넘기면서, 어째서 비띤 나무 벌레나 책에서 쓸어 모은 거에는 혀끝도 안 댈까, 차누?"

10

"으, 일방통행로랬잖아!"

쎌리가 운전석 등받이를 걷어찬다. 그 순간 오까 형이 급정거해 쎌리도 나도 볼기가 들썩한다. 형이 몸을 홱 돌리고 눈을 뒤집는다.

"너! 내가 지금 어떤 위험을 감수하고 있는지나 알아! 바퀴벌레가 경찰 놈들 눈에라도 띄면, 어떻게 되는 줄이나 아냐고!"

만일을 대비해 야야 부인이 경찰 뒷돈까지 넉넉히 챙겨 주기는 했다. 돈을 받으면서도 오까 형은 "에이씨, 경찰이라면, 평생 안 보는 게 상책이라고요!" 툴툴댔다. 주술도, 그딴 거에 휘둘리는 인간들도 죄다 혐오스럽다면서 형은 가지 않겠다고 버텼다. 따띠 아줌마랑 야야 부인이 세 시간도 넘게 애원해서 마지못해 온 거다.

"이 길, 확실해?"

"몇 번을 말해!"

후진해서 겨우 길을 벗어났다. 형은 옆길로 차를 몰다 쎌리가 "좌회전!" 외친 데서 방향을 틀고 천천히 거슬러 내려온다. 깜나무를 찾아야 한다. 하지만 이렇게 긴 길에 켜진 가로등이라고는 딱 하나뿐이다. 그것마저도 깜빡깜빡한다. 언뜻 보이는 나무들도 비슷비슷하고 평범하다. 자기 동네 사람한테 들킬까 봐 쎌리는 판초까지 덮어썼다. 그리고 차창에 눈을 붙이고 살피다 "저기!" 소리친다.

"으, 저기랬잖아!"

쎌리가 또 성질내자 오까 형이 전속력으로 달린다.

"저기라니까!"

또 급정거한 형이 차에서 내려 우리 쪽 문을 벌컥 연다.

"머리털 뭉치인지 뭔지, 너 혼자 가서 파!"

아빠를 만나면 죽일지도 모른다고 하고선, 갑자기 쎌리는 오그리고 두리번댄다. 그러다 형을 빤히 본다.

"미안, 오까."

한 움큼 뽑혔다던 머리칼은 쎌리 머리통만큼 불었다.

고목 뿌리와 뒤엉켜 한 몸이 됐다. 쎌리 머리통이 땅 밑에 처박힌 것 같다. 갑갑하게 껌으로 뒤덮인 나무를 처음 봤을 때의 충격은 아무것도 아니다. 차에서 기다리던 쎌리가 살금살금 다가온다. 뿌리를 보자 몸을 반으로 접고 왝왝댄다. 오까 형도 개구리 울음주머니처럼 볼을 부풀렸다 꾹 참는다. 쎌리는 다시 차에 몸을 숨겼다. 내가 망을 보는 동안 형이 쇠갈고리로 뜯어낸다. 돌아다보니, 한참이 지났는데도 끝도 없이 나온다. 손전등의 조명을 받아서일까. 머리칼에서 생기가 돈다.

"아우! 땅속에서 머리가 자란 거야 뭐야!"

형이 파내는 동안에도 자라고 있는 건 아닐까? 월컥 토할 것만 같아 몸을 비트는데 밤빛이 꼼지락꼼지락한다.

"누, 누가 와. 오까 형."

엄청난 머리칼에 질려 아무 소리도 못 들었다.

남자가 이리저리 왔다 갔다 하며 낯익은 스텝으로 다가온다. 왈도 아저씨도 저렇게 춤추듯이 걷는다. 삽도 쇠갈고리도 감출 틈도 없이 남자가 우리 앞에 섰다. 손전등 끄는 것도 잊었다. 하지만 지금 끄면, 남자가 놀랄 거다. 남자는 계속 좌우 앞뒤로 건들대며 눈을 찡그린다. 우리를 보는 것도 같고 아닌 것도 같다. 아무것도 또렷해지지 않는지 남자는 껌나무 앞으로 가더니…… 입에서 뭔가 꺼낸다. 나무에 붙이고 엄지로 짓누른다. 민트색 껌이다. 한 통을 한꺼번에 씹었나 보다. 세상에서 또렷이 보이는 거라고는 껌나무뿐인 남자가 비틀비틀 멀어진다.

"딸 다섯을 잡아먹은 새끼지."

차창으로 고개만 내민 쎌리가 가물거리는 남자를 노려본다. 쎌리가 꾸며낸 얘기이거나 악몽이라고 생각했는데. 딸들을 덮치고 껌 씹던 인간이 진짜로 살아 돌아다닌다니! 남자가 뱉은 민트껌이 뇌에 달라붙어 떨어지지 않는다.

마침내 다 긁어냈다. 오까 형은 머리칼 뭉치를 검정 비닐봉지에 담고 꼭 맨다. 그래도 미덥지 않은지, 다른 봉지 둘에다 겹으로 담아 또 꼭 맨다. 이제, 자루에 든 석회 가루를 고목 뿌리에 잔뜩 뿌린다. 그 위에 바질 한 단을 얹는다. 흙을 덮는다. 힘껏 내리밟는다. 그리고 쎌리에게 오라고 손짓한다. 형과 나는 나무에서 뚝 떨어진 곳에서 쎌리를 등지고 선다. 따띠 아줌마가 가르쳐 준 대로 쎌리는 고목에 오줌을 눈다. 그런 뒤 침을 두 번 뱉고, 박수를 한 번 치고, 왼발을 다섯 번 구르고, 남은 바질 한 단으로 머리끝에서 발끝까지 탁탁 친다. 아줌마에게 교육받은 날 쎌리는 물었다. 왼발이 없는 사람은 어떻게 저주를 푸느냐고. 그러자 따띠 아줌마는 아주 훌륭한 질문이라고 칭찬했다. 왼발이 없는 자는 결코 그 저주에 걸리지 않는다고 했다. 이유는 모른댔다. 흑마법에 관해서라면, 자기도 아는 것보다 모르는 게 더 많다나.

"꼽뻬떕!"

쎌리가 외치며 바질을 최대한 멀리 던진다. 왈왈! 개들이 우짖는 소리에 놀라 모두가 차에 뛰어올랐다. 오까 형은 머리칼이 담긴 봉지를 또 다른 봉지에 담아 꽁꽁 묶고, 빈 상자까지 덮는다. 저주는 뭔 저주냐며, 그딴 게 어디 있냐며 비웃더니만! 하지만 저럴 만도 하다. 바퀴벌레는 오까 형 밥줄이니까. 바퀴벌레에 머리칼의 악한 기운이라도 스미면, 형은 이 일에 자기를 끌어들인 인간들을 두고두고 원망할지도. 저주 못지않게 끈질기게 원망할지도. 새벽 어둠을 좍좍 가르며 쎌리가 죽어지냈다던 동네를 벗어났다.

"식탁에서 트림하고 싶으면, 한국 식당으로!"

벌써 긴장이 풀렸는지 쎌리가 떠들자, 지친 오까 형이 "뭐?" 하고 날카로운 소리를 낸다.

"뚜쟁이가 읽던 잡지 겉장에서 그러던데?"

"그럼, 식탁에서 코 풀고 싶으면, 우리랑 먹으면 되겠네. 식탁에다 팔꿈치 올리면, 우리 할머니는 나 밥도 굶겼어. 코도 풀면서 팔꿈치는 안 된대. 입도 안 가리고 재채기했다고, 다섯 살 때 귀싸대기까지 맞았고. 어디나 그렇진 않겠지. 어디나 똑같으면, 그게 이상한 거지."

"차누? 한국에도 머리 파묻고 그러는, 저주 뭐 그딴 거 있어?"

"쟤가 뭔 수로 그걸 알아, 별! 쟤는 너나 나같이 여기 사람이야. 야, 코끼리나 타조가 그러겠냐? 인간이니까 그러지? 인간 사는 데는 그딴 거 다 있어."

"너 잘났다! 너는 별게 다 있구나? 할머니도 있고? 바퀴벌레만 있는 줄 알았더니. 할머니가 널 덮치진 않았고?"

"뭐! 너 미쳤냐!"

"아빠는 날 덮쳤거든."

순간 쏟아지던 잠이 싹 씻긴다. 오까 형이 되받아치지 않자 공기가 무거워진다. 나처럼 이 고요가 불편한지 쎌리가 다리를 달달댄다. 그러다 운전석 등받이를 와락 껴안는다.

"나 땜에 기분 잡쳤냐? 미안."

미안하다니! 지금 여기서 그 말이 왜 튀어나올까. 꼭 따띠 아줌마 같다. 멍든 눈을 보고 나도 모르게 입이 벌어지면 "미안. 놀랐지?"라며 사과한다. 뭐라도 한마디 해 줄 것이지, 오까 형은 정말이지 멍청하게 차만 몬다.

"야! 운전 똑바로 해!"

모퉁이를 돌면서 뒤뚱이던 바퀴벌레가 쎌리 호통에 놀라 곧바로 균형을 잡는다. 잠깐 뒤 바퀴벌레가 숨을 멈춘다.

"내려."

나는 새벽 공기를 향해 뛰쳐나간다.

"와! 이게 다 네가 한 거야?"

폐가 셋의 담을 거대한 불도마뱀이 하나로 연결했고 그 몸통을 쎌리가 손바닥으로 죽 더듬는다. 폐가들이 굼틀거리는 것 같다. 전에 오까 형이 내게 말하길, 불도마뱀은 오 년 전부터 자기가 즐겨 쓰는 소재랬다. 오 년 전 어느 목요일 밤, 다 쓰러져 가던 공동주택에 누전으로 큰불이 났는데, 많이들 다쳤고 많이들 죽었다고 했다. 형의 유일한 가족인 할머니만이 무사했고, 불도마뱀처럼 머리칼 한 올도 그슬리지 않았으며, 형은 그날 이곳에 있어서 무사했다고. 그런 얘기를 또 꺼내기가 귀찮은지, 형은 어깨만 들먹이고 재빨리 비닐봉지를 가져온다. 반드시 동틀 녘에 태우랬기 때문에 형은 차를 후미진 곳으로 몰았다. 여기를 또 오게 될 줄이야!

"이렇게 멋진 걸, 이딴 구석에? 그럼 누가 봐?"

"목요일 밤마다 여기 몇 명이나 모이는지 네가 알면……."

형이 피식 웃으며 봉지 매듭을 쥔다. 좀처럼 풀리지 않자 주머니칼을 꺼낸다.

빠오 바구니를 집에 들이고 나서 나는 머리가 어지러웠다. 그런 나를 오까 형이 여기에 데려온 적이 있다. 폐가들 앞 공터에는 빈틈이 없었다. 까만 티셔츠에, 까만 아이라인에, 까만 부츠에, 온통 까맣게 꾸민 사람들이 백 명도 넘게 우글댔다. 그래서인지, 뿌옇던 머릿속이 까맣게 정돈됐다. 철갑처럼 징이 빽빽이 박힌 가죽점퍼를 걸친 사람들이 공연도 했다. 일그러진 달 아래서 밴드는 공사장 소음 같은 곡만 연주했다. 내 안에 쌓인 걸 때려 부수고 철거하는 듯한 음악이었다. 그걸 듣고 있으니 신기하게도 어지러움이 녹아내렸다.

"뭐야!"

불도마뱀 머리를 쓰다듬던 쎌리가 달려온다. 오까 형이 붙인 불에 머리칼 뭉치는 잠깐 초록빛을 내고 사라졌다. 고기 냄새 같은 게 좀 났지만, 세찬 새벽바람에 곧 흩어졌다. 태우는 장면을 못 봐서 아쉬운지 쎌리는 차에 올라 팔짱을 꽉 낀다. 다행히 또 성질부리지는 않는다. 오줌을 시원하게 눠서인지, 머리를 태워서인지는 모르겠지만, 쎌리 얼굴이 밝다. 말끔히 환기해야 한다며 오까 형이 창마다 열어젖혔다. 바퀴벌레는 새벽을 헤치며 산마루로 달린다. 다 같이 차디찬 따귀를 맞으며 귀가한다.

11

사람들에 떠밀려 지하철역을 나서자마자 향냄새에 휘감긴다. 평일인데도 중앙 광장은 북적거린다. 대부분 외국 관광객들이다. 제사장이 빙빙 돌리는 향로에 몸을 맡긴 채, 팔다리를 벌리고 서 있는 금발 남자도 보인다. 몸 구석구석을 연기로 훑은 제사장은 호리병의 물에 손을 적셔 남자 얼굴을 힘껏 씻어 내린다. 순간 남자가 뒤뚱한다. 북소리가 드세지고 무용수들 춤에 속도가 붙는다. 다리에 매달린 빨간 구슬들이 짤랑거린다. 밤색 팬티 바람의 무용수들은 남자를 긴 깃털로 때렸다 뒤로 물러섰다 한다. 그러며 늑대 울음소리를 낸다. 푸른 깃털의 움직임이 빨라지며 철렁이는 물결을 이룬다. 눈이 땡그래진 남자도 갑자기 늑대처럼 운다. 일행 같은 여자는 사진을 찍다 말고 덩달아 경중댄다. 재작년 여기서 열린 록페스티벌에서도 사람들이 저렇게 뛰었다. 저러고들 떠나면, 세계 각국의 악령이 여기에 둥지를 틀 거다. 악령 들린 자가 그만큼 불 거다.

"차누, 이쪽으로!"

의식에 눈이 팔린 나를 첸초 아저씨가 잡아끄는데, 꾀죄죄한 노파가 길을 막아선다. 양초 두 자루를 아저씨한테 내민다.

"성 유다께 드리거라. 오늘 해 떨어지기 전, 네 짝을 얻고 싶다면."

아저씨는 멍하니 양초를 건네받는다. 새까맣게 때가 낀 손톱으로 노파가 아저씨 입술을 톡 건드리고 손을 벌리자, 아저씨는 동전 셋을 손바닥에 놓는다. 그 꼬질꼬질한 손으로 노파는 아저씨 코앞에 십자가를 쓱싹 긋고 떠난다. 광장을 배회하는 비둘기들과 함께 뒤뚱뒤뚱. 첸초 아저씨가 시계탑을 올려다본다.

"후딱 해치우고 가자."

광장이나 공원, 분수대 주변으로는 정신이 오락가락하는 사람들 천지라고 내게 말해 준 사람이 바로 아저씨였는데! 이성이라고는 렌틸콩만큼도 없는 표정이다. 서성대는 사람들을 비집으며 아저씨를 따라 건너편 대성당으로 돌진한다. 성 유다 조각상 앞에 양초를 바친 뒤, 아저씨는 삼 초쯤 양손을 모았다 펴고 걸음을 옮긴다. 삼 초로 충분했으니, 기도가 아니라 협박이었을 거다. 높다란 문 앞에 이르자 햇살이 내리쏟아진다. 황홀한 빛에 흠뻑 젖어 아저씨가 문을 나선다. 방금 아저씨가 샤워한 빛이 축복일지 저주일지는 두고 봐야겠지만.

광장을 중심으로 빛줄기처럼 뻗은 길 중에서 가장 썰렁한 데다.
"여기는, 오래된 책방들밖에 없잖아요?"
"서점에서 일하기는 또 처음이네. 뭐, 서점이라고 별다를까. 회칠이 다 거기서 거기지."
광장의 북소리가 가느스름해지고 골목 깊숙이로 들어갈수록, 묵은 종이 냄새가 두툼해진다. 음식점으로 와글거리는 뒷골목에서 각가지 향신료 냄새가 건물들을 넘어온다. 하지만 그 냄새를 바로바로 무찌를 정도로 엄청난 양의 책이 보도를 침대 삼아 널브러져 있다. 잠든 책을 밟을까 봐 발꿈치를 들고 걷느라 엄지발가락이 욱신댄다.
"근데 왜 석회 도료도 안 가져가요?"
"저기다!"
간판에는 나침반 하나만 그려졌다. 단층인데도 주변의 복층 건물들보다도 높다. 대통령 궁에서 가까운 곳이라 이 층까지만 지을 수 있다고 들었는데, 내가 본 중에서 제일 높고 제일 좁고 제일 낡은 건물이다. 아저씨를 따라 몇 번 지나친 골목인데도 낯설다. 봤다면 절대 잊지 못할 생김새인데.

"저런 게…… 있었나? 저 서점 벽에만 칠하는 도료가 따로 있다는구나."

유리문을 밀자 꽥 소리가 귀를 할퀸다. 문부터 고쳐야 하지 않을까? 어디서 맡아 봤더라? 익숙한 향이 은근하게 밴 공간이다.

"저, 『사막의 나침반』을 읽다가……."

아슬아슬하게 멈춰 선 여자에게 첸초 아저씨가 말을 건다. 양팔로 두꺼운 책들을 목 높이까지 받쳐 들고, 쓰러지지 않게 뾰족한 턱으로 고정했다. 입을 열었다가는 와르르 무너질 거다. 면도한 머리가 희노란 조명 아래서 빤짝거린다. 원래 빨간 머리인지 빨그스름하다. 여자는 눈만 깜빡여 알았다고 신호한다. 그런 뒤 좁다란 통로로 사라진다. 금세 다시 나타난 여자가 손을 뻗는다.

"첸초? 난 인마꿀라다예요."

첸초 아저씨답지 않게 굳은 채로 서 있자, 여자가 아저씨 손을 덥석 쥐고 위아래로 흔든다.

"그냥, 마꾸라고 불러요."

"마, 마꾸, 얘는……."

"네가 바로 그 유명한 창우구나!"

내 이름을 똑바로 말하다니! 엄마랑 마누 할아버지 말고는 처음이다. 마꾸는 나하고도 악수한 뒤 따라오라고 손짓한다. 꼭 오래전부터 알고 지낸 사람처럼 대한다. 내가 어디서 뭘로 유명하다는 걸까. 밀씨아데스 벌새처럼 마꾸는 날듯이 통로를 지난다. 말도 무지 빠르다. 이렇게 오래된 책방 주인이기엔 너무 젊지 않나? 스무 살이나 됐을까?

"도료가 상하기 전에 칠해야 해요! 당신이 도착했으니 곧 상하려 들겠죠. 도료는 눈치가 빠르거든요. 그래도 예상보다 일찍 왔네요. 음, 올해가 다 가도록 안 오면 어쩌나 걱정했는데."

이상한 말만 늘어놓으며 마꾸는 전진한다. 얼마나 긴 건물인지, 책으로 빼곡한 통로의 끝에 닿기까지 아저씨랑 나는 땀이 쏟아지게 걸었다. 마꾸 속도에 맞추느라 헥헥댔다. 연둣빛 블라우스가 펄럭이며 또다시 오른편으로 사라진다. 빨그레한 머리통에 연두 몸통에다 빨빨대는 몸짓까지 정말 밀씨아데스 같다. 우리도 와다닥 방향을 튼다.

이 통로에는 책이 한 권도 없다.

텅 비었다. 으스스할 만큼 잠잠하다. 높은 천장에는 커다랗고 눈부신 나침반이 박혔다. 수정 유리인가? 저 물체가 떨어지기라도 하면 머리통이 그대로 박살 날 거다. 마꾸가 우리를 향해 돌아서더니 양팔을 뻗쳐 좌우 벽을 가리킨다.

"상태가 위독하죠?"

그냥 하얀 벽이다. 첸초 아저씨는 아까보다도 멍하게 굳었다.

"하루가 다르게 창백해지더니, 이 꼴이 됐지 뭐예요! 그래도 얼마나 다행이에요. 벽이 말라 죽기 전에들 왔으니. 벌써 글자가 사라지기 시작한 책들이 삼천팔백 권이나 된다고요!"

양손을 하늘로 올리고 턱까지 치키고 부르짖는다. 성스러운 나무가 흘린 피라고 속이며, 가짜 수액이나 파는 사이비 제사장이랑 비슷한 모습이다. 천장의 나침반 속에 정령이 숨어 있거나, 우리 등 뒤로 수천 명의 유령이 관람하는 듯이 행동한다. 그러다 "자, 자, 움직일까요?"라며 손뼉 친다. 긴 쇠고리가 달린 작은 통과 납작붓을 두 개씩 건넨다.

"이거면 양쪽 벽 바르기에 족해요. 서둘러요. 당신 체취를 맡았으니, 해가 기울기가 무섭게 썩겠죠. 그 전에 끝내야 한답니다. 특히 왼쪽 벽에 신경 써 줘요. 이쪽 벽이 말수가 훨씬 많거든요. 오른쪽은 주로 듣는 편이라, 그리 많은 기운을 뿜지 않아요. 애들이 이 모양이니, 정화된 기운이 턱없이 부족하죠. 책들이 난리도 아니랍니다. 이러다 종이들까지 전부 사라지는 날엔! 사다리는 화장실 옆에 있어요. 아, 화장실 문은 열려 있어요. 저기를 이용해요."

마꾸는 화장실 위치까지 알려 주고 반대편으로 날아갔다.

네 시간째 이러고 있다.

야야 부인 책 청소보다도 한심하게 느껴지는 일이다. 하지만 땀 흘리는 일도 아니고, 일당도 꽤 높다. 무엇보다 옷이 더러워지지 않아서 좋다. 이따 돌아갈 때 지하철에서 눈치 안 봐도 된다. 더구나 마꾸는 화장실까지 허락했다. 오줌 참을 필요도 없고, 일 마치고 씻을 수도 있다.

첸초 아저씨는 목에 통을 걸고 사다리에서 칠하고, 나는 팔에 통을 걸고 손이 닿는 데까지 칠하는 중이다. 열심히 칠해 봤자 아무런 변화도 없다. 마꾸가 내민 통에는 아무것도 안 보였다. 아무 냄새도 안 났다. 하지만 손을 넣는 순간 뭔가 미지근한 게 젤리처럼 물컹했다. 무슨 짐승의 꼬리인지, 붓은 은빛이 도는 붉고 빳빳한 털로 촘촘하다. 야야 부인 지팡이처럼 붓대는 흑단목으로 만들어졌는데, 왠지 손이 조금도 피로하지 않다. 첸초 아저씨는 "내 원, 살다 살다……" 하고 바로 일을 시작했다. 계속 저 얼떨떨한 얼굴로. 그래서 나도 그냥 칠했다.

"이제야 생기가 도네!"

언제 나타났는지 마꾸가 벽을 어루만진다.

"근데, 왜 글씨가 없어지나요?

나도 모르게 튀어나온 질문에 마꾸는 쎌리처럼 검지를 까딱인다.

"그러니까 말이야. 무덤에 묻힌 지 수백수천 년 된 작가들이 자기가 쓴 글을 지우고들 있단다. 심지어 종이를 통째 없애기도 하고. 이 벽들이 뿜는 기운만이 책을 지킬 수 있지. 책들 맨 첫 장마다 씌진 '나의 조랑말 꼰스딴싸에게'만 남긴 작가도 있단다. 자, 점심들 먹고 마저 하죠!"

우렁차게 말하며 마꾸는 뒤쪽으로 간다. 뒷문을 지나니, 책방에 잇닿은 작은 공간으로 통한다. 천창에서 빛이 떨어져 아롱아롱하다. 작은 탁자와 의자 둘, 안락의자, 깜찍한 식물들이 모여 있다. 김이 모락거리는 호박꽃수프, 토마토소스를 듬뿍 얹은 가지구이, 찐 아티초크, 구운 흑빵, 걸쭉한 가시여지주스, 설탕을 입히고 살짝 태운 찰롬 열매, 물방울무늬 찻잔이 가지런히 놓였다.

"따뜻할 때 들어요. 오빠는 칠이 끝날 무렵에나 도착할 거예요. 맨날 오빠랑 일하다 혼자서 하려니 좀 벅차네요. 나는 그럼."

마꾸가 자리를 뜨자 첸초 아저씨는 주스부터 들이켠다. 나는 아티초크 잎을 뜯는다. 새콤달콤한 가슈파오소스에 찍어 앞니로 쭉 빤다. 야야 부인이 즐겨 먹는 말캉한 부분은 한꺼번에 입에 넣는다. 부인보다 라임즙을 많이 넣었나? 가슈파오 맛이 눌렸다. 흑빵을 수프에 적셔가며 먹는다. 보통, 일 나가면 집주인들은 똑같은 음식을 준다. 기름진 고기로 속을 채운 샌드위치, 감자칩 한 봉지, 탄산음료 한 병. 그런데 마꾸도 매일 먹을 것 같은 음식을 주다니! 이런 대우는 처음 받는다.

"마꾸 오빠가 누구인데요?"

"난들 알겠냐."

첸초 아저씨는 가지를 빵에 얹어 한 입 크게 베어 물고 "으음!" 신음까지 낸다. 나는 잘게 뜯은 빵을 몽땅 수프에 넣고 호박꽃과 함께 떠먹는다. 홍차에 곁들여 달콤한 찰롬까지 먹고 나니 머리가 맑다.

"여기는 누가 소개한 거예요? 사막의 나침반은 또 뭐고요?"

"재작년 야야 부인이 준 책 가운데 한 권이지. 두 해 동안 스물일곱 쪽밖에 못 읽었을 만치 지루한 책. 날마다 읽고도 고작 스물일곱 쪽이라니!"

떠올리기만 해도 괴로운지 아저씨 얼굴이 일그러진다.

"『사막의 나침반』이란 책을 읽던 자가, 수정 유리로 된 나침반을 찾겠다며 사막으로 떠나. 스물일곱 쪽에 이르기까지 모래 속을 헤매는 장면이 이어졌지. 결국 이십칠 년 만에 사막에서 돌아와. 그리고 엎어 둔 책을 집어. 읽던 데서부터 다시 읽지. 세 쪽 뒤에 서점 얘기가 나와."

"그럼, 스물일곱이 아니라 서른 쪽 읽은 거 아닌가요?"

"내가 아니라 주인공, 주인공이 책 속에서 책을 세 쪽 더 읽었다고. 여하튼, 그 서점으로 가서 속히 회칠하지 않으면 또다시 사막에서 이십칠 년을 방황하게 될 것이며, 그 서점에서만 사용하는 특별한 도료는 서점 주인이 다 준비해 놓고 기다리는 중이라며, 필히 보조 한 명과 동행해야 한다고 쓰여 있었어. 그 책에 적힌 주소가 바로 여기고. 내가 이렇게 풀이해 주니깐 네가 알아듣는 거지, 어유! 뭔 책이, 옛날 옛날 신부님들이나 쓸 괴상한 말로만 써 놔서 골이 빠개지는 줄 알았다. 내가 올해로 스물일곱이잖냐. 어쩐지 그동안 사막을 헤맨 기분이 드는 게, 정신이 뻐쩍 들더라고. 이렇게 이십칠 년을 또 헤매야 하나 하고."

첸초 아저씨가 무슨 말을 하는지 하나도 모르겠다.

"그나저나 쎌리는 언제까지 야야 부인한테 눌어붙으려는 건지……."

아저씨가 홍차를 홀짝이고 찻잔만 내려다본다.

자기 때문에 둘이 엮였으니 걱정될밖에. 머리칼을 태운 뒤로 쎌리는 부인 집에서 먹고 잔다. 야야 부인은 쎌리에게는 우선 치유의 시간이 필요하댔다. 그러니 자기 집에서 원 없이 쉬도록 놔두랬다. 하지만 쎌리가 부인한테 해 끼칠까 봐 아저씨는 한 달 내내 마음 편한 날이 없다.

　진짜로 저주가 풀린 건지 뭔지, 쎌리는 눈에 띄게 자랐고 계속 자라는 중이다. 처음에는 밀랍으로 귀를 막고 잤으나, 이제는 벌레들이 짝짓기할 때도 코까지 곤다며 부인은 싱글거렸다. 쎌리가 머물고부터 짝짓는 벌레도, 죽는 벌레도 늘었다. 화초마다 한결 탐스러워지고 푸른 설탕도 넉넉해졌다며, 야야 부인은 내게 설탕 포대를 보여 줬다. 새로운 수수께끼가 생겨서 즐거워하는 건지, 아니면 설탕이 풍족해져서 그러는 건지, 헷갈렸다. 아무튼 부인 머리칼도 주홍빛이 짙어졌다.

　롤라는 쎌리만 보면 "우와!"를 터뜨린다. 가슴도 엉덩이도 봉긋해지고 다리도 튼튼해졌다며 부러워한다. 폐창고 뒤 절벽에서 추락해도, 아랫동네 대로에 안전하게 착지할 거다. 쎌리 다리는 나도 부럽다. 안 그래도 두드러지던 쎌리는 하루가 다르게 자라서, 시선을 한 몸에 받는다. 사람들 눈길이 향한 데를 나도 따라서 보면 어김없이 쎌리가 있다. 여자들은 입만 떡떡 벌렸지만, 남자들은 달랐다. 찢긴 상처에 과산화수소수를 들이부었을 때같이 찡그렸다. 전율을 견디지 못해 엉엉 우는 남자도 꽤 된다. 다고 아저씨는 몸부림하다 의식까지 잃었다. 쎌리 몸속에 도사린 힘이 아무 때고 분출해 아무나 때려눕힐 것만 같다.

하지만 희한하게도 소문은 없다. 비띤 나무나 쎌리에 관해서라면, 동네 사람들은 각자 보고 들은 것밖에 모를지도. 적어도 아직까지는, 페파 아줌마가 괴담 하나 지어내지 않았으니까. 삐뽀가 당한 잇단 사고로 아줌마 입이 무거워진 것도 같다. 검은 고양이가 죽은 다음 날이었다. 나한테 손을 흔들다가 삐뽀는 폐전봇대에 박치기해 앞니가 나갔고 시궁창에 엎어지기까지 했다. 며칠 앓아누웠다. 그만큼 벌이가 줄어, 루초 아저씨는 동네가 떠들썩하게 아줌마 악어 입을 또 탓했고.

사다리를 막 치우려는데 마꾸가 봉투 둘을 날개처럼 팔랑거리며 나타났다. 돈을 봉투에 받아 보기는 처음이다. 우리한테 돈 봉투를 넘겨주고 통로를 날쌔게 돌기가 무섭게 해맑은 소리가 울린다.

"오빠! 다 마쳤어! 나 먼저 퇴근!"

뚜걱뚜걱 구둣발 소리가 가까워질수록 책방의 향이 진해진다. 향긋한 허브차가 찰랑이는 책방에 몸이 폭 잠긴다.

"움비 할아버지?"

가슴 주머니에서 뺀 수건으로 입가를 닦고 나를 향해 손수건을 흔든다. 이제야 익숙한 향의 정체가 밝혀졌다.

"마꾸 오빠……라고?"

첸초 아저씨는 책방에 들어서고부터 맹한 표정만 짓는다. 내가 반갑게 팔을 쳐들자 아저씨는 "뭐야?"라며 둘을 번갈아 본다. 동네 사람들과 마찬가지로 아저씨도 움비 할아버지와 인사 나눈 적이 없다. 마차 같은 승용차만 봐 왔을 뿐. 마꾸와 달리, 할아버지는 벽을 둘러볼수록 주름이 처지고 얼굴이 컴컴해진다.

책방 구석의 작은 나무 의자들에 함께 앉아 있다 보니 움비 할아버지 향에 풍덩 가라앉았다. 야야 부인의 낡은 장식장 냄새와도 비슷하다. 정말로 마꾸 오빠냐고, 친오빠냐고 첸초 아저씨가 묻자, 할아버지는 눈만 한 번 깜빡이고 책으로 화제를 돌렸다. 아저씨가 『돌로레스 부인의 녹색 비밀』을 제일 먼저 집지 않은 걸 할아버지는 다행스러워했다.

"그걸 먼저 읽기 시작했더라면, 아마 나는 자네를 못 보고 관에 담겼을 걸세, 하하."

비록 이천 쪽이 넘긴 해도, 첸초 아저씨는 그 책을 먼저 읽으려 했단다. 그런데 느닷없이 『사막의 나침반』이 식탁에서 떨어져서 집어 올렸고, 무심결에 두 줄을 읽었다고, 그때 상황을 설명했다. 왜 하필 그 순간 그게 바닥에 굴렀겠느냐며 움비 할아버지는 빙긋 웃는다.

"기껏 두 줄 읽는 데 다섯 시간이나 쏟아부은 게 아깝더라고요. 그래서 그걸 마저 읽으려 한 거죠."

"용케도 책의 바람이 자네를 움직였구만."

파랑이 일고

"그렇게 지루한 책은 처음 봤어요. 그 작자는 왜 그딴 걸 썼을까요?"

"그러게나. 그때 내가 어째서 그랬는가 인제 기억도 안 나네, 허허."

움비 할아버지는 뭐가 저렇게 재미있는지 계속 허허거리고, 첸초 아저씨는 입술만 쥐어뜯는다. 얘기 듣는 동안 얼핏얼핏 마꾸가 떠올라 머리가 무겁다. 쎌리나 빠오처럼 마꾸도 무서운 힘에 옭매인 걸까. 적어도 백삼십 살은 먹었을 움비 할아버지의 동생이 그렇게 어릴 수는 없다.

"이태 전이었지. 내가 아무리 졸라도 팔지 않던 책 열세 권을, 야야는 자네에게 전부 선물했다며 깔깔댔다네. 그리도 밝은 모습은 수십 년 만에 처음이었지. 그러고는, 어디 봅시다 첸초가 언제나 책방에 다다르는지, 하며 무척이나 즐거워했다네."

야야 부인 생각만 해도 즐거운지, 할아버지는 햇살을 머금은 금잔화가 됐다. 아까부터 첸초 아저씨는 아예 입을 닫고 있다. 연둣빛으로 팔락이던 마꾸가 아른거린다. 움비 할아버지가 쉬지 않고 아저씨에게 말하고 있지만 굵고 낮은 목소리는 그대로 바닥에 깔린다. 지금쯤 음식점과 선술집이 즐비한 뒷골목과 보석상으로 휘황찬란한 옆 골목은 사람들로 우글우글할 거다. 하지만 책방에는 손님 하나 없고, 책들도 말이 없다.

"그래, 내게 다 팔겠나? 그 정도면 자네가 원하는 수술도, 자네가 원하는 의사에게 무사히 받고도 남을 걸세. 올해 안에 하지 않으면,

다시금 스물일곱 해를 기다려야 할 걸세. 그때나 돼야 이 책방에 회칠할 기회도, 우리가 이리 마주할 기회도 또 올 테니. 사실 그것도 장담 못 하네. 내가 원체 활발히, 기꺼이, 늙어 가는 중이라."

책의 비밀에서 드디어 해방이다! 옴비 할아버지는 왜 자기 책들을 사려는 걸까. 모조리 없애려고? 마꾸가 늙지 않은 게, 혹시 책이랑 무슨 관계라도? 그것도 저주의 일종인가? 아저씨를 설득하면서도 할아버지는 나를 흘끗거린다.

"차누? 마꾸는 아니야. 그저 숨쉬기 운동을 열심히 해서 그런 거란다."

양손을 할아버지 아랫배에 대고 코로 숨을 가벼이 들이마시고 내쉰다. "요롷게 말이지." 지루해 죽겠다던 책을 두고 아저씨는 뭘 망설이는 걸까. 솜사탕 같은 옴비 할아버지가, 쇳덩이 같은 첸초 아저씨를 구워삶을 수 있을까.

"예전에는 지금같이 한 번에 성공할 수 없던지라, 열한 번에 걸친 수술 끝에야 오롯이 옴비가 될 수 있었다네. 이렇게 말일세!"

할아버지가 일어나 빙그르 돌자 아저씨 턱이 툭 떨어진다.

"사랑하는 여인과 아름다운 시간을 보낼 수 있었지. 지금 바로 숨이 끊어진대도 여한이 없다네."

옴비 할아버지는 수술을 집도한 의사의 무지무지 긴 이름을 대고 긴 숨을 흘린다. 이제 더는 만날 수 없는 곳으로 떠난 오랜 벗이었다며. 그러자 첸초 아저씨가 엉뚱한 행동을 한다. 바닥에 한쪽 무릎을 구부리고, 할아버지의 보동보동한 손등에 입 맞춘다.
"당신이, 당신이 바로 그분이었군요!"

12

 쓰레기를 버리고 흙길을 오른다. 이발소 앞은 그레고리오가 떨군 자카란다 꽃잎으로 온통 보랏빛이다. 엔쏘 할아버지는 그레고리오 머리털을 다듬기에 몰두했고, 오늘도 '과감하게'로 방향을 잡았나 보다. 전에 "무난하게요"라고만 주문하던 사람들한테 질렸을지도.
 머리칼 뭉치를 태운 뒤로, 쎌리 머리도 무섭게 자랐다. 그래서 이발소를 간 적이 있다. 그날 그레고리오는 나무 밑에서 잠자다 말고 쎌리 뒤를 졸졸 따랐다. 궁금해서 나도 사기그릇을 비우다 말고 뒤쫓았다. 거울 앞 의자에 쎌리가 앉으니 그레고리오도 뒤따라 바닥에 앉았다. "무난하게? 과감하게?" 엔쏘 할아버지가 목멘 소리로 물었다. "전 과감하게 반 뚝 자르고, 얜……" 쎌리가 머뭇하자 "얘는, 처음이니만큼 일단 무난하게 자르는 게 낫겠구나" 할아버지는 전문가답게 결정 내리고는 주춤했다. "여자 머리는 처음인데. 가위 잡아 본 지도 오래고……." 하지만 곧 가위를 들었다. 손도 풀 겸 우선 수컷부터 자르겠다면서 할아버지는 그레고리오의 덥수룩한 털을 잘랐다. 벌레들이 밤새워 짝짓기했는지, 그날따라 유난히 털이 길었다.
 그게 시작이었다.

가위질, 빗질이 시원했는지 그레고리오는 푸파! 푸파! 했다. 그 이후, 혼자 이발소 찾는 모습을 나는 수십 번이나 봤다. 과감하게 맘껏 가위질해서일까? 엔쏘 할아버지는 몰라보게 달라졌다. 오가며 기웃할 때마다, 생기가 돌고 머리숱도 늘었다. 나귀용 빗과 솔, 가위에 비누까지 종류별로 잔뜩 사들였다. 그것들을 유리 장식장에 용도별로 분류해 보관할 정도로 나귀 이발에 푹 빠졌다. 그뿐이 아니다. 그레고리오의 이발한 모습을 주민들이 눈여겨보고 소문이 퍼지더니, 다시 이발소를 찾기들 시작했다. 이제 엔쏘 할아버지는 쉴 틈도 없다. 매일 이발 도구 소독하는 데만도 꼬박 세 시간이 걸린댔다.

우유 탄 사람들이 물러간 뒤라 비띤 나무 주변이 휑하다. 잠깐 돌무더기에 걸터앉아 숨을 가라앉힌다. 벤하 형이 배급소 쪽창을 쾅 닫고 커튼까지 친다. 그 옆으로 쎌리가 우뚝 서 있다. 아침 햇살을 빨아 마시며 지금 이 순간에도 성장 중이다. 저 몸에다 플러그를 꽂으면 알전구가 켜질지도. 나를 발견한 쎌리가 우유 봉지를 품에 안고 팔을 번쩍 든다.

"차누!"

포환처럼 날아온 소리는 그 울림도 다섯 배는 커졌다. 야야 부인 원피스를 입고 다닐 만큼 키도 컸고, 그 헐렁한 옷이 속을 꽉 채운 생소시지가 됐다. 저렇게 큰 팔다리가 그렇게 작은 몸속에 구겨져 있었다니!

"쓰레기 버렸구나?"

쎌리가 털썩 앉자 시원한 향이 퍼진다.

"이제 야야 부인한테 가려고."

언제까지일지는 모르겠지만 첸초 아저씨가 일을 안 나갈 거라, 나도 일이 없다. 쎌리는 배급표를 잘근거리며 비띤 나무를 올려다본다. 우유 받은 표시로 구멍들이 뚫려서 종이가 나달나달하다.

"그러다 아주 찢어지면 어쩌려고!"

쎌리가 배급표를 우유 옆에 내려놓으며 말을 돌린다.

"쓰레기가 하나도 없어, 하나도!"

나처럼 별로 사는 것도 쓰는 것도 없는 사람 집에서도 쓰레기가 줄줄이 나온다. 그런데 야야 부인은 버리는 게 하나도 없다. 쓰레기가 될 만한 건 아예 집에 들이지 않는다. 플라스틱, 고무, 비닐 같은 물질 없이도 인간이 살 수 있다는 게 놀랍다.

"이 나무는 뭐니?"

나무 벌레까지 꼴깍하고선 이제 와서 나무의 정체를 묻는다. 이딴 인간이 어떻게 노목들을 화해시킨다고 야야 부인이나 따띠 아줌마나 기대를 거는지 모르겠다.

"마침 여기들 있었구나!"

따띠 아줌마가 뛰어와 내게 소쿠리를 안긴다. 하얀 보따리가 담겼다.

"낼모레 더 드린다 말씀드리고."

비탈도 뛰어 내려간다.

비비한테 또 무슨 일이라도 생긴 걸까? 얼마 전 소년원에 보내질 뻔한 걸, 따띠 아줌마가 학부모한테 빌고 빌어 겨우 막았다. 열두 살 때 짐 가방에 실린 채로 버려졌다는 이유로, 아이들은 비비를 트렁크라며 놀린다. "아으, 내가 바보라서가 아니라, 거둬 준 따띠 아줌마를 봐서 참는 거야, 차누"라던 비비다. 그런데 일이 터지고야 말았다.

바로 뒤에 앉은 여자아이가 수업 시간 내내 뾰쪽한 삼각자로 비비 등을 쿡쿡 찔러 댔다. 비비는 따띠 아줌마가 만들어 준 작은 수첩만 부적처럼 손에 쥐고, 치미는 화를 누르던 중이었다. 붉은 천을 씌운 수첩의 딱딱한 표지에는 대천사 라파엘이 푸른 실로 수놓여 있었고, 하도 꽉 움켜서 수첩이 손바닥에 파고들었댔다. 하지만 삼각자가 살갗을 찢고 기어이 등을 푹 찍자, 폭발했다. "제발!" 부르짖으며 비비가 휙 뒤돌았다. 거의 동시에 아이는 비비 귀에 들이대고 트렁크라고 속삭였다. 공교롭게도 수첩 모서리에 아이 눈이 다쳤으며, 한 반 아이들도 담임 교사도 그 사태의 전말을 목격했다. 하지만 진실은 묻혔다. 비비처럼 오래전부터 학생들한테 괴롭힘당해 온 교사는, 경찰에게 아무것도 못 봤다고 진술했다. 교실의 권력을 쥐고 흔들던 여자아이의 눈에 나지 않으려, 아이들 또한 입을 다물었고.

그 모든 사실을 말해 주는 내내 비비는 까슬까슬한 입술을 떨었다. 울지는 않았다. 엄마나 빠오를 잃고 내가 울지 않은 거같이. 몸속에 무겁게 고일 뿐 굴러떨어지지 못하는 눈물도 있으니까. 다행히도 아이 눈의 상처는 회복했고, 불행히도 비비 등의 상처는 아무도 문제 삼지 않았다. 따띠 아줌마는 합의금이 없었기에 대신 일을 해 주기로 약속했다. 그 아이네 부모의 정육점 '고기의 연인'을 아줌마가 매일매일 청소하는 조건으로, 비비는 학교에서 주는 벌만 받는 걸로 마무리됐다. 일 년씩이나, 그 자그만 몸에, 죽은 동물의 피를 묻히게 됐다. 야야 부인과 마찬가지로 고기라고는 입에도 대지 않는 따띠 아줌마가 말이다.

그 사건 때문에 나는 거북했다. 이유는 이랬다. 엄마를 밀친 두 사탄과 걔네 엄마 아빠를, 나는 머릿속에서 수억 번도 넘게 밀쳐 열차에 깔려 죽게 했다. 엄마를 으스러뜨린 바로 그 지하철역에서 그래 본 적도 있다. 넷의 시체를 다시 일으켜 세우고 떠밀고 열차로 으깨기를 수백 번 반복했다. 똑바로, 똑바로, 똑바로 보라고! 악쓰며 한눈판 부모들의 목을 비틀어, 애들이 엄마를 밀치는 장면을 똑똑히 보게 했다. 그러고도 마음이 조금도 안 풀렸다. 하지만 일부러 그러지 않은 비비가 벌을 받을 때는 억울하다는 생각이 들었다. 이랬다저랬다 일관되지 못한 나의 판단이 머리를 어지럽혔다.

보따리를 끄르자, 하늘색 원피스가 스륵 비어져 나온다. 쎌리가 일어나 몸에 대본다. 저번에 야야 부인이 내준 옷인데 크기만 커졌다.

"와, 신도 똑같아!"

커다란 하늘색 헝겊신을 쎌리가 양손에 끼워 맞부딪더니 곧바로 신는다.

보따리 아래로 큼직하고 거칠한 마메이 열매 두 알이 담겼다. 야야 부인 정원에서 유일하게 열매를 맺지 못하는 나무다. 하지만 따띠 아줌마네 뒷마당에서는 오로지 마메이만, 그것도 일 년 내내, 주렁주렁 열린다. 분명, 원피스와 신발도 그 나무에 열흘 동안 걸어 뒀을 거다. 그러면 알맞게 크기를 키우니까. 며칠 전 아줌마한테서 들은 얘기다. 이 옷과 신에만 생기는 현상이랬다. 열매를 본 쎌리가 텁석 집어 올린다.

"꿈 깨! 야야 부인 거야."

쎌리 손에서 낚아채 다시 소쿠리에 담는다.

"이 나무는 열매도 안 열리고 벌레만 득실득실한데, 왜 베지도 않아?"

지금 쎌리가 뱉은 말을 부인이 들었어야 한다. 헛된 꿈에서 깨어야 한다. 하루빨리, 나무들이고 바닷가 마을이고 우리 동네고 구할 수 있는 다른 방법을 찾아야 한다.

"왜 안 베냐고? 어?"

묻기는 했으나 궁금해하는 표정도 아니다.

"차누?"

"나무 두 그루가 사이좋게 장난치면서 몸이 뒤엉켜 자랐대. 비띤과 이따, 오누이였지. 근데 바닷물도 바닷바람도 뜨거워지고부터 이따가 이상해졌대. 흙을 욕심스레 먹으며 몸집을 키우려 들었다나. 병아리색 흙인데, 사람들도 과자를 만들어 먹을 만큼 맛있는 흙이었거든. 비띤은 둘 사이의 균형이 깨질까 두려웠어. 이따가 흙을 게걸스럽게 빨

때마다 가지로 후려쳤지. 걔들이 그러고 싸우는 날이 늘고부터 바닷가 마을에 문제가 생겼대. 가뜩이나 무더워서 노인들이 픽픽 쓰러지던 마을에 말이야……."

기껏 물어 놓고, 쎌리는 목을 뒤로 꺾은 채 다리만 달달 떤다. 막 일어나려는데 쎌리가 입을 연다.

"너, 그거 알아? 네 혀에 야야 부인 말 붙은 거?"

"뭐가 뭐라고?"

"가뜩이나? 뭔 뜻인지나 아냐?"

"몰라. 몰라도 알아, 언제 쓰는지. 나무 얘기 안 들을 거면, 난 그만 갈래."

"삐지긴! 얘 옮겨 심은 거야? 바다? 그렇게나 멀리서? 문제?"

"무지 큰 문제. 마을 근처에 있는 폐선 처리장에서……."

"매춘, 마약, 밀매, 강간, 그딴 거?"

그런 무시무시한 일들을 꿰뚫고 있다니.

"어. 그런 일이 맨날 벌어졌대. 비띤과 이따가 서로 잎을 뜯어 먹고, 가지를 부러뜨리고, 뿌리가 들썩들썩할 정도로 싸움이 심해지고부터, 문제도 훨씬 심각해졌다나 봐. 열 살도 안 먹은 애들까지 밤이면 폐선 처리장으로 꼬이기 시작하더니, 어느새 마을에 멀쩡한 아이가 하나도 없게 됐대. 그런데도 경찰은……."

"팔짱만 끼고 있었겠지. 뒤봐주고 뒷돈들 꽤나 챙겼겠네."

그 모든 범행을 저지른 무리의 일원인 듯 쎌리는 착착 맞춘다.

"이십삼 년 전 무슨 축일엔가, 야야 부인 집 앞에 비띤 나무가 놓여 있었대. 오누이 나무와 마을의 사연이 적힌 편지, 옷, 신과 함께. 구두 상자에 담겨서. 누가 보냈는지는 몰라. 마을 이름만 삐뚤빼뚤 적혀 있었다나 봐. 한 자 한 자 얼마나 꼭꼭 눌러썼는지, 열아홉 장이나 되는 편지지에 구멍 천지였대."

"구두 상자에? 이 큰 나무를? 옷이랑 신은 또 뭐고?"

"이 소쿠리에 든 원피스하고 헝겊신. 너가 입었던 거 말이야. 그게 이따 거거든."

"사람 모양 나무야?"

"그건 나도 몰라. 어쨌든, 구백 살이나 먹은 나무지만, 싸우느라 지쳐서 분재같이 된 거지. 따띠 아줌마가 야야 부인한테 편지를 읽어 드렸고, 그날 밤 둘이서 비띤 나무를 동네 정중앙에 심었대. 심자마자 나무가 기지개를 켜고 쭉쭉 뻗었대. 제 크기를 되찾았대. 하지만 누이한테서 떨어진 채로는 더는 버티지 못할 거래. 얼른 합체해야 한다고 야야 부인이랑 따띠 아줌마는 생각해. 구백 년씩이나 붙어서 산 데엔 다 그럴 만한 까닭이 있는 거라나. 둘이 앙금을 못 풀면, 바닷가 마을뿐만 아니라 머잖아 우리 동네에까지 재앙이 덮칠 거랬어. 올해만 해도, 여기서 사라진 애들이 스무 명도 넘거든."

내 얘기를 듣기나 하는 건지, 쎌리는 하늘을 향해 입을 벌리고 있다. 벌레가 떨어지기를 기다리는 게 뻔하다. 쎌리가 노목 합체 방법을 터득하려면, 백 년 아니 천 년도 더 걸릴 거다. 두 동네에는 남아나는 아이가 없을 거다.

"인신매매, 장기 밀매, 강제 노동, 앵벌이…… 세상에 그딴 조직은 쌔고 쌔니까."

그런 일에 쎌리가 왜 빠삭한지 방금 생각났다. 기억하고 싶지 않은 시간을 건드린 것 같아서, 덜 아문 상처가 내 얘기 때문에 덧날까 봐, 덜컥 미안해진다. 하지만 쎌리도 알 건 알아야 한다. 그래야 묘책을 짜내든, 야야 부인과 따띠 아줌마를 절망에 빠뜨리든, 아무튼 어떻게든, 결판이 날 거다. 갑자기 쎌리가 팔을 뻗어 벌레들을 움키려 들자, 모두가 꼭대기로 도망가고 비띤 나무마저 기우뚱한다. 잎들도 귀찮은지 버둥거린다. 벌레들은 파들파들 떨며 뭉쳐들 있다.

"쟤들, 날 기억하나 봐?"

쎌리가 픽 웃으며 벌레들을 향해 손 흔든다.

13

반으로 가른 마메이 열매를 야야 부인이 숟갈로 떠먹다 멈칫한다.
"그걸?"
"그걸 다 읽어야 책들을 판댔어요."
"몇 푼도 안 쳐줄 헌책을 두고, 뭐 그리들 고민해요?"

쎌리가 통통한 마메이 씨를 던져 올렸다 받으며 툭 뱉는다. 내가 야야 부인과 대화 나누는 동안, 계속 저러면서 부인만 눈여겨본다. 주황색 과육이 부인 입으로 들어갈 때마다 쎌리가 혀를 날름거린다. 무섭도록 늘어난 식탐을 다스릴 줄 알아야 한다며, 부인은 쎌리 식사 시간을 정해 놨다. 그래서 저 난리다.

첸초 아저씨는 가장 끌리던 『돌로레스 부인의 녹색 비밀』을 끝장내고 나서, 열세 권을 전부 팔겠다고 약속했다. 『사막의 나침반』은 단 한 줄도 더는 읽을 자신이 없다며, 움비 할아버지에게 죄송하다고도 했다. 할아버지는 잠깐 생각에 잠기곤 그러라면서 아저씨 무릎을 톡 쳤다. 장장 이천삼백칠 쪽이나 되는 책을 읽느라 아저씨는 집에 틀어박혀 있다.

할아버지를 수술한 그 이름이 긴 의사는, 아저씨도 아는 인물이었다. 언젠가 티브이에서 본 바로 그 의사의 스승이었다. 스승을 인터뷰한 장면에서 움비 할아버지 얘기가 나왔었다나. 움비는 자기가 그 어려운 수술에 성공하도록 이끈 놀라우리만치 끈기 있는 환자이자, 자신의 우주에서 가장 아름다운 벗이었다고, 스승이 누차 말했다나. 첸초 아저씨가 부풀려 기억한다고 의심되는 그런 엄청난 칭찬만 늘어놨다. 그날 아저씨는 처음 보는 할아버지 앞에서 눈물까지 떨궜다. 십 년 만에 가족이라도 만난 모습이었다. 집안의 수치라며 아저씨랑 담 쌓았다는 가족.

"움비가 마지막으로 쓴 책이지. 나도 읽지 못했단다. 시력을 잃은 뒤에야 내 손에 들어왔거든."

"어떻게요?"

"움비에게서 선물받았지."

"하! 보지도 못하는 사람한테, 책을?"

흥분해서 떠들다 쎌리가 놓친 마메이 씨를 야야 부인이 단번에 받는다. 그것도 숟갈을 쥔 손으로.

"내가 볼 수 있었다면 주지 않았을 게다, 하하."

반질반질한 씨를 건네받은 쎌리는 부인 눈만 본다.

"그렇게나 두꺼운 책을 올해 안으로 다 읽기는 힘들지 않을까요? 지난번 책도 몇 년이 지나도록 스물일곱 쪽밖에 못 읽었는데?"

내 걱정에 야야 부인이 숟갈을 가로젓는다.

"그리 지루한 책을 이태 동안 무려 스물일곱 쪽이나 읽었으니, 돌로레스 이야기쯤은 문제없을 게다."

"책 내용을 아세요?"

"몰라. 하나 가늠할 수는 있지. 수백 년 만에 다시 손본 책이라고 했거든."

눈만 크게 떴을 뿐인데 야야 부인이 나를 향해 미소 짓는다.

"반은 제가 먹어도 돼요?"

쎌리가 턱을 들이대자 부인은 또 숟갈을 좌우로 흔든다.

"이건 애 거다."

흔들의자 옆에서 롤라는 까무러친 개구리가 됐다. 잠들어 반쯤 말려 올라간 티셔츠에 수놓인 M과 작은 점 하나가 도드라진다. 마누 할아버지 사인이다. 부인이 마메이 열매를 디밀자 빨딱 일어난다. 자면서도 음식 냄새는 놓치지 않는다. 늘어지게 자서 개운한 얼굴로 열매를 들고 뛰쳐나간다. 바로 부루퉁해진 쎌리는 헝겊신 뒤축을 구겨 신고 직직 끌며 뒷마당 쪽으로 간다.

"지르신고 다니다 코 깨진다. 똑바로 신거라."

당연히 더 찍찍대는 쎌리다. 따띠 아줌마가 준 하늘색 원피스를 입었지만, 몸집이 우람해져서 아주 딴 옷 같다. 실눈으로 보고 있으면 쎌리의 성장이 미세하게 느껴진다.

*

야야 부인이 한창 팬플루트를 부는데 대문이 움직인다. 마누 할아버지가 살며시 문을 민다. 저녁이 되도록 롤라가 귀가하지 않아 걱정됐나 보다. 불편한 다리로 높은 대문턱을 힘겹게 넘는다. 부인이 팬플루트를 살랑여, 어서 오라는 뜻을 전한다.

"한결같이 끔찍이도 못 부시는군요, 허허허!"

서재에서 일하는 동안 저 소음으로 뇌가 지글지글 탔다.

"후, 이제 살 것 같네!"

쎌리가 팔다리를 떨며 체조하다 말고 부인 손에서 팬플루트를 빼낸다. 마누 할아버지를 향해 입술 한쪽을 올리며 윙크한다. 몸만 컸을 뿐 행동은 고대로다. 며칠 전 지팡이를 휘두르며 쏘다니는 쎌리를 오까 형이 봤다면서, 혹시 머리를 덜 파내서 저주가 덜 풀린 건 아닌지

의심스럽댔다.

"고운 선율로는 아이들을 깨울 수가 없으니 이렇게 불밖에요. 난들 이러고 싶을까요."

위험에 처한 아이들이 정신 들게 하려면 어쩔 수 없다며 하루도 안 거르고 팬플루트를 분다. 아이나 몇몇 동식물만 아주아주 멀리서도 들을 수 있다나. 어른도 듣는 경우가 있기는 하지만 매우 드물댔다. 절대 어울려서는 안 되는 존재들이 뒤얽혔을 때, 조화로운 음은 무용하다고 했다. 그들을 떼어 내려면 벼락같은 음을 내는 수밖에 없다고. 그래야만 비로소 조화를 되찾는다고. 때로는 정으로 돌 쪼는 소리가, 조화로운 음률보다 약이 되기도 한다고 말이다.

하지만 다 핑계 같다. 아무리 봐도 야야 부인에게는 음악 재능이 없다. 단 한 번도 듣기 좋게 분 적이 없다. 사라진 동네 아이들한테는 부인의 팬플루트도 효과가 없는지, 지금까지 한 명도 돌아오지 않았다. 그럼에도 부인은 소음을 멈추지 않는다. 더군다나 부인은 요즘 고래한테 보내는 소리도 연습 중이라 더 시끄럽다. 작살로 마구 찔러 죽이는 위험한 나라로 향하지 않게끔 반대쪽으로 이끄는 소리라고.

부인의 정원 일만 해도 산더미인데 왜 딴 나라 일까지 신경 쓰느냐고 묻자, 돌아온 답은 이랬다. 물도 땅도 공기도 동물도 식물도 다 우리 몸의 혈관처럼 이어져 있기에, 아무리 먼 나라에서 벌어지는 일이더라도 다 우리 일이라고. 그 말을 들으니 가슴이 벅찼다. 미세한 혈관들로 연결돼 한 몸을 이루는 세상을 상상하니 놀라웠다. 하지만 한

군데의 혈관에라도 문제가 생기면 그 거대한 몸이 병들 거라는 생각에 이르자 두려웠다. 그리고 그 수출용 열매가 떠올랐다. 우리가 불볕 아래서 고슴도치가 돼 가며 거둔 열매들이, 딴 나라 사람들 몸을 통과해 그곳의 물로 땅으로 공기로 스미는 광경이 머릿속에 펼쳐졌다. 체뻬 몸에서 떨어져 나간 손톱이 머나먼 나라에서 분해되는 모습도 또렷이 그려졌다. 야야 부인 말이 터무니없지는 않았다. 하지만 아무리 생각해도, 소리에 민감한 고래에게는 부인 소음을 듣기도 엄청난 고통일 것 같다.

"저는 아이도 아니었는데 어째서 그 멀리서 그 소리를 들었을까요?"

아직도 걸어오면서 할아버지가 부인 쪽으로 질문을 데구루루 굴린다.

"마누, 지금도 내게 당신은, 태어난 지 열흘 된 아기랍니다. 지금 당신이 어떤 모습일지는 상상도 안 돼요."

"그때 부인의 끔찍한 연주를 듣지 못했더라면, 저는 그놈 베스파에 왼쪽 다리마저 상했겠죠."

"베에에 스으으 파아아 요오오?"

몸을 진동하며 쎌리가 묻는다.

"약쟁이 놈 하나가 오토바이를 몰고 들어왔지. 춤 배우는 사람들로 그득한 공원에 그 하늘색 베스파를……"

"그으 래애 서어 요오?"

기억을 털어 내듯 할아버지는 머리를 휘휘 젓고, 야야 부인은 손을 내뻗는다. 덜덜대는 쎌리 등허리를 콕 누르자 차분해졌다. 따띠 아줌마가 젖은 머리를 말아서 꾹 짜며 현관을 나선다. 물에 빠진 건지 빤 건지, 위아래 옷에서 물이 뚜두둑 떨어진다. 걸어오는 마누 할아버지를 보고 아줌마 발이 빨라진다.

"저는 그럼 이만."

"아, 따띠! 수바늘이……."

마누 할아버지가 뒤돌지만 아줌마는 벌써 대문을 지났다. 이 주째 단수가 이어져 따띠 아줌마는 여기서 목욕했고, 서재에서 나오는 나랑 마주칠 때마다 방금처럼 서둘렀지만, 매일 왔다. 피비린내를 풍기며 지압하러 다닐 수는 없을 테니까.

아줌마는 정육점을 청소하기에는 너무도 작고 일도 많다. 하지만 아줌마를 대신해서 왈도 아저씨가 청소하기란 불가능하다. 벽돌 공장에서 틈만 나면 술 마시며 일하다 들켜 아저씨는 쫓겨났고, 그 뒤로 일 초도 술에서 깬 적이 없다. 그 사실은 주민 모두가 안다. 대통령 선거로 금주령이 내린 줄도 모르고 술을 사러 가서야 다음 날이 투표일임을 알았을 정도니까. 아저씨는 그날 소독약을 마셨다. 그러고도 죽지 않자 비비는 "어떻게 그걸 먹고도 살아남아, 인간이?"라고 내게 말했다. 그 방법을 왜 나한테 묻는지 이상했다. 야야 부인이 정육점 주인한테 합의금을 주겠다고 했지만, 따띠 아줌마는 거절했다. 그러면 언제고 와서 목욕하라고 부인은 부탁했다. 그 제안마저 물리치면 두 번 다시 얼굴을 보지 않겠노라 선언했다. 마치 부인의 의지로 안 보겠다는 듯이 딱 잘라 말해서 나는 어이가 없었는데, 아줌마는 그냥 그 뜻에 따랐다. 겨우겨우 도착한 마누 할아버지가 이제야 야야 부인 손등에 입술을 댄다.

"집이 전보다 더 커진 것 같네요."

"그럴지도 모르죠."

부인은 할아버지에게 싱긋한다. 내 생각에는 할아버지가 더 늙어서 더 오래 걸린 것뿐이다.

"쟤네는 부인 연주 소리를 못 들으니, 정말 다행이야!"

쎌리가 팬플루트로 등을 벅벅 긁으며 화초들을 건너본다.

"그걸 어찌 알았느냐?"

야야 부인이 쎌리를 향해 목을 쭉 뺀다.

"그딴 소음이 들리면, 벌써 말라비틀어졌겠죠. 누가 기침만 해도 잎들을 움칠하면서, 그 소리엔 꿈쩍도 안 하잖아요."

부인 입가에 웃음이 일렁이고 얼굴이 활짝 핀다. 정말이지 못 봐주겠다.

"어째 정원이 전보다 정기가 도는군요."

"다 쎌리 덕이랍니다."

야야 부인은 쎌리를 칭찬하는 게 아주 버릇이 됐다. 부인이 고기를 안 먹기 때문에 쎌리는 밤낮없이 배고파했다. 그러다 어느 날부턴가, 화초를 괴롭히는 벌레마다 잡아먹었다. 부인한테 이르지 않은 이유는 둘이다. 첫째, 내가 봐도 꽃이며 열매며 훨씬 건강해졌고, 둘째, 내가 무슨 말을 하든 부인은 쎌리 행동에 감탄이나 할 테니까. 깔루를 따라 쥐까지 삼키는 롤라이지만, 쎌리가 먹는 벌레들은 진짜 거들떠도 안 본다.

"그나저나 우리 롤라는?"

"부엌에서 저녁 먹나 보네요. 따띠가 선인장하고 감자를 볶아 왔거든요. 다 먹거든 데려가시죠."

"노상 폐만 끼치고……."

"폐라뇨! 우리 모두의 아이인걸요. 비띤도……."

"우리 모두의 나무고요."

눈동자를 가운데로 모은 쎌리가 입만 뻥긋뻥긋하자 그 모양에 맞춰 마누 할아버지 목소리가 나왔다. 쎌리가 입 모양으로 '우리 모두의'를 반복하고 혀를 쭉 빼문다. 저 공연을 감상한 관객이 나뿐이라니!

"한데, 동네 애들이 이렇게 사라져서야! 며칠 전부터 삐뽀도 안 뵈고요, 부인."

다른 부모들처럼 루초 아저씨 역시 삐뽀가 없어진 줄도 모른다. 그런 자식이 있었는지 기억도 못 한다. 얼마 전부터 삐뽀는 고철을 주워다 고물상에 팔아 돈을 만들었다. 삐뽀가 사라졌으니 아저씨 지갑도 홀쭉해질밖에. 그 돈이 비자, 며칠 전 아저씨는 남은 자식들을 골목으로 끌고 나왔다. 주먹질에 발길질까지 하며 도둑으로 몰아세웠다. 팔짱 끼고 구경만 하는 주민들 중에는 나도 있었다. 내 옆에서 아넬 엄마가 "삐뽀도, 너네 체뻬같이 종적을 감췄나 봐!" 체뻬 엄마에게 말하자 "체뻬? 그게 누군데? 참, 아넬은 찾았고?" 오히려 되물었다.

"하, 또 깜빡할 뻔했네! 드려야지 드려야지 하면서 벌써 한 달이 지났네요."

할아버지가 주머니에서 꺼낸 빨간 손수건을 부인 손에 쥐여 드린다. 색색이 수놓인 M과 점을 부인이 매만진다.

"두 개의 M이로군요."

나랑 쎌리가 동시에 수건을 내려다본 뒤 의문의 눈빛을 교환한다. 분명 M 하나에 점 하나다.

"오, 그걸 맞춘 사람은 처음입니다!"

마누 할아버지는 사인할 때 큰 M 옆에 매우 작은 M으로 점을 대신한다고 설명했다. 누가 위조할까 봐 짜낸 묘책이라고. 내가 부엌으로 향하자, 팬플루트로 정수리를 긁적이던 쎌리도 꿍얼대며 쫓아온다.

"차라리 정으로 돌 쪼는 소리가 덜 괴로울걸?"

쎌리가 팬플루트를 또 감춰 봤자 야야 부인은 또 찾아낼 거다. 자기를 악의 소굴에서 구한 소음인 줄 안 걸까? 쓰레기차에 내던지지는 않는다.

*

질그릇에 푸짐하던 선인장볶음은 롤라가 싹 비우고 갔다. 이따금 야야 부인 부엌을 휩쓸고 가는 롤라다. 그러고 나면 남아나는 게 없다. 우유도 마시지 않는 부인이 우유를 배급받아 오던 이유는 롤라랑 나를 위해서였다. 오까 형이 말해 줘서야 알았다. 출생신고가 안 된 사람까지 정부는 돌보지 않는댔다. 부인 집의 실제 크기도, 우리 집의 실제 주인이 누구인지도 정부는 모를뿐더러, 대충대충 일하는 공무원들 덕분에 부인이 수급자 명단에 오른 거랬다. 야야 부인 책들의 값어치야, 당연히 형도 모른다. 사실, 내가 존재하는지도 모르는 정부에 지원 같은 건 기대도 안 한다. 정치인들이 기자들 앞에서 벌컥벌컥 마시면서 안전하다고 떠들어 대는 액체를, 믿을 만한 우유로 여기는 사람이 있을까? 어쩔 수 없이 받아다 먹을 거다. 그런 우유나마 이제 롤라나 내게까지 차례가 안 온다. 쎌리는 대문을 넘자마자 단숨에 일 리터를 들이켠다. 집으로 막 돌아가려는데 첸초 아저씨가 대문을 민다. 못 본 사이 몸이 반으로 줄었다. 흐느적거리는 아저씨를 부축해 거실에 들어선다.

"와! 반쪽은 얻다 두고 왔어?"

검은 머리를 허리까지 늘어뜨리고 선 채로 쎌리가 빗질한다. 그 옆에서 야야 부인이 긴 주홍빛 머리를 빗다 말고, "첸초?" 뻘떡 기립한다. 흰 원피스 잠옷을 펄럭이며 부인이 우리 쪽으로 달려오고 쎌리가 양팔을 펼치고 바싹 뒤따른다. 똑같은 잠옷을 입은 데다 똑같이 키가 커서 꼭 괴기스러운 쌍둥이 같다.

"사랑했나요? 사랑하나요?"

첸초 아저씨가 메마른 입술을 여닫는다.

"꼴이 말이 아니군!"

야윈 얼굴을 쓸어 주며 부인이 한 손으로 부엌을 가리키자 쎌리가 뛰어간다.

상기된 아저씨 돌보기에 야야 부인은 몰두했다. 더부룩한 머리에 십 분도 넘게 손바닥을 대고 들뜬 기운을 누그러뜨렸다. 그런 뒤 따뜻한 음식부터 먹게 했다. 먹으면서도 질문을 퍼붓자 부인은 푸른 설탕 몇 톨을 그릇에 슬며시 뿌렸다. 아저씨는 음식에만 집중했다. 쎌리가 데워 준 아마란스죽 한 접시를 비우고 나니 얼굴이 발그스름해진다.

"다 읽었어요! 한 자도 빠짐없이요!"

첸초 아저씨가 책을 읽은 게 아니라 책의 글자들이 아저씨를 갉아 먹었다. 야야 부인은 아저씨의 퀭한 눈을 쓰다듬고 "봄이었지"라며 긴 숨을 내쉰다. 봄바람이라도 분 듯 부인과 아저씨의 머리칼이 슬쩍 나부낀다. 부인이 팔만 뻗쳐 창문을 닫는다. 겨우 안정된 아저씨를 바람이 건드리지 못하게 막는다.

"스물아홉 살 생일을 하루 앞둔 날이었고…… 비가 잠깐 뿌리다 말아서 광장에는 먼지내가 그득했지. 샛길에 있는 책방에 들어섰어. 몇백 년은 된 양 허름했어. 전에는 그 길에 없던 건물이었는데도 말이야. 여자 둘이서 바지런히 책을 정리하고 있었는데, 나보다 십 년가량 젊어 보였지. 내가 한 권을 집어 드니, 그중 하나가 손사래를 치며 다가왔어. 마꾸였지."

"마꾸가…… 정말, 정말 움비 할아버지 동생이란 말인가요?"

움비 할아버지가 긍정한 말을 제발 야야 부인이 부정해 주기를 바라는 눈빛이다. 하지만 부인은 할아버지가 그랬듯 눈만 한 번 깜빡인다. 아저씨는 멍하니 말이 없다가 머리를 턴다.

"그 책이 『사막의 나침반』? 맞죠?"

첸초 아저씨가 눈을 부라리고 묻는다. 야야 부인은 또다시 눈을 천천히 깜빡이고 머리를 쓸어올린다. 흐릿한 알전구의 빛이 부인을 희노랗게 어루만진다.

"그 책은 너무 지루할 거라며 마꾸는 다른 걸 권했단다. 마침 지루한 책을 찾던 참이니 잘됐다며, 나는 그 작가의 책을 있는 대로 다 달라고 청했지. 사방으로 사다리를 오르내리며 마꾸가 책을 찾는 사이 다시금 비가 뿌리기 시작했어. 열두 권의 책값을 치르고 나서도 비는 이어졌지. 비가 멎기를 기다리며 책방에 서 있었어. 굵은 빗줄기가 유리창을 거세게 때리며 더러움과 싸우고 싸웠어. 더럽던 유리도, 갑갑하던 내 가슴도 차차 말개졌지. 한데 마꾸가 난감한 낯빛으로 다가왔어. 실은 자기 언니가 그 책을 썼다면서. 마꾸는 턱짓으로 구석을 가리켰고 거기에 돌로레스가 있었단다. 몹시 민망한 얼굴로. 우리는 눈인사를 나누고서도 서로가 눈길을 돌릴 수가 없었어. 그렇게 한참이 지났어. 마치 보름 동안 내리 단잠에 빠진 듯했지. 매우 단 잠……. 정신을 차리고 보니 어느새 하늘이 말갛게 개어 있었어. 아쉽게도 말이야."

"와! 첫눈에 반한 거야?"

쎌리가 긴 머리로 뺨을 가린다. 몇 번 대화를 통해 들어 얼굴도 모르면서 얘기에 퐁당 빠졌다. 물에 젖은 새까만 포도알 둘이 쎌리 눈에서 빛난다.

"그다음 날 부인 눈이……."

첸초 아저씨는 말끝을 흐리고, 야야 부인은 주름진 눈꺼풀을 내렸다 올린다.

"돌로레스를 눈에 담은 뒤에 시력을 잃어서 나는 감사했단다. 게다 책방에서 돌아온 날, 밤을 지새워 그 지루한 책을 다 읽었단다. 아니 정확히 말해, 지루함이 뭔지 제대로 느끼게 해 준 책이었지. 돌로레스와 『사막의 나침반』을 내게 남기고서, 눈은 내게서 사라진 게지. 사랑했느냐고? 사랑하느냐고? 사랑? 하하하!"

쑤쑤 누나가 악령 쫓는 흉내를 냈을 때처럼 부인은 웃다가 큼큼 목을 가다듬는다.

"사랑? 했지. 걸어. 걷고 또 걸어. 모래야. 모래뿐이야. 그렇게 이백 쪽도 넘게 주인공은 모래만 밟아. 발밑에는 오직 모래뿐이니까."

"그 주인공, 서점에 안 갔나요? 주소까지 상세히 나와 있었는데? 왜 또 사막에?"

"주인공은 책을 덮고 다시 떠나. 수정 유리로 된 나침반을 찾겠다며. 하나 모래를 밟고 밟다가 나침반 따위는 잊게 돼. 모래란 그런 거니까. 모래를 밟고 또 밟아. 그러는 내내, 내 머릿속에는 온통 물 생각뿐이었어. 주인공은 단 한 번도 물 얘기를 꺼내지도, 목이 탄다고 넋두리하지도 않았는데 말이야. 정말로 나는 목이 말랐어. 깊은 곳에서 치미는 목마름이었어. 나도 모르던 내 안의 아주아주 깊은 곳에서 치미는……. 지루하고 지루했어. 지독한 지루함이었지. 지루함이 목마름이 극에 달한 순간, 그 순간 나는 돌로레스의 사랑을 느꼈어. 사랑하게 됐어. 맑고 서늘한 물줄기가 정수리로 스며 발바닥으로 찬찬히 빠져나가며 나를 정화했지. 사랑은 내게 그렇게 스며들고 빠져나갔지, 그렇게……. 훗날 돌로레스가 나를 어려이 찾아냈을 때, 우리는 둘 다 예전과는 너무도 달랐어. 나는 주름지고 앞 못 보는 노파로, 돌로레스는 건장한 청년 움비로 변해 있었으니 말이야, 흠. 쭈글쭈글한 내 손이 그 탱탱한 뺨에 닿은 순간 나는 울지도 웃지도 못했단다. 그저 내 손에 젖어 드는 움비의 뜨스한 눈물만 순순히 받아들였지. 수술에 성공하고 나서 나를 찾아 헤매는 동안, 그동안 고쳐 쓰고 완성한 게 바로 그 책이란다. 돌로레스 부인의……."

"녹색 비밀이요?"

"아아! 그거까지 합쳐서 열세 권!"

내 외침에 야야 부인은 몽롱한 시간에서 빠져나왔는지, 즉각 딴사람이 된다.

"오호! 셈을 가르친 보람이 있구나!"

자기가 읽은 책 내용과는 사뭇 다르다며 첸초 아저씨는 꼬치꼬치 캐물었고, 쎌리는 기지개를 켜며 자리를 떴고, 야야 부인은 『돌로레스 부인의 녹색 비밀』은 일기가 아니라 소설이라고 목이 쉬도록 말했다.

"움비는 나를 보자마자 그 책을 건넸단다. 눈이 안 보이는 줄 알면서도 말이지. 그날은 이상하게도 벌레들이 일찌감치 집에 내려앉았어. 해도 기울기 전에 말이야. 여느 때와 달리 시이 시이 하며 잔잔히 울었어. 움비는 신기해했지. 무지갯빛이 내 머리에도 이마에도 입술에도 내려앉았다며, 자기는 빛에 조금도 물들지 않았다면서. 우리는 이 식탁에 마주 앉아 밤새도록 벌레 울음을 들었어. 그리고 움비는 결심했던 게야. 늙기로. 바로 그 순간부터 움비는 조금씩 조금씩 늙기 시작했단다. 해서 흐뭇해했고. 인제 겨우 백 살이 좀 넘어 뵌다니, 제 나이만치 늙으려면 아직도 멀었지만 말이다."

"육백 년 동안 고대로였다가 별안간 늙었다고요? 그것도 늙기로 작정하고요? 그럴 거면, 그 어려운 수술은 뭐 하러 했답니까?"

첸초 아저씨가 머리를 쥐어 싼다. 좀 전, 움비 할아버지가 올해로 육백이십 살이 됐다는 말을 들었을 때도 담담했다. 그러던 아저씨 얼굴에서 용암이 분출한다.

"세상 사람들이 다 똑같다면 얼마나 재미가 없겠느냐."

"마꾸도……."

아저씨가 묻지만 야야 부인 눈길은 벌써 아주 먼 데로 향했다. 기다란 몸만 우리 곁에 남겨 두고 부인만의 시간 속으로 떠났다. 첸초 아저씨와 나는 무지갯빛 벌레들이 현관까지 뒤덮기 전에 뛰쳐나왔다. 금세 눈부신 망토를 두른 거인이 치이이 치이이 하고 울며 발톱을 깎는다. 어디 갔나 했더니, 자카란다나무 아래로 쎌리가 보인다. 곤히 잠든 그레고리오의 허리를 베고 코를 드르렁댄다.

"돌로레스 부인의 녹색 비밀이 뭔 줄 아냐?"

"책이잖아요."

"돌로레스는 본래 쎌리라는 나귀였어. 녹색 나귀."

"그럼, 움비 할아버지가 원래 나귀였어요?"

"일기가 아니라 소설이라잖냐, 소설."

녹색 나귀 쎌리라……. 왜 그레고리오랑 쎌리는 한 몸이 아닐까. 둘이 합체하면 녹색이 될까. 비띤 나무와 이따 나무처럼 둘이면서 하나인 걸까. 자카란다나무는 이 밤 풍경에 자신의 숨을 불어 넣을 셈인지 몸을 살살 흔든다. 꽃잎을 떨궈 그레고리오와 쎌리를 덮는다. 보름달은 그런 광경이 신기한지 눈을 휘둥그레 뜨고 내려다본다. 그렇게 보인다. 야야 부인의 촉촉한 연둣빛 눈동자 속에 들어온 기분이다. 그런 밤이다.

14

움비 할아버지는 드디어 원하던 책을 다 구했다.

낮에 첸초 아저씨랑 나는 책방에 들렀다. 책들을 건네기가 무섭게 할아버지는 검은 자루에 담았다. 등에 걸머지고 건물 외벽의 사다리로 재빨리 옥상에 올랐다. 우리가 회칠한 벽 때문이었다. 벽이 뿜는 기운이 책을 지키려 들지 못하도록 말이다. 남매의 말대로 예민한 벽은 정말로 쿵쿵댔다. 그러자 마꾸가 플라멩코를 추듯 발을 구르고 손뼉 치며 "촐로꾸잡! 촐로꾸잡!" 외쳤다. 벽을 혼란에 빠뜨리기 위해서랬다. 날이 저물고서야 움비 할아버지는 옥상에서 내려왔고, "이제 속이 후련해?"라며 마꾸는 눈을 흘겼다. 나는 왜 없앴느냐고 묻고 싶다. 하지만 물크러진 망고가 된 할아버지를 보니 입이 안 열렸다. 대신 마꾸에게 물었다. 왜 낡은 종이 뭉치들을 그렇게 지키려 드느냐고. 마꾸는 "그 종이들이 감당해 온 무게를 생각하면……" 하며 어깨만 으쓱했다.

움비 할아버지와 마꾸의 도움으로, 첸초 아저씨는 복잡한 검사들이며 수술을 위한 모든 절차를 거침없이 마쳤다. 여권뿐 아니라, 절차가 까다롭기로 유명한 나라의 비자까지 만들었다. 머리를 홀랑 뒤로 빗어 넘기고 눈을 무지 똑바로 뜨고 찍은 증명사진은, 사진관이 아니라 경찰서에서 찍은 것 같았다. 큼직한 도장이 찍힌 종이마다 '아나 마리아 과달루뻬 싼체스 까스뜨로'라고 엄격한 태도로 인쇄돼 있었다. 하지만 아저씨는 해외여행 준비로 바빠서 실망할 틈도 없었다.

첸초 아저씨를 돌보겠다며 마꾸가 동행하려다 곧 포기했다. 육백 살도 더 먹은 국민이 여권을 만들러 가면, 더구나 여권 담당자보다 앳된 얼굴로, 과연 그들이 어떻게 나올지 누가 알겠느냐면서. 하는 수

없이, 그곳에 사는 동갑내기 친구에게 아저씨를 도와주라고 부탁해 놨다. 움비 할아버지가 수술받으러 갈 당시만 해도 그런 서류 위조쯤이야 아무 문제 없었다며 마꾸는 아쉬워했다. 지금보다 더 개판인 때가 있었다니 믿기지 않았다.

15

"차누, 지팡이가 제자리에 없구나."
"아, 쎌리!"
아침 일찍 나갔는데 점심때가 지나도록 안 왔다.
"잠시 내 지팡이가 되어 주겠느냐?"
비띤 나무를 살피려 야야 부인이 대문을 나섰는데도 밀씨아데스가 보이지 않는다. 죽었나? 구십 살도 더 먹은 벌새라면 이상할 것도 없다. 따띠 아줌마를 통해 증발하는 아이들 얘기를 전해 듣고부터, 부인은 비띤 나무에 더더욱 주의를 기울인다. 키가 커서 내 팔짱을 못 끼므로, 나는 지팡이처럼 걷는 중이다. 내 어깨는 너무 낮아 부인은 내 머리에 손을 얹고 걸음을 내디딘다. 야야 부인 손바닥에서 맑고 서늘한 기운이 배어나 머리가 다 시원하다. 골목을 벗어나 비탈을 가로지르는데 멀리서 꼬꼬가 뛰어다닌다. 늘 사뿐사뿐 걷는 꼬꼬가?
"아빠 없어!"
"가만, 비비가 사라진 게 아니고? *꼬꼬야? 꼬꼬?*"

부인이 묻지만, 이미 꼬꼬는 왔던 길을 되짚어 뛰어갔다.

"어른들까지 없어지려나 본데요?"

"꼬꼬가 제 아빠가 사라진 줄도 알고 게다 기억까지 하는 걸 보면, 왈도가 없어진 데엔 필시 다른 까닭이 있을 게다. 더구나 목소리도 대단히 밝지 않았느냐. 내게 암송해 줄 때처럼. 어서 비띤에게 가 보자꾸나."

야야 부인이 빨리 걷자, 내 머리에 얹은 손에 힘이 들어간다. 머리가 앞으로 쏠려 진짜 지팡이 손잡이가 됐다.

비띤 나무에 온통 칙칙한 분홍빛이 돈다.

그 일부처럼 마누 할아버지가 돌무더기에 어둡게 앉아 있다. 이 시간이면 연보라색이어야 할 벌레들도 거무죽죽하다. 무성하던 나뭇잎도 거의 다 사라졌다. 떨어진 것도 아닌지, 주변에 시든 이파리 한 장 없다. 비띤 나무가 이 꼴이 됐는데도 동네 사람들은 삥 돌아서들 간다. 무슨 균이라도 옮을까 질겁한 얼굴들이다.

"마누?"

야야 부인이 다가서니 할아버지가 양손으로 부인 손을 움킨다.

"우리 롤라가……."

"와, 여기 다 모였네!"

지팡이를 휘두르며 쎌리가 달려오고 그 코앞에서 밀씨아데스가 파닥거린다. 저건 또 뭘까. 꽤 큰 비닐봉지를 빙글빙글 돌리며 다가선다.

"롤라는 얻다 두고 할아버지만요? 또 껌 뺏으러 갔나?"

쎌리가 휘둘러보는 방향에 따라 밀씨아데스도 정신없이 방황하느라 부우웅 부우웅 요란하다. 가겟집이라도 턴 걸까. 투명한 봉지는 가지각색 껌으로 가득하다. 방금 알보 패거리한테 휴대전화를 팔았다며 쎌리가 우쭐댄다. 그 돈으로 롤라가 좋아하는 풍선껌을 샀는데, 때마침 폐창고에서 빼꼼 내다보던 깔루한테도 한 통 주고 오는 길이란다. 그러며 지팡이를 하늘로 치킨다.

"걔는 그 안에서 썩기엔 아까워! 쥐 사냥 솜씨가 보통이 아니던데."

"로로?"

야야 부인이 반대편 허공에 대고 묻는다. 저만치서 로로 아저씨가 뛰어온다.

"제, 제 연마기가……."

눈물에 뒤범벅된 아저씨는 말을 끝맺지 못하고 끅끅거린다.

야야 부인은 부탁했다. 롤라가 사라진 사실을 첸초 아저씨에게는 비밀에 부치라고. 벼르고 벼른 수술 일정에 이 일로 차질이 생겨서는 안 된다면서. 안 그래도 롤라가 어디에도 보이지 않아 이상했다. 경찰이라면 기겁하는 마누 할아버지는 따띠 아줌마보고 대신 신고해 달랬고, 정육점 청소도 빠진 채 아줌마는 득달같이 아랫동네로 갔단다. 다른 아이들이 없어졌을 때는 비띤 나무에 특이한 변화가 없었다. 그런데 롤라가 자취를 감추자 나무가 이 모양이 됐다. 또 다른 사람들과

달리 마누 할아버지는 롤라의 증발을 바로 알았다. 그뿐이 아니다. 상자에 담긴 롤라가 해해대던 모습이며, 발바닥의 흑까지 똑똑히 기억한다. 갑자기 쎌리가 탐정 같은 말투로 묻는다.

"없어진 딴 애들이랑, 롤라나 연마기가 다른 점이 뭐지?"

눈물을 훔치며 로로 아저씨가 답한다.

"처음이야…… 축일에 버려진 애들이 사라진 건."

그 말을 열쇠 삼아 수수께끼라도 푼 걸까? 야야 부인 눈에 칼 빛이 돈다. "지팡이!" 쎌리에게서 돌려받은 지팡이를 손끝으로 싸르륵 훑는다.

"이건 필시 멀리서 이따 나무가 전언하는 걸세. 그 마을이 상당히 위험한 지경에 이른 듯싶네."

골똘히 생각에 빠진 듯하던 쎌리의 눈이 이제야 땡그래진다.

"버렸다고? 롤라를?"

아무래도 이 일을 해결하기에 쎌리는 역부족이다. 동네 개들도 알 얘기조차 모르면서 탐정 행세라니!

"차누? 롤라가 풍선껌 좋아하는 걸 아는 사람은, 우리 가운데 쎌리뿐이잖니? 지금껏 롤라를 위해 껌을 구한 사람도 쎌리뿐이고? 그거면 충분하지 않을까?"

야야 부인 눈에 기괴한 불꽃이 튄다. 뭘까? 개들은 인간 몸내만 맡고도 기분을 안다지만, 교통사고로 하루아침에 다리를 잃은 개는 딴 띤 형의 미묘한 감정 변화에도 즉각 반응한다며 형은 안쓰러워한 적이 있다. 자기를 내버릴까 봐 예민해진 거 같다고. 그 개처럼, 부인도 내 생각의 냄새를 맡는 걸까.

로로 아저씨는 훌쩍이면서 쎌리한테 축일에 버려진 아이들 사연을 대강 설명한다. 그 사이 비띤 나무는 사탕수수처럼 가늘어졌다. 물방울 모양 벌레들도 점점 작아지더니 하나의 물 덩어리를 이루었다. 바늘 끝이 스치기만 해도 폭발할 물 풍선이 됐다.

"저기 오는구만."

마누 할아버지 말에 모두가 뒤돈다. 따띠 아줌마가 숨을 할딱이며 올라온다. 오늘따라 오르막이 무척 가팔라 보인다. 아줌마도 무척 작아 보이고.

"경찰서에 가 보기는 했는데, 그게…… 롤라가……."

"나같이 출생신고가 안 됐으니, 또, 할 수 있는 게 아무것도 없댔겠죠."

내가 신발코로 땅을 푹 찍자, 야야 부인이 "참!" 하며 손을 까딱인다.

"왈도, 왈도는 어찌 된 겐가?"

"죽은 지 며칠 됐답니다."

힘없이 굽었던 로로 아저씨 등이 반듯해진다.

"엿새 전부터 안 보였지요. 해서 꼬꼬는 발랄해졌고 비비는 편안해졌답니다. 맹탕 술만 퍼마시고 하루가 멀다고 욕지거리하는 아빠가 없으니, 당연하지요. 아빠한테 쥐여살지 않으니 홀가분할밖에요. 그

이는 출생신고가 돼 있지만, 저는 실종 신고일랑 하지 않았답니다. 지하철역에 사람 찾는 전단도 붙이지 않았고요."

쎌리가 코앞에서 파닥파닥하는 밀씨아데스를 잡으려 팔을 내젓다가, 따띠 아줌마를 향해 새끼손과 검지를 뻗친다. 저런 인간이 위태로운 노목들과 두 마을을 위해 뭘 할 수 있을까.

"사흘 전이었죠. 지압하러 방문한 노부인 댁을 막 나서는 참인데, 홀연히 집시 하나가 다가왔답니다. 공원에서 타로점 봐 주는 여자인데, 다짜고짜로 그러더군요. 사흘 전부터 제 그림자를 밟고 다니는 망자가 있다고. 제 오른편으로 짙게 드리운 그림자와 저를 갈마보면서 연신 혀를 찼답니다. 해서 왈도가 죽은 줄 알았지요. 해서 맘이 놓였고요. 생사를 몰라 영 찜찜했거든요."

망자의 발에 그림자가 밟히면, 그자가 털어 내지 못하고 죽은 미련에 평생 갇혀 살게 된다고들 했다. 그래서 사람들은 동네에서 누가 죽을 때마다 걱정했다. 대부분 미련을 버리지 못하고 눈감아서일까. 장례식 때 관에 누운 모습을 보면 하나같이 억울한 얼굴들이었다. 화장사가 진땀 빼며 색칠해 봤자 소용없다.

내가 본 시신 가운데 최고로 억울해 보였던 건, 다고 아저씨의 아버지였다. 의문사한 망자의 발에 운 좋게도 그림자가 밟히지 않아서일까. 아저씨는 항상 명랑하다. 나는 그 죽음보다도 그 명랑이 더 의문스럽다. 빵 가게에서는 언제나 정다워 보이던 아버지와 아들이었다. 그런 그들을 한때는 나도 부러워했고. 하지만 집에서는 어땠는지 아는 사람은, 그 둘뿐이다. 물론, 각자의 진심은 각자만 알 거고. 집에 남아도는 나무를 보며 꾸던 꿈도 각자 달랐을 거고.

"그래, 시신은 찾았고?"

야야 부인이 묻는다. 얘기하는 내내 밀씨아데스에게서 눈을 못 떼던 아줌마가 꺄우뚱하며 시선을 돌린다.

"구태여 그럴 필요가 있을까요? 제 그림자를 내리밟던 왈도 발만 떼어 냈답니다. 집시가 까마귀 깃털 부채로 깔끔히 정리했고요. 달이 차는 동안에 아흔아홉 마리의 두꺼비 울음을 들으며 부채를 만들었다니, 효험이 있겠지요. 앞으로 술값에 허비할 일이 없으니, 비비를 고등학교까지 보낼 수 있을 거예요."

그건 따띠 아줌마가 몰라서 하는 소리다.

비비는 고등학교에 안 갈 거다. 학교 같은 위험한 곳에 더 다니다가는 회까닥할 거라며, 쑤쑤 누나한테 조언을 구했다. 비비는 지금 당장 자퇴하겠다 선언했고, 쑤쑤 누나는 배부른 소리 좀 작작 하라며 혼냈다. 학교 밖이라고 뭐 다를 줄 아느냐며, 너같이 만만한 사람을 갈궈 댈 인간 말종들은 세상에 널리고 널렸댔다. 적어도 중학교는 마쳐야 마트 지배인 자리에도 오를 수 있다며, 비비를 준비시켰다. 방과 후면 비비는 쑤쑤 누나가 일하는 마트에 간다. 채과의 번호를 암기한다. 번호가 바뀌면 어떡하느냐고 비비가 걱정하자, 누나는 양손으로 가위표를 만들어 보였다. 조직이 변하지 않는 한 번호가 바뀌는 일은 없다며, 조직은 그리 쉽게 변하지 않는다며, 심지어 조직은 썩을 대로 썩어도 안 바뀐다며 안심시켰다. 비띤 나무 옆에 앉아 둘의 대화를 엿듣다가, 나도 계산원 교육을 시켜 달랬다. 그러자 돌아온 답은 이랬다. 안됐지만, 이 별에서는 출생신고가 된 자에게만 기회가 주어진다고.

"뭔 미련이 그리도 많아서 자네 그림자까지······."

야야 부인이 머리를 가로젓는다. 바로 그때 비띤 나무에서 새까만 물 덩어리가 떨어진다. 앙상히 드러난 뿌리에 물이 스민다. 축축한 손이 할아버지 볼기를 움키며 검은 얼룩을 퍼뜨린다. 지금 우리가 고민해야 할 일을 상기시키듯, 비띤 나무는 내 손가락만큼 가늘어졌다. 저 꼴을 하고도 곧게 서 있다. 바지가 젖었는데도 할아버지는 그대로 앉아 눈물짓고, 부인 표정이 돌변한다.

"서둘러야겠네. 롤라가 변을 당하기 전에"

"야야 부인만 따르던 밀씨아데스가 쎌리한테로 옮겨 간 건, 그건 무슨 의미일까요? 그것도 하필 비띤 나무가 이리된 날에요?"

따띠 아줌마 말에 모두가 고개를 틀지만····· 쎌리는 나무만 바라보고 있다. 세상 꺼벙한 입자들만 쎌리 주위에 떠돌 뿐 아무런 해답도 안 보인다.

16

창밖이 붉다.

켜켜이 쌓인 잿빛 책들의 테두리마다 불에 잡아먹힌다. 그런 모양으로 노을이 불탄다. 아홉 시간째 버스에 앉아 있으니 가슴이 답답하다. 쎌리는 끝없이 다리를 떨고 손톱을 물어뜯고 한숨 쉰다. 배에서 울툭불툭하고 짙푸른 허리띠가 오르내린다. 풍선껌들이 담긴 비닐봉지를 잃어버릴까 봐, 보자기에 둘둘 말아 허리에 맸기 때문이다. 하지만 놀랍게도 단 한 개도 뜯지 않았다. 롤라랑 같이 씹을 거라면서.

"으! 좀 비싸도, 내가 말한 걸 탔어야지!"

좌석 머리 받침에서 떠돌이 개 냄새가 난다며 쎌리가 틈틈이 투덜댄다. 며칠이 걸릴지, 무슨 일이 벌어질지 짐작조차 안 되는 상황이다. 돈은 무조건 아껴야 하기에 나는 제일 싼 버스표를 끊었다. 사실 화장실에서 새어 나오는 냄새가 더 거슬린다. 맨 뒤에 앉겠다고 쎌리가 고집 피워서 화장실 바로 앞에 앉고 말았다. 무지막지한 방광이 등 뒤에서 펄떡대는 느낌이다. 쎌리는 화장실 악취를 두고는 한마디도 안 한다. 점심에 버스에서 제공한 샌드위치를 먹을 때는 토할 것 같았다. 창 쪽에 앉기는 했지만, 그래 봤자 열리지도 않는 창문이다. 황토색 커튼에서도, 쎌리 말처럼 떠돌이 개 냄새가 진동한다. 이러고 열한 시간을 더 가야, 이따 나무가 있는 마을에 도착한다.

저녁으로 나온 스콘과 감자칩, 견과 한 줌을 억지로 삼킨다. 쎌리는 먹으면서도 툴툴거린다. 좌석은 쎌리보다 삼십 센티쯤 작은 사람들 키에 맞춰 만들어졌다. 그러니 불편할 만도 하다. 다리를 이러지도 저러지도 못하고 구겨져 있다. 자다가 앞 좌석을 열 번도 넘게 밀쳐서 민머리 아저씨는 열 번도 넘게 악썼다. 목이 쉬어 터져 이젠 뭐라는지도 모르겠다. 밀랍이라도 있으면 귀를 틀어막고 싶다. 고개를 반대편으로 꺾고 눈을 감는다.

그날, 야야 부인은 말했다. 밀씨아데스가 쎌리 코앞에서 날개 친 까닭은 쎌리 역할을 깨우쳐 주기 위해서라고. 하지만 밀씨아데스가 그러거나 말거나 쎌리는 앙상해진 비띤 나무만 멀거니 봤다. 그러자 부인은 안 하던 행동을 했다.

"후요빱뚤라끼차!"

고함치며 지팡이로 쎌리 정수리를 내리쳤다. 어떻게 가늠했는지 정중앙을 때렸다. 그 순간 밀씨아데스가 사라졌고, "롤라한테 껌을 줘야 해!" 쎌리는 외쳤다. 얼른 바닷가 마을로 가야 한다며 돈을 달라고 졸랐다. 하지만 그렇듯 소란스러운 쎌리한테 아무도 관심이 없었다. 모두의 눈길은 야야 부인 입으로 쏠렸다.

헤벌린 입술 사이가 조금조금 하얘졌다. 새하얀 이가 돋아났다. 휑하던 잇몸이 빈틈없이 메워졌다. 물거나 씹으려는 의지라고는 전혀 느껴지지 않는 이였다. 그 눈부신 이 사이로 "그래, 돈 말고 또 무얼 원하느냐?"라는 말이 나오자, 모두가 나직이 "오!" 했다.

쎌리가 목소리를 세 배쯤 키우고서야 사람들은 돌아봤다. 깔루의 사냥 실력이 훌륭하니까 요모조모로 쓸모 있을 거라며 함께 가겠다고 했다. 따띠 아줌마는 꼬꼬도 데려가라고 제안했다. 날마다 벽돌을 쌓아서 팔 힘도 좋고, 한번 보거나 들으면 다 외울 만치 총기가 있다고, 분명코 도움이 될 거라고 말이다. 야야 부인이 차누는 반드시 동행할 가치가 있다고 하자, 이딴 꼬맹이는 걸리적대기만 할 거라며 쎌리가 인상 썼다. 하지만 가 보면 그 까닭을 알게 될 거라고, 그것만은 내가 장담한다고 부인은 말했다. 나도 모르는 내 가치를 두고 큰소리쳤다.

운전석 바로 뒤에 앉은 깔루와 꼬꼬는 화장실 한번 안 갔다. 처음에 깔루는 밀입국한 게 들키면 어떡하냐면서 망설였었다. 하지만 유일한 친구인 롤라 일인데 우물쭈물해서 미안하다며 곧 나섰다. 밤에만 쥐 사냥을 다니고 창고에서 숨어 살아서인지 끊임없이 두리번댔지만, 차차 밝아졌다. 세상에 처음 나온 사람처럼 눈에 들어오는 것마다 "와아!" 신기해했다. 버스 터미널에서는 호화 여객선을 기다리는 여행객으로 보일 만큼 밝아졌다.

외운 책을 머릿속으로 읽는 건지 꼬꼬는 조용하다가도, 엉뚱한 말로 모두를 놀랬다. 내가 표를 살 때였다. 꼬꼬가 매표구에 머리를 쑥 디밀었다. "불멸의 나무가 드리운 음영이 흩어지니 푸른 바람이 속삭였죠. 시간이 당신을 괴롭히는군요? 이윽고 바람이 허수아비의 허리를 감쌌죠. 시간에게 자비를 구한들 소용없다며 춤이나 흥겨이 추라고요. 기억나요? 들판에 왈츠가 흐르고, 나락 호수의 까마귀가 녹빛 달을 물고 날아왔잖아요. 당신의 달을. 황금 보리가 왈츠를 추는 밤이라니! 허수아비가 너울거리며 시간의 쇠사슬을 끊었죠. 당신을 옥죄던 목줄을. 드디어! 녹빛 달도 왈츠와 더불어 흩어지고, 그렇게 욕심의 속박에서 벗어났죠!"라고 떠든 바람에 매표원은 의자와 함께 나자

빠졌다.

쎌리는 펄펄 뛰었다. 한 번만 더 사람들 눈에 띄는 행동을 하는 날엔 바다 구경이고 뭐고 안 시켜 주겠다며 겁주자, 꼬꼬는 풀이 죽었다. 아무도 꼬꼬를 달래지 않음으로써 쎌리를 도왔다. 무슨 문제인지도 정확히 모르는 문제에 우리 모두 휩싸였다. 그러므로 더는 문젯거리가 생기면 안 된다. 하지만 사실 모두가 들떠 있다. 롤라가 무사할지 서로 걱정하다가도, 우리도 모르는 사이 바다 얘기를 하며 싱글벙글댔다. 동네를 떠날 때부터 버스에 오를 때까지, 다들 바다 얘기를 했다. 왜냐하면 아무도 바다를 본 적이 없으니까. 네 사람 상상 속의 바다가 제각각이었다. 이제 얼마 뒤면 하나의 바다를 맛볼 거다. 그리고 제각각 바다를 마음에 담을 거다.

꼬꼬는 가끔가다 "바다바다 바다바다……" 묘한 노래까지 웅얼댔다. 그렇게도 바다가 좋으냐고 묻자 꼬꼬는 답했다. 해나 달은 그렇게나 멀리 있어도 매일같이 볼 수 있지만, 바다는 해나 달에 비하면 굉장히 가까운 거리에 있는데도, 돈이 없으면 볼 수 없다고. 우리 몸은 해도 달도 바다도 품고 있는데, 자기 몸에까지 도달한 그 바다의 실체를 비로소 보게 됐다며 흥분했다. 우리가 바다에 도달한 장면의 사진을 엔쏘 할아버지 이발소에 붙여야 한댔다. 달에 첫발을 디딘 인간처럼, 우리 동네에서 최초로 바다에 발을 담근 인간도 의미가 깊다면서. 꼬꼬랑 어울리지 않는 돈을 말해서 기분이 이상했는데, 바로 그때 "그렇지 돈!"이라며 쎌리가 돈을 한숨처럼 뱉었다. 얼마 동안 돈 소리가 귀에서 짤랑거렸다. 달빛이나 마시고 햇빛이나 쐬며 책에 파묻혀 사는 꼬꼬의 돈 소리가. 뚜쟁이나 배 불리려 몸까지 팔아넘겨졌다고 한 쎌리의 돈 소리가.

바다바다, 꼬꼬가 노래하는 그 바다로 우리는 가는 중이다.

야야 부인은 말했다. 쎌리 지시에 모두가 한마음으로 따르라고. 롤라한테 껌을 주겠다는 생각 말고는, 아무 계획도 없어 보이는 인간의 지시에 말이다. 하지만 다들 그러겠다고 약속했다. 그것도 세 번씩이나, 부인과 이마를 맞대고 소리 내어 다짐했다. 만약의 사태에 대비해서라며, 부인은 작은 헝겊 주머니에 푸른 설탕을 담아 내게 건넸다. 언제 어떻게 쓰느냐고 물으니, 때가 되면 내게 적당한 방도가 떠오를 거랬다. 진짜 그러냐고 묻자, "이런! 어른은 다 알 거라고 믿다니!" 부인은 지팡이로 땅을 탁 찍었다. "어른들 말만 따르다가는 세상에 될 거라곤 마리오네트밖에 없을 게다"라며 돈주머니도 내게 맡겼다. 쎌리는 우리를 지휘하는 데 집중해야 한다면서. 따띠 아줌마는 차고 있던 빛바랜 시계를 끌러 내 손목에 채웠다. "이런 무거운 짐을 지우다니. 너희를 대할 낯이 없구나"라며 정말로 부끄러워하는 인간의 표정을 지었다.

태어나 처음 손목시계까지 차고 나니 사명감으로 어깨가 무거웠다. 여행한다고 짐을 꾸린 아이는 없다. 팬티가 필요하면 사면 될 거다. 임무 수행에 방해되지 않게 간편한 차림으로들 여행길에 올랐다.

고체 같은 밤안개다.

빈틈없이 희다. 얼마나 높은 지대인지 귀가 다 먹먹하다. 쎌리가 계속 코를 꽉 쥐었다 폈다 하고 입을 벌렸다 닫았다 하다가, 껌 한 통을 뜯는다. 저렇게나 많은데 쪼잔하게 하나만 꺼낸다. 반으로 나눠 나한테도 준다. 껌을 씹고 있으니, 먹먹하던 귀가 사르르 풀린다.

중간에 딱 한 번 멈추는 버스인데 우리만 빼고 전부 내렸다. 구릿한 머릿내 몸내도 함께 내려서 공기가 좀 맑아졌다. 사람들은 몇 걸음도 못 가 안개에 먹혀든다. 처음부터 인간 따위는 없었던 듯 세상이 완벽히 흐리다. 운전사는 담배 한 모금만 빨고 오겠다며, 우리보고 몇 초만 기다리랬다. 진짜 한 모금만 빨았는지, 몇 초 만에 버스가 몸체를 튼다.

차가 비어서일까. 몸에 찬기가 배어든다. 단물 빠진 껌을 뱉는다. 롤라라면 꼴깍 삼켰을 거다. 뭘 먹기는 했을까. 지금 어디 있는 걸까. 살아는 있을까. 안개를 좀 보다 눈을 감는다. 하루 내내 앉아만 있었는데도, 막일을 내리 열 건도 넘게 뛴 기분이다.

"자?"

쎌리가 다리를 떨어서 자꾸만 깨던 중이다. 자느냐고 물으면서도 달달거린다. 쎌리가 팔을 뻗쳐 커튼을 걷는 바람에, 창에 기댄 머리가 쿵 하고 부딪힌다. 내가 눈을 치뜨자 이를 내보이며 웃는다.

"봐!"

거의 다 왔다며 손가락으로 내 머리를 돌린다. 밖이 검푸르다. 낮고 작은 집들이 드문드문하다. 뭐가 이상한지는 모르겠지만 이상하다.

"하나도 없어!"

쎌리 목소리에 금세 두려움이 서린다.

"뭐가?"

"잘 봐 봐."

진짜 하나도 없다, 식물이. 흙뿐이다.

운전사는 모두들 하차 전 화장실에 들르라고 소리쳤다. 잠이 덜 깬 얼굴로 꼬꼬와 깔루가 화장실을 들렀다 되돌아갔다. 쎌리는 좁아터진 화장실에서 나오자마자 오싹하게 더러운 욕을 뱉었다. 못 들은 척 눈감아 준다. 이 세상에서 쎌리 부피를 감당하는 물체를 만나기란 쉽지 않으니까.

17

눅눅하다.

바다가 가까이 있기는 있나 보다. 습한 열기가 곧바로 몸에 엉긴다. 낯선 곳에 가면 이상한 냄새에 골이 띵한데, 섬뜩할 만큼 냄새가 안 난다. 더구나 이 널따란 터미널에 승객은 우리 넷뿐이다. 다른 버스들에도 오르내리는 승객이 한 명도 없다. 오늘만 이런 거라고 생각한다. 매일 이렇다면 굳이 이런 구석까지 운행하지 않을 거다.

"왜 사람들이 없죠?"

담배에 불을 붙이는 운전사에게 쎌리가 묻는다. 담배가 빨갛게 타 들자, 가뜩이나 홀쭉한 운전사 뺨도 눈도 쑥 팬다.

"어째서들 여기서 내린 거냐?"

단 한 모금에 다 태워 버릴 기세로 담배를 빨고 우리를 훑어본다. 우리의 복잡한 사정을 듣기에는 아저씨가 너무 느른해 보인다. 또 괜한 말을 했다가, 일을 다 망칠지도 모른다. 좋은 어른과 나쁜 어른을 가려내기란 간단한 일이 아니다. 쎌리도 나랑 같은 생각인 걸까. 탁한 연기를 뒤로하고 쌩하니 대합실로 향한다. 쎌리 몸이 만든 화살표를 따라 모두가 한마음으로 걷는다.

대기실이 휑하다.

화장실 문은 굳게 잠겼고, 하나뿐인 매점은 창백해 보일 정도다. 막대 사탕 하나 없다. 단 빵 바구니를 팔에 걸고 다니는 빵 장수도 없다. 보온통을 끌고 다니는 그 흔한 핫초코 장수도 없다. 기본의 기본도 안 된 터미널에는 적막만 감돈다.

"쥐도 한 마리 없게 생겼어, 여기는."

깔루 말대로, 쥐는커녕 굴러다니는 빈 깡통도 휴지 조각도 하나 없다.

"새 없어. 해 떴어."

꼬꼬가 또 시 같은 걸 읊나 보다 했는데, 아니었다. 아침인데 새소리도 안 들린다. 쎌리가 흐트러진 머리칼을 손가락으로 죽죽 빗고 질끈 묶더니, 다시 앞장선다. 모두가 허기진 채로 그 뒤를 따른다.

흙길인데 흙도 별로 없다.
바닥난 물통 같다. 텅 빈 오트밀 상자 같다. 속이 부실한 샌드위치 같다. 두 시간도 넘게 걸었는데 사람도 차도 개도 못 봤다.
"이 방향이 맞아?"
"가다 보면 나오겠지."
"뭐가?"
"뭐든."
한참을 더 걷자 역한 물비린내가 짙어지더니 어렴풋이 바다가 보인다. 하지만 아무도, 야 바다다, 하고 외치지 않는다. 메슥메슥해서 걷는 속도가 느려진다. 몸속 액체가 출렁이며 목구멍까지 차오른다.
"칙칙한 자줏빛이야!"
깔루가 우리를 앞질러 땅만 보며 뛴다. 다들 깔루를 따라 땅을 본다. 그러고 보니 아까보다 흙의 양이 늘었다. 그런데 앞으로 나아갈수록 흙이 점점 어두운 빛을 띤다.
"저주 걸린 사람 몸을 날달걀로 훑고 나서 깨뜨리면, 어떤 줄 알아? 이딴 더러운 빛깔 액체가 쭈룩 흐르지."
쎌리는 상한 달걀을 뒤집어쓴 표정이 됐다. 보이지 않는 벽에 박치기라도 한 걸까. 깔루가 멈칫한다.
"노란 흙을 다 퍼다 썼나 봐!"

자지러지며 우리를 본다.

"맨 죽은 흙뿐이야. 마을 사람 모두 병들었을걸."

"전염돼?"

쎌리와 내가 동시에 묻는다.

"흙 운반하던 하꼬가 들려준 거밖에 나도 몰라."

"배애애애!"

배에 오르다니! 어느새 꼬꼬 혼자 멀리까지 갔다.

"큰 배!"

곳곳이 불그죽죽하게 녹슨 선박 위에 꼬꼬가 서 있다.

바다다.

냄새나는 바다. 죽은 물고기, 죽은 물새가 문드러진 채 둥둥 뜬 바다. 구정물이 엄청난 양으로 넘실댄다. 이런 더러운 색깔에도 이름이 있을까. 없었으면 좋겠다. 어마어마한 크기의 배 수십 척이 바닷가에 버려졌다. 내 안의 바다를 빼앗기는 순간이다. 말로만 듣던 폐선 처리장은 비료 공장 지대보다도 지독한 악취가 난다. 더러운 것들이 모여 더러운 풍경을 빚어내고 있다.

"아무것도 만지지 마!"

깔루가 꼬꼬를 향해 헉헉대며 팔을 휘젓는다.

"뭐?"

꼬꼬가 되물으며 난간을 잡는다.

"악!"

쇳소리와 함께 꼬꼬가 뒷걸음친다.

"아아악!"

또다시 시뻘건 비명이 축축한 공기에 퍼진다. 피로 물들어 가는 공기를 헤치며 모두가 달려간다. 내가 일 등으로 배에 다다랐다. 삐걱대는 철계단을 가까스로 오르는데 발이 밑으로 쑥 빠진다. 허우적대는 나를 쎌리가 떠받치다 그만 중심을 잃자 깔루가 잽싸게 잡아 준다.

나동그라진 꼬꼬가 동그랗게 구부리고 바들댄다.

바닥에서 뻗쳐 오른 고철에 꼬꼬 종아리가 썩 베였다. 녹슬고 부러진 난간이 손바닥에 파고들어 피가 철철 흐른다. 하지만 저 더러운 바닷물로 상처를 소독할 수는 없다. 꼬꼬한테서 흐른 피로 쎌리의 하늘색 헝겊신이 붉어진다. 둘이 피로 연결된다.

우리가 가진 건 색색의 풍선껌, 빛바랜 시계, 푸른 설탕, 돈뿐이다. 이 넷 가운데, 소독하기에는 설탕이 제일 낫지 않을까. 바지에서 헝겊 주머니를 꺼내 주둥이를 벌린다. 푸른 설탕의 거친 면마다 햇빛이 닿자마자 튀어 오른다. 상처에 뿌렸다가 피가 더 솟구치면? 쎌리가 한 톨 집어 맛본다. 덜렁대긴 해도, 판단도 행동도 빠른 쎌리다.

"뿌려!"

명령이 떨어졌는데도 내가 망설이자, 쎌리가 주머니를 낚아챈다. 우선 꼬꼬 입에 설탕 한 톨을 넣어 준다. 그러더니 설탕을 조금 집어, 찢긴 종아리와 손바닥에 휙 뿌린다. 곧이어 금속성 비명이 선박을 뒤

흔든다. 꼬꼬한테서…… 시퍼런 연기가 피어오른다. 타탁타탁 소리를 내며 살이 타들어 가다 멈춘다. 이제 연기도 안 난다. 살이 새카맣게 탄 대신 피는 멎었다. 울부짖음도 그쳤다.

"다 끝났어."

눈물범벅이 된 꼬꼬 얼굴을 쎌리가 하늘색 원피스로 닦아 주며 묻는다.

"만져 봐도 돼?"

꼬꼬 머리가 좌우로 세차게 빨간 줄을 긋는다. 하지만 쎌리 손은 살그머니 종아리에 닿는 중이다. 탄 부분을 검지로 문지르는데도 꼬꼬는 전혀 못 느끼나 보다. 눈물이 그렁그렁한 눈으로 먼 하늘만 본다.

"이제 아무것도, 아무것도 막 만지지 마! 알았어?"

더는 바다를 보여 주지 않겠다며 겁줄 수도 없다. 이딴 냄새나는 바다에 더 머무르고 싶은 사람은 없을 거다. 발을 담갔다가는 썩을지도 모른다. 저건…… 상한 생선 수프다. 먹으면 틀림없이 배앓이할 수프. 몸에 절대 담고 싶지 않은 수프.

팬티다.

꼬꼬 주위로 나뒹구는 물체들이 지금에야 하나둘 눈에 들어온다. 롤라나 나한테나 맞을 크기의 팬티가 여기저기 널렸다. 하나같이 낡았다. 모두가 조심조심 선박의 후미진 곳으로 발을 옮긴다.

부서진 주사기, 눈알 빠진 곰 인형, 찢긴 원피스, 얼룩진 휴지, 바랜 과자 봉지, 솜뭉치가 삐져나온 길쭉한 깔개, 녹슨 주머니칼, 장식이 떨어진 자그만 샌들 한 짝, 찌그러진 담뱃갑, 길고 짧은 밧줄들, 깨진 술병, 나비 모양 머리핀, 조타실 유리창에 흩뿌린 진한 물방울들, 젖었다 말라서 울룩불룩한 그림책…… 지저분한 퍼즐 조각이 하나둘 맞춰진다. 공포가 차갑게 덮친다. 아이들이 이곳에서 느꼈을 공포가. 하지만 공포가 분노가 되기에는 나는 작고 힘이 없다. 분노를 느낀다 해도 내가 뭘 할 수 있을까.

쎌리가 아까 뜯은 껌에서 두 개를 꺼내 반씩 나눈다. 녹슨 쇳조각들이 끼이 끼이 우는 소리를 들으며 다 같이 껌을 씹는다. 파도에 밀려온 쓰레기처럼 우리는 바다 가장자리에 서서 다 같이 바다라는 물질을 본다. 여러 차례 쓴 설거지물처럼 탁하고 미지근한 미풍이 얼굴에 퍼진다. 더러운 물과 하늘이 맞닿아 매우 긴 선을 이루었다. 태어나 처음 수평선이라는 선을 본다. 수평선이 부끄럽게 물과 하늘은 경계 없이 하나로 더럽다. 저 너머에 뭐가 있을지 하나도 안 궁금하다. 저 너머도 이곳과 별로 다르지 않을 것 같다. 영영 모르고 싶다. 바다를 몰랐을 때가 나았다. 내게서 수평선을 파도를 바다를 지우고 싶다. 그럴 수만 있다면…….

18

이따 나무부터 찾자며 쎌리가 치마를 펄럭이며 걷는다.

"바다도 흙도 이 모양인데 이따 나무 목숨이 붙어 있을까?"

깔루 눈에는 한 점의 희망도 안 보이나 보다.

"여기까지 와서, 이대로 돌아갈 순 없어!"

쎌리 말이 맞다. 무슨 일이 벌어졌는지 마을 사람들에게 직접 듣고, 우리 눈으로 봐야 한다. 사라진 아이들 행방을 알아낼 단서도 찾아야만 하고. 폐선 처리장에서 멀지 않은 거리에 집들이 띄엄띄엄하다. "공동묘지가 따로 없네!" 쎌리 말대로 생기라고는 느껴지지 않는다. 큰 흙길에서 갈라져 나간 좁다란 길로 접어드니, 텁텁한 공기를 뚫고 구수함이 번진다. 곡물을 태우나 보다. 쎌리의 지휘고 뭐고 필요 없다. 목마르고 허기진 우리는 냄새를 쫓아 자동으로 걷는다.

연기가 살랑인다. 시멘트 벽돌로 지어진 허름한 집의 쪽창으로 연기가 희고 가느스름한 몸을 꼬며 빠져나온다. 그 몸짓에 홀려 동시에 걸음을 멈춘다. 구수한 냄새 앞에 다들 무력하게 항복한다. 쎌리가 나무 문을 두드리려는 찰나 깔루가 원피스를 잡아당긴다.

"만지면 안 돼!"

"이제 아무것도, 아무것도 막 만지지 마, 알았어?"

꼬꼬도 쎌리를 나무란다.

"아이들이라니!"

쪽창으로 머리가 튀어나오고, 모두가 물러선다.

노파다. 움비 할아버지보다 천 살은 더 먹어 보인다. 무지하게 작은 얼굴이다. 몇 올 안 되는 흰 머리칼을 풀어 헤쳤다. 듬성듬성 박힌

이며 혀며 입술이며 온통 새까맣다.

"어서 들어오렴!"

노파 얼굴이 쪽창에서 사라졌다.

"깔루, 그거 혹시 썩는 병이야?"

쎌리가 묻는데 문이 열린다. 낮은 문도 아닌데 노파가 몸을 푹 수그리고 나온다. 얼굴이 작아서 아주 작은 사람인 줄 알았는데 쎌리보다도 길다. 얼마나 앙상한지 휘청휘청한다. 삼실로 짠 자루에 아무렇게나 구멍만 뚫고 길쭉한 허수아비를 처넣은 것 같다.

"아이야, 들어가거라."

"마흔 살은 아이 아냐."

자기는 아이가 아니라고 꼬꼬가 알린다.

"나는 베바란다. 너는?"

"꼬꼬."

베바 부인이 버드나무 가지 같은 팔을 뻗어 꼬꼬 목덜미를 부드러이 휘감더니 벌써 안으로 밀어 넣었다. 부인이 또 버드나무처럼 너울거리자 쎌리가 날렵하게 문을 지난다. 순간 베바 부인 시선이 쎌리를 좇는다. 그러는 사이 깔루도 나도 문을 통과한다. 삐꺽! 등 뒤에서 문이 닫힌다.

한낮인데도 어두컴컴하다.

얼굴만 한 쪽창으로 비껴드는 햇살이 빛의 전부다. 전구 하나 없다. 화덕, 침대, 탁자가 한데 모여 있다. 죄수, 포로, 유배자 같은 말이 저절로 떠오르는 공간이다. 베바 부인은 세찬 바람을 맞은 버드나무처럼 움직여 단숨에 탁자를 채웠다. 탄 옥수수빵 두 덩이가 담긴 나무 소쿠리, 새까만 음식이 소복한 질그릇, 누르스름한 물 한 잔이 가운데 놓였다. 의자가 딱 하나뿐이다. 다들 어정쩡하게 서서 눈치만 보자 부인이 다가온다. 벽에 붙은 기다란 나무 판을 앞으로 쭉 뺀다. 낮은 선반이 아니라 장의자였다.

"어서들 먹으렴. 내게 남은 마지막 음식이란다."

베바 부인은 의자에 앉아 손깍지를 끼고 줄곧 쎌리만 건너본다. 쎌리가 장의자를 식탁 가까이로 옮기고 동시에 일렬로 앉는다. 가까이서 보니 달달 볶은 옥수수 깜부기다. 부인 입이 까만 이유를 알겠다. 서로서로 안도의 눈길을 주고받는다. 몇 시간째 빈속으로 헤매서일까. 말없이도 뜻이 통한다. 쎌리가 빵 하나를 집는다. 반으로 죽 찢어 꼬꼬에게 건넨다. 깔루도 똑같이 한다. 숟갈 하나로 돌아가며 옥수수 깜부기를 빵에 얹는다. 모두가 아귀아귀 먹는다. 한 잔뿐인 누런 음료로 돌아가며 목을 축인다. 무슨 과즙을 탄 걸까. 약간 시큼하고 깊은 맛이다.

"남빛 개미지. 보름간 삭히면 그리 누런빛이 도는 물이 나온단다."

뼈만 남은 가느다란 손가락을 들어 우리 옆을 가리킨다. 그쪽으로 일제히 고개를 돌린다. 벽돌 틈을 따라 남빛 개미들이 한 방향으로 이동하고 있다. 저 정도면 수백 마리는 되겠다.

"남빛 개미의 슬픔이 고이고 고여 열닷새 뒤에 황금 호수를 이루었노라."

"오! 그 전설을 다 알다니!"

"전설 아니고 일기."

또박또박 답한 꼬꼬는 물 잔 바닥에 가라앉은 개미 찌꺼기를 본다.

"이따 나무는 어디 있나요?"

이제야 여행 목적이 생각난 걸까. 쎌리가 급히 묻자 베바 부인이 소스라친다. 주륵 흘러내린 눈꺼풀 아래로 다갈색 눈동자가 흔들린다. 저러다 쎌리 목을 조를 것만 같다.

"긴가민가했는데, 그 옷이, 그 옷이 맞았어!"

팔을 뻗어 부인이 원피스 목 부분을 매만진다. 그러며 감상에 빠진다. 따띠 아줌마나 야야 부인이 곧잘 그러듯, 몸과 분리된 혼이 멀리 멀리 떠났는지 눈동자가 흐리다. 흰자위랑 뒤섞여 금세라도 형체를 잃게 생겼다.

"부인? 부인!"

쎌리가 발을 쾅! 구르자 베바 부인이 숨을 몰아쉬며 눈에 힘준다.

"저기요, 아이들 못 봤나요? 낯선 아이들?"

"내가 그때 과자만 굽지 않았어도 이리되지는 않았을걸. 다 내 탓이야, 내 탓."

"그때라뇨?"

"이십삼 년 전, 디디가 숨을 거둔 날……."

부인이 또 혼자 어디론가 가 버리기 전 쎌리가 질문을 휙 날린다.

"디디요?"

"지금 네가 입은 옷을 지은 소녀. 디디……. 비띤과 이따, 오누이에게 물을 주고 흙을 갈고 팬플루트를 불어 주던 아이. 나무들 근방에 흙집이 하나 있지. 그곳에 깃들여 사는 사람이 나무들을 돌봐야 해. 구백 년 넘게 이어진 이 마을의 전통이니까. 그런데 바다가 뜨거워지고부터 말썽이 생겼어. 이따의 욕심이 들끓고, 오누이 불화가 극심해지고, 아이들마다 몹쓸 놈들한테 짓밟히게 됐지. 디디는 비띤을 다른 데로 보낼 도리밖에 없었단다. 그런 뒤에 바로 세상을 떴어. 열다섯 살, 그 고운 나이에……."

"왜요?"

"이따 영혼이 깃든 옷을 짓느라, 장장 열아홉 장이나 되는 편지를 쓰느라 기운이 다한 거지. 난생처음 글을 배운 날 그리도 긴 글을 썼으니, 그럴 만도 하지. 비띤이 든 상자를 도로 돌려보내지 않게끔 글자마다 온 정성을 쏟았으니까. 한 글자 한 글자 눌러쓸 적마다 낯에 골이 팼을 정도니……."

"이젠 누가 이따를 돌보죠? 그 흙집엔 누가 살죠?"

"아무도."

"죽었나요, 이따?"

"숫제 죽으면 편할 터인데…… 지독한 병에 걸렸어. 하여간에, 비띤을 보낸 날에도 놈들은 마을을 어슬렁거렸단다. 아이들을 잡아가거나 꼬여 내고자 말이야. 하지만 몸이 성한 아이들은 씨가 마른 걸 눈치채고 다른 마을로 떠나려 했어. 바로 그날 놈들이 이 길을 지나는데 내가 마침 과자를 구웠던 거야, 과자를! 고소한 냄새에 취해선 집에 들이닥쳤어. 지금 너희들처럼 내 앞에 앉았단다. 흙과자를 처음 먹어 본 놈들은 눈이 뒤집혔지. 내가 치대던 반죽을 빼앗아 떠났단다. 흙과자는 누가 죽거나 태어난 날에만 집에서 아주 조금 만들어 먹을 뿐, 절대, 절대로 팔지 않아. 그건 이 마을의 불문율이야. 흙은 돈하고 바꾸면 안 돼. 인간의 몸을 돈하고 바꾸면 안 되듯이 말이지. 내 벗의 죽음을 애도하려고, 그러려고 구운 과자가 재앙을 불러올 줄이야, 호오오! 몇 밤이나 지났을까. 화물차들이 몰려들기 시작했단다. 흙을 퍼 가고 또 퍼 갔어. 얼마 뒤부터는, 죽은 흙을 실어 와서 마을에다 버렸고. 벌레고 풀이고 새고 죄다 죽거나 여기를 떴어. 이따도 시름시름 앓았고, 남은 아이들은 병으로 세상을 뜨고, 사람들은 하루가 다르게 노쇠해 갔지. 디디와 동갑이던 나도 이 모양이 됐고 말이야."

"서른여덟 살. 두 살 어려, 나보다."

꼬꼬가 바로 셈해 준다.

"노란 흙은 한 줌도 안 남았단 거예요? 그럼, 이따는 뭘 먹고 살죠?"

쎌리가 양 손바닥으로 탁자를 탁 내리짚는다.

"디디가 살던 흙집. 그게 마을에 남은 성한 흙의 전부지. 그마저 놈들 손아귀에 넘어갔어. 그러니 이따한테 돌아갈 몫은 없단다. 놈들이 이따한테 독을 쳤지. 흙집을 먹지 않게끔 손써 놨어. 혹여 디디가 지은 옷의 정기를 쐬면, 그러면 해독이 될는지도 모르겠지만……."

베바 부인은 아까 쪽창으로 머리를 내밀었을 때보다 이삼십 년은 더 늙은 것 같다. 이 순간에도 짜글짜글해지는 중이다. 몹시 고통스러워 보인다. 그런 얼굴로 나를 본다. 계속 쎌리만 보다가 내게 눈길을 준 바람에 움찔한다. 내 옷과 주머니를 꿰뚫고, 그 속에 든 것까지 샅샅이 훑기라도?

우리가 음식을 거덜 냈다며 쎌리가 자몽껌 한 통을 내민다. 그런데 부인이 손을 내젓는다. 라임껌을 건네자 또 싫단다. 그리고 내 눈만 본다. 내게 뭘 바라는 걸까. 손목시계? 돈? 아니면 설탕? 누군가에게는 독이 될 수도 누군가에게는 약이 될 수도 있댔는데……. 마지못해 푸른 설탕 한 톨을 내미니 덥석 받아 든다. 설탕의 뾰족함이 아직도 내 손끝에 남아 있다.

"갈림길에 맞닥뜨리면 무조건 왼편으로만 가거라."

길을 일러 주면서 베바 부인이 고개를 왼쪽으로 꺾는다.

"무조건 왼편."

또 한 번 목을 홱 꺾는다. 한 번만 더 저러면 머리통이 댕강 떨어질 거다. 모두가 자리를 박차고 일어나 감옥 같은 집을 나선다. 내가 문을 닫자마자, 안에서 쿵! 소리가 난다. 깔루가 다시 문고리를 쥔 손을, 쎌리가 움킨다.

"아니!"

"천 년간 들판에 서 있던 허수아비는 마침내 안락한 둥지에 몸을 뉘었죠."

꼬꼬가 중얼거리고 성호까지 긋자, 시퍼레진 쎌리가 꼬꼬 손가락을 굽혀 주먹을 만들고 우리를 내몬다.

*

베바 부인 말대로 왼쪽으로 왼쪽으로 걷는다. 마을은 텅텅 비었다. 모두가 병들어 죽거나 폭삭폭삭 늙어 가는 마을이라니! 죽은 흙으로 뒤덮인 땅이 두려워 주민들은 집 밖을 나다니지도 못하고, 마을 중심지에만 관광객이 버글거린댔다. 무릎까지 오는 고급 안전화를 신은 관광객들. 얼마나 걸었을까. 베바 부인에게 들은 대로다. 웅성거림이 각가지 향수 냄새며 암내와 뒤섞여 밀려든다.

"이따?"

비띤하고는 너무도 다르게 생겼다. 북적이는 길 중앙에 어마어마한 높이의 시뻘건 나무가 치솟았다. 꾸물꾸물하는 걸까? 식물이 아니라 동물 같다. 잎도 가지도 없다. 위로 갈수록 가늘어지는 몸통뿐이다. 끝부분이 동그랗게 말린 상태로 나무에 박혔다. 그래서인지 엄지를 빠는 아기 같다. 관광객들은 하나도 모르겠는 말만 떠들면서 열심히 사진 찍는다. 그 틈을 비집고 가까스로 나무 앞에 닿았다. 껍질이 훌렁 벗겨진 채 핏줄을 드러냈다.

"정말로 피가 돌잖아!"

깔루가 얼굴을 일그러뜨린다. 핏줄을 도는 피 때문에 움직이는 듯이 보인 거다.

"악몽을 없애요! 악몽을 없애요!"

아이……다.

나랑 비슷하게 생긴 아이가 팔에다 큰 바구니를 걸고 외친다. 손님을 끌려고 꼬마 목소리를 쥐어짜는 표가 난다. 중앙 광장의 앵벌이들도 저런다. 똑같은 어른이 가르친 듯, 저 아이도 똑같이 말한다. 손에는 목공예품 하나를 들었다. 어른 주먹만 한 둥근 물체다. 혀 내민 아이, 찡그린 아이, 겁먹은 아이, 헤롱헤롱한 아이 등등 구십구 개의 얼굴이 오밀조밀하게 조각된, 흔해 빠진 전통 공예품이다. 악몽을 방지하기로 옛날부터 유명하다지만, 저딴 흉측한 공을 침대 머리맡에 두는 사람은 없다. 외국인들이나 사 가는 관광상품이다. 눈이 새파란 남자가 아이에게 지폐 한 장을 건넨다. 공예품을 손안에 넣고 씩 웃는다. 벌써 온갖 악몽에서 벗어난 얼굴이다. 어디서 왔는지 아이에게 물으려고 내가 다가서는데 사람들에 휩쓸려 사라졌다.

또 다른 아이가 나타났다. 커다란 토끼 귀 모양의 머리띠를 했다. 귀마다 가격이 굵게 써졌다. 티셔츠와 가방을 어깨에 팔뚝에 목에까지 잔뜩 걸었다. 유명한 혁명가 얼굴이 커다랗게 찍힌 티셔츠, 평화의 상징이 어울리지 않게 수놓인 전통 가방이다. 아이는 그러고 비틀

비틀 서성인다. 오까 형이 굴다리에 그린 혁명가랑 같은 얼굴이다. 입 모양만 다르다. 굴다리에서는 입을 활짝 열었고, 티셔츠에서는 입을 꾹 다물었다. 깔루와 내가 아이에게 이른 순간 관광객들이 아이를 에워싼다. 아이는 두툼한 빵 사이에 낀 햄 쪼가리가 됐다.

"깔루! 차누!"

사람들이 이룬 찐득한 물결 너머에서 쎌리가 양팔을 들고 껑충댄다. 깔루와 한 덩어리가 되어 무리를 헤집는데 쎌리가 내 손을 잡아챈다.

흙집이다.

징그러운 열매를 따던 밭에서 본, 바로 그 병아리색 흙이다. 소꿉놀이에나 알맞을 자그만 집 앞으로 긴 줄이 늘어섰다. 몇 발 나아가니 팻말이 보인다.

"울보 집?"

내가 쎌리를 쳐다보자 옆으로 턱짓한다. 루초 아저씨와 비슷하게 생긴 털보 남자가 높다란 의자에 앉아 있다. 허리에는 하몬 같은 큰 전대를 차서, 꼭 돼지 뒷다리가 배에서 튀어나온 것 같다. 구겨진 얼굴로 줄을 향해 서두르라고 손을 내두른다.

얼굴이 뽀얀 청년이 털보 장사꾼한테 지폐를 건넨다. 집에 바투 다가선다. 열린 문 앞에서 사진 찍는다. 티셔츠의 혁명가가 구김 없이 찍히기를 바라는지 가슴을 쫙 편다. 갑자기 청년이 벽을 깨물어 한입 뜯어 먹는다. 그러자 그 자리에서 노란 물방울이 뚝뚝 흐른다. 집이 살짝 오므라졌다 펴진다. 물어뜯긴 곳이…… 마치 새살이 돋듯 금세 흙으로 채워졌다. 입을 벌린 채로 청년이 물러가고, 다음 사람이 다가간다. 까만 생머리를 늘어뜨리고, 아까 아이가 팔던 가방을 멨다. 돈을 내고 같은 행동을 반복한다. 흙을 오물거리고 째지는 소리를 낸다. 오까 형이 이 광경을 봤더라면, 티셔츠고 가방이고 뭐고 새까맣게 칠했을 거다.

집은 끝도 없이 뜯어 먹히고 눈물을 흘리고 새살을 만든다. 사람마다 깨무는 부위도 다르다. 또 어디가 뜯길지 몰라서 겁에 질린 걸까. 이따금 집은 바르르 떤다.

"*꼬꼬? 꼬꼬가 안 보여!*"

깔루 얼굴에 땀이 송골송골하다. 쎌리도 나도 둘러보지만 관광객들뿐이다.

"흩어지자. 좀 있으면 해가 질 거야. 그 전까지만 찾다가, 다시 나무 앞으로 모여."

각기 쎌리가 정해 준 방향으로 뛴다.

나무에서 동떨어질수록 사람이 준다. 뭉그러져 가는 집들을 배경으로 관광객들은 활짝 웃으며 사진 찍는다. 그것 말고는 할 일이 없는지 사진만 찍어들 댄다. 튼튼해 보이는 안전화를 신은 사람들은 창문에 눈을 붙이고 들여다보기까지 한다. 저 집들 안에는 아이 잃은 부모들이 매초 팍삭 늙으며 떨고 있을 거다. 붉은 머리 사람이 불쑥 뭐라고 한마디 뱉더니 내 어깨에 팔을 두른다. 찰칵, 멋대로 나까지 찍는다.

"악몽을 없애요! 악몽을 없애요!"

소리 나는 쪽을 향해 붉은 머리 사람이 마구 셔터를 누른다.

롤라다!

나를 보고도 표정에 변화가 없다. 흰자위가 새빨갛게 물들었다. 찰칵찰칵, 카메라가 롤라를 짓씹어 삼킨다. 사진을 실컷 찍은 사람이 다가가 뭐라고 묻자, 롤라가 자동인형같이 움직인다. 목에 걸린 가격표를 들어 보인다. 바구니에서 공예품을 내준다. 돈을 챙긴다. 그리고 가던 길을 간다.

"악몽을 없애요! 악몽을 없애요!"

"롤라!"

내가 소리쳐도 조금도 머뭇거리지 않고 나아간다. 혹으로 뽈룩한 맨발바닥이 새까맣다. 삐죽빼죽한 돌을 밟고도 아무렇지도 않게 다음 발을 내디딘다.

"롤라!"

앞을 가로막는다.

"난 시간이 없어. 방해하지 마, 차누. 여행객들이 떠나기 전에 열한 개나 더 팔아야 돼. 안 그럼, 오늘 밤에도 투견 옆에서 자게 될 거야. 흙바닥에서. 쫄쫄 굶고 쇠사슬에 발이 묶인 채로 말야. 무슨 일을 당했는지 그 개는 엎드려만 있어. 상처투성이야. 그래도 무서워. 투견이니까."

롤라는 노파처럼 말한다. 구십 년간 맨발로 죽은 흙을 밟으며 징그러운 공예품만 팔아온 노파. 꺼칫한 롤라 입술 사이로 푸른 설탕 한 톨을 넣어 준다. 흐릿하게나마 눈에 빛이 돈다.

"삐뽀는 오늘 밤 죽을 거야."

"삐뽀? 삐뽀도 여기 있어?"

뭘 떠올린 걸까. 롤라의 빨간 눈이 떨린다. 핏물과 함께 롤라 정신이 또르르 굴러떨어질 것만 같다. 이대로 쓰러져 깨어나지 않을 것만 같다.

"삐뽀는 오늘 밤 죽을 거야."

롤라 손을 잡고 내뛴다.

관광객들이 한꺼번에 한 방향으로 몰려가더니 여러 대의 미니버스에 오른다. 어느새 거리가 비었다. 저 멀리 흙집 앞의 줄도 사라지고 쓰레기만 나뒹군다. 거리는 배설물을 푸지게 먹은 오물통이 됐다. 불그스름한 저녁 빛에 물든 이따 나무가 아까보다 한층 꿈틀댄다. 그 앞에서 쎌리가 나무를 올려다본다. 엄지 빠는 모양의 나무가 흐느적흐느적 몸을 굽힌다. 쎌리를 향해 벌름대다 획 뻗어 오르며 몸을 부풀린다. 자기 영혼이 깃든 원피스를 알아본 걸까. 더 팽창했다가는 핏줄마다 터지고 말 거다. 쎌리는 최면에 걸린 마술사 조수 같다.

"쎌리!"

내 소리에 흠칫한 쎌리가 롤라를 보고는 와락 껴안자, 확 밀친다.

"삐뽀가 위험하다고!"

"꼬꼬는?"

반대편에서 깔루가 뛰어오며 묻는다.

"삐뽀는 발기발기 찢길 거야!"

롤라가 주먹을 꽉 쥐고 울부짖는다.

"도박 격투장으로 오늘 밤 끌려갈 거래."

흥분한 롤라를 대신해, 들은 대로 전한다.

"둘 중 하나 죽을 때까지 싸우는 데? 그게 여기에도 있어? 밭에서 일하던 남자애들 중에 그리로 팔려 간 애들도 꽤 됐는데."

깔루 말에 쎌리가 눈알을 가운데로 모았다 푼다.

"어디든, 애들 갖고 하는 장사는 차고 넘쳐. 꼬꼬는 어른이니까 별 문제 없을 거야. 일단 삐뽀부터 구하는 걸로!"

"이따는 어쩌지?"

저러다 폭발할지도 몰라 내가 묻자 쎌리가 나무를 째려본다.

"쟤는 맨 나중에. 롤라, 앞장서!"

언제 저리로 간 걸까. 롤라가 흙집 유리창 앞에 서 있다. 쎌리가 소리 질러도 그 자리에 박혀 있다.

롤라를 따라 모두가 흙집 창을 들여다본다.

"꼬꼬?"

구석 침대 옆에 웅크리고 앉아 꼬꼬가 중얼중얼한다. 안에서 잠긴 창문은 아무리 당겨도 꿈쩍도 안 한다. 작은 나무 문에는 맹꽁이자물쇠가 아홉 개나 달렸다. 뭔가에 열중한 꼬꼬는 당연히 우리를 본 체도 안 한다. 상황이 이렇다 보니, 저 안에 제 발로 들어갔는지 아니면 누가 가뒀는지조차 물을 수가 없다. 유리창을 깼다가는, 그 소음에 털보 장사꾼이 달려올지도 모른다. 무슨 생각일까? 롤라가 공예품을 창에 대고 요리조리 돌린다. 그러자 꼬꼬가 한걸음에 달려온다. 창을 열고 팔을 내민 순간 롤라가 공예품을 등 뒤로 감춘다.

"꼬꼬, 이리 나와. 그럼 이거 줄게."

이제야 생각났다. 꼬꼬는 조각품이라면 책만큼이나 좋아한다. 야야 부인이 선물한 접이식 체스 상자 속의 희고 검은 조각들한테 시를 들려줄 정도로. 하지만 어쩐 일인지 꼬꼬가 고개를 젓는다.

"집이 아파. 사람들이 하도 깨물어서."

몸이 축 처진 꼬꼬의 뺨 위로 눈물방울이 흙먼지와 엉기며 더디더디 굴러 끝내 복잡한 길을 완성한다.

"아주 많이 아파. 함께 있어 달래."

*

달빛에만 의지해 길을 찾느라 롤라가 헤매고 있다.

불 켜진 집이 한 채도 없다. 딴띤 형이 와도 아무것도 못 할 거다.

훔칠 전기도 없는 마을이다. 이러다 삐뽀가 죽을 거라며 롤라는 가끔 훌쩍인다. 밤에는 꼼짝없이 마당에 묶여 있었다니 밤길이 낯설밖에. 롤라가 집중할 수 있도록 아무도 다그치지 않는다.

아이들이 감금된 창고가 있는데 그 뒷마당에 삐뽀가 묶여 있댔다. 우리 동네 아이들은 몇 안 되고, 오십 명 남짓한 아이들 말투가 제각각이었다고 하자, 쎌리는 짐작했다. 각지에서 납치한 아이들을 나눠 먹는 큰 조직일 거라고. 싸울 차례가 된 아이한테는 두툼한 칠면조 샌드위치를 먹인 뒤에 밤이면 격투장으로 끌고 간댔다. 그러니 그 전에 구출해야 한다. 롤라가 뒷마당에서 잘 때 격투장에서 퍼지는 환성과 고함을 들었다며, 꽤 가까운 거리랬다. 그 많은 아이를 우리 힘으로는 구출하기 어렵다. 목표는 삐뽀만이라도 빼내는 거다.

"꼬꼬는 괜찮을까?"

"그 털보 놈만 얌전하면 문제없을 거야."

쎌리가 제법 대장답게 깔루 어깨를 쥐었다 푼다. 꼬꼬가 몰래 흙집에 들어간 줄도 모르고 장사꾼이 자물쇠를 채운 거다. 집이 애원해서 제 발로 들어간 거다. 쎌리는 롤라 공예품 하나를 꼬꼬에게 넘겨주고, 꼼짝 말고 흙집에서 기다리라고 했다. 꼬꼬는 공예품을 받아들고 창문 아래로 내려앉았다. 고대로 시야에서 지워졌다.

어둠에 익숙해졌을 만큼 시간이 흘렀는데도 롤라는 헤맨다. 창고에 도달해도 삐뽀 뼛조각이나 찾을 수 있을까.

"그레고리오?"

저렇게 말쑥하게 이발한 나귀는 세상에 딱 한 마리뿐일 거다. 내 말에 다들 "어디? 어디?" 술렁이는데 그레고리오가 우리를 본다. 그러다 반대쪽으로 두어 걸음 걷는다. 또 우리를 잠깐 돌아보고 다시 가던 쪽으로 걷는다. 말없이 동의한 우리는 그레고리오가 이끄는 대로 간다. 어느새 마을에서 뚝 떨어진 곳까지 왔다. 보이는 거라고는 폐창고들뿐이다.

"저기!"

롤라가 걸음을 멈춘다. 유일하게 철조망이 쳐지고, 그 너머로 희미한 외등이 띄엄띄엄 켜진 창고가 보인다. 철조망 밖의 오른편으로 소형 화물차 한 대가 주차됐다. 어느덧 그레고리오는 어둠과 하나가 됐다. 땅에는 자카란다 꽃잎만 점점이 수놓였다. 무슨 특수 요원처럼 쎌리가 동태를 살피고 돌아온다. 차 안에 목이 앞으로 꺾인 놈과 목이 옆으로 꺾인 놈이 있으며, 덩치들이 장난이 아니라고, 둘 다 녹아떨어졌다고 상황을 보고한다. 놈들이 일어나기 전에 구출 작전을 완수해야 한다며 눈을 희번덕거린다.

철조망을 따라 뒷마당 쪽으로 살금살금 이동한다. 쎌리가 앞장서고 모두가 숨죽이고 뒤따른다.

삐뽀다.

나무살이 듬성듬성한 큰 상자에 삐뽀가 담겼다. 몸을 도사리고 머리를 푹 꺾었다. 개⋯⋯다. 삐뽀와 닿을락 말락 한 거리에 얼룩덜룩한 개가 보인다. 우리를 보고도 축 늘어져 있다. 도살된 돼지처럼 고요하다. 백 킬로는 되겠다.

"불리 쿠타랑 섞인 놈 같아. 밭에도 저런 개가 있었거든. 사십 도가웃도는 지방의 한 투견장에서 다섯 놈을 연이어 작살냈다면서, 농장주는 우리를 겁주곤 했어."

깔루 말소리를 들으면서도 개는 얌전하다. 안 다친 데가 한 군데도 없는 것 같다. 꽤 온순해 보인다. 하지만 투견이라면, 딴띤 형이 거둬준 강아지들과는 다르게 키워졌을 거다. 뭔가 거슬리면, 잔인한 인간들이 길들인 대로 잔인하게 공격할 거다. 삐뽀를 부르는 순간 돌변할 게 뻔하다. 이제 보니 개는 뭔가에 앞발을 올리고 고개를 파묻었다.

"저거…… 로로 아저씨 연마기 아냐?"

연마기 구출은 아무래도 글렀다. 쎌리가 허리에 매인 보자기를 끄른다.

"롤라, 이거 너 주려고 샀는데, 좀 쓸게?"

비닐봉지 한가득한 풍선껌에 롤라가 벌어지는 입을 얼른 손으로 덮는다. 쎌리가 머리를 쓰다듬어 주자 고개를 까딱한다.

"차누, 푸른 설탕 좀."

무슨 꿍꿍이일까. 껌 하나에 푸른 설탕 한 톨을 넣고 똘똘 말아 쎌리가 개한테 슬쩍 던진다. 앞발 곁에 껌이 떨어진다. 개는 몇 번 큼큼대다 단번에 삼키고, 연마기를 베고 모로 눕는다.

"삐뽀, 일어나. 삐뽀."

쎌리 소리에 엉뚱하게도 개가 몸을 갸우뚱거리며 일어나 모두가 나자빠질 뻔했다. 하지만 다리를 부들거리며 개는 흐억, 흐억, 신음만 흘린다. 이제야 삐뽀가 머리를 쳐든다.

"삐뽀, 엎드릴까요?"

삐뽀의 부드러운 한마디에 개가 녹아내린 아이스크림이 된다.

"뭐야, 쟤도 삐뽀야?"

쎌리가 한 손을 펼쳐 올린다. 맨손으로 쥐덫 만들던 재주로 깔루가 철조망에 구멍을 냈고, 모두가 뒷마당에 숨어들었다. 하지만 삐뽀가 든 나무 상자 어디에도, 자물쇠도 빗장도 보이지 않는다.

"아예 못을 쳤나 봐! 얘를 어떻게 꺼내지?"

쎌리가 상자 주위를 맴도는데 삐뽀가 느실느실 일어나 상판을 팔로 쑥 밀어 올린다.

"열리는 줄 알면서 왜, 왜 그러고 있던 거야?"

우리를 골탕 먹이려고 그런 것 같아 내가 쏘아보자 삐뽀가 상판을 다시 내린다.

"나가 봤자 또 잡힐걸 뭐."

쎌리가 바닥에 몸을 굽혀 계단을 만들어 줘서 삐뽀는 안전히 나왔다.

"삐뽀, 일어날까요?"

삐뽀 말에 개가 일어서자, 삐뽀는 바로 연마기를 집어 올린다. 어려운 과제를 간단히 해결했다. 모두가 철조망 구멍을 통과한다. 연마기까지 무사히 탈출했다. 그런데 깔루가 안 보인다. 쎌리가 다시 울타리 안으로 들어가 창고 건물을 따라 가더니, 잠깐 뒤 깔루를 잡아끌고 왔다.

"쟤들을 무슨 수로 구해!"

쎌리는 씩씩대고 깔루는 울상이 됐다.

"여동생을 밭에다 남겨 두고 나 혼자 도망 왔어. 그 어린 애를······. 갇혀 사는 건 사는 게 아냐. 모두가 나쁘게 쓰이고 쓰레기같이 버려질 거야. 쓰레기같이······."

"놈들이 올 거야!"

달이 저쯤에 떠 있었을 때 놈들이 격투할 애를 끌고 갔다며 롤라는 쎌리 손을 잡아당긴다. 깔루는 자기 혼자서라도 아이들을 구하겠다며 고집 피운다. 뜻밖의 깔루 행동에 쎌리도 당혹한 모습이다. 달빛이 쎌리만 비추기라도 한 듯 모두가 그쪽만 본다. 왜 이래야 하는지는 모르겠지만, 나도 쎌리의 결단만 기다린다.

또다시 철조망 안이다.

쎌리가 시킨 대로 껌을 씹는다. 곧 놈들이 올 거라 껌의 점성을 높이는 데만 몰두한다. 그러느라 맛도 모르겠다. 씹은 껌을 롤라의 흉측한 공예품 열 개에 닥지닥지 붙이고 푸른 설탕을 군데군데 박는다. 껌을 씹자 롤라는 조금 안정됐다. 체리 맛이다 딸기 맛이다 포도 맛이다 하며 조그맣게 오! 아! 우! 한다. 껌으로만 맛본 과일도, 껌 종이에 찍힌 그림 때문에 롤라는 잘 안다. 다들 껌 공을 완성하기에 열심이다.

성능을 전혀 알 수 없는, 쎌리 머리에서 나온 무기다. 아무리 봐도 쓸 모없어 보이는 무기.

월! 월월!

힘없이 짖는 소리에 그만 씹던 껌을 삼키고 말았다. 무기 제조를 막 끝마치는데 개가 일어나 전방을 노려본다. 이지러진 주둥이가 향한 곳을 보니…… 몽둥이를 든 남자 둘이 저벅저벅 걸어온다.

"거기 뭐야!"

"저걸로 우리를 후려쳤었어!"

롤라가 나동그라진다. 놈들이 달려오자, 쎌리가 투포환 선수처럼 껌 공을 내던진다. 놈들이 멈칫한다. 다들 뒤따라 남은 공을 던진다. 공들은 놈들 발치에 떨어졌다. 한 놈이 몽둥이 끝으로 공을 툭 건드린다. 기대도 안 했지만, 저 정도로 형편 없을 줄이야! 놈들은 이제 뛰지도 않는다. 느긋하게 몽둥이를 질질 끌고 온다.

"아 또 빡치게 하네, 저것들이."

침을 퉷 뱉고 몽둥이로 땅을 퍽 찍는다.

"도망쳐!"

쎌리 명령을 듣고도 다들 갈팡질팡한다. 너무 긴장한 나머지 나도 구멍이 안 보인다. 놈들은 벌써 우리 바로 앞에 이르렀다. 세로는 쎌리만 하고, 가로는 쎌리 세 배는 되는 크기의 남자들이다. 여섯 명에 가로막힌 느낌이다. 모두가 뒷걸음친다. 개가 있는 곳까지 몰렸다.

"다 조져 버려!"

한 놈이 몽둥이를 치킨 찰나, 컹컹컹컹! 개가 온 힘을 쥐어짜 짖는다. 문득 울음, 웃음, 비명이 어렴풋이 퍼지고 그 소리에 놈들이 뒤돌아본다.

껌 공들이…… 느린 속도로 굴러온다.

다가올수록 조금씩 팽창한다. 공마다 박힌 구십구 개의 아이들 얼굴이 불룩불룩 돌출한다. 놈들이 잠깐 주춤하다 달려가 몽둥이로 내갈기자, 공들은 멀리멀리 튕겨 나갔다. 한 놈이 코를 팽 풀고, 둘은 다시 우리 쪽으로 온다.

순간 날카로운 외침이 밤공기를 썩 벤다.

껌 공들이 화물차만큼 커지더니 무서운 속도로 굴러온다. 철조망을 단방에 무너뜨렸다. 공에 박힌 아이들이 연보랏빛 혀를 쑥쑥 내밀어 놈들을 집어삼켰다.

공 열 개가 울고 웃고 떠들며 데굴데굴 굴러다닌다. 각가지 소리가 뒤얽혀 뭐라는지도 모르겠다. 민트 향에 포도 향에 수박 향에 공기가 달콤해졌다. 깔루와 쎌리, 롤라를 따라 나도 창고로 뛴다. 감금돼 지내느라 지쳤는지, 삐뽀는 연마기를 끌어안고 마당에 남았다. 깔루가 긴 문빗장을 열자 지린내, 썩은 내가 주먹을 훅 날린다. 다닥다닥 붙은 아이들은 비좁은 닭장에 갇힌 병들고 지친 닭들이랑 똑같다. 문이 열렸는데도 아무도 안 움직인다. 야야 부인 서재의 지옥도에 그려진 인간들처럼 고통을 머금은 채로 고대로 붙박여들 있다. 물을 끼얹어 뭉개 버리고 싶은 그림이다.

"나와! 나오라고!"

쎌리가 잡아 일으켜도 몸도 못 가눈다.

뭘……까? 이상한 느낌이 스멀거린다. 몸속에서 뭔가 진동한다. 점차 맹렬해진다. 몸이 조각조각 흩어질 것 같다. 흐물흐물한 아이들이 귀를 털며 뛰쳐나온다. 몸속 파동이 잦아들더니 말끔히 잠들었다. 아이들도 숨을 고른다. 내가 쎌리를 쳐다보니, 네 짐작이 맞다는 듯 머리만 끄덕인다.

공들은 훨씬 더 부풀고 시끄러워졌다. 공에 박힌 구백구십 명의 얼굴도 우리 얼굴만큼이나 커져서 뚜렷뚜렷하다. 뭘 의논하는 걸까. 꽤 진지한 표정들이다. 말소리가 차지게 뭉쳐져 한 마디도 못 알아듣겠다. 창고를 벗어난 아이들은 공만 본다. 어디로 어떻게 더 벗어나야 할지 깜깜할 테니 저럴 수밖에. 무슨 일일까. 껌 공의 아이들이 한 순간에 침묵한다. 모두가 얼굴에 붙은 껌을 핥아 부지런히 씹는다. 잠시 후 하나둘 풍선을 분다.

어둠 속에 색색의 풍선이 만개한다.

이 풍선들이 한꺼번에 터지기라도 하면 고막이 터질 거다. 왠지 익숙한 소리가 쩌렁쩌렁 울린다. 성난 아이의 말이, 어딘지 물 도둑에 맞서던 여자들 말이랑 비슷하다. 공기를 철렁이던 고성이 멎음과 동시에, 풍선들이 소리 없이 터진다. 껌 공도 그 공에 홀린 아이들도 개도 연마기도 사라졌다. 달콤한 향만 떠돈다. 휑한 마당에 우리 모두

굳어 있다.

"아! 꼬꼬!"

쎌리 목소리를 듣고서야 내 몸이 풀린다. 후텁지근한 밤공기를 돌파하며 다 함께 전력 질주 한다. 더 늦었다가는 꼬꼬한테 무슨 일이 생길지도 모른다. 벌써 깨끗이 처치됐을지도 모른다. 곰삭은 바다 냄새가 퍽퍽 코를 때린다.

*

멀리 둥근달 아래로 이따 나무가 몸을 비틀고 있다.

"그새 더 자랐나 봐!"

내 말에 이어 쎌리가 명령한다.

"쟤는 내가 어떻게 해 볼 테니까, 너희는 꼬꼬를 흙집에서 꺼내. 어서!"

울보 집 팻말 앞에 도착했지만 흙집이 없다.

그 대신 병아리색 토기 인형이 집터에 놓였다. 꼬꼬와 똑같이 생겼다. 꼬꼬와 똑같은 크기다. 인형은 우두커니 앉아 있다. 고집 센 꼬꼬를 어떻게 흙집에서 꺼내나 고민했는데, 일이 하나 줄었다. 하지만 다행인지 아닌지는 모르겠다. 꼬꼬는 멀뚱멀뚱 우리를 올려다본다. 롤라는 이 상황이 재미있는지 꼬꼬 머리를 만지작댄다. 옷도 머리칼도 눈동자도 고르게 노랗다. 눈도 깜빡거리고 검지로 코도 후빈다.

"어찌 된 거니?"

깔루가 꼬꼬 앞에 쪼그리며 묻는다.

"더 이상 날마다 물어뜯기며 살기 싫댔어. 나를 먹어 줘, 한 번에. 나를 끝내 줘, 한 번에. 그러면서 울었어, 집이."

꼬꼬는 말하면서 병아리색 눈물을 똑똑 떨군다.

"쉬지 않고 먹었어. 새살이 돋기 전에 먹어 치워야 했으니까. 먹으면서 무서웠어. 너무 맛있어서. 집은 아파하는데도, 나는 너무 맛있어서, 그래서 무서웠어."

꼬꼬는 따띠 아줌마를 따라 동물은 입에도 안 댄다. 그런 꼬꼬로서는 한층 무시무시한 경험이었을 거다. 꼬꼬 뺨을 타고 흐르는 눈물을 롤라가 손으로 받아서 먹는다. 그러다 뺨을 꽉 깨문다. 꼬꼬가 빨딱 일어선다. 이빨 자국으로 폭 팬 자리에 곧바로 병아리색 살이 차오른다.

"우와! 발바닥이 판판해!"

롤라가 자기 발바닥을 훑고 또 훑는다. 혹이 있던 자리가 오목해졌다. 하지만 이게 무슨 현상인지나 따질 때가 아니다. 흙집을 통째로 품은 꼬꼬 손을 살짝 잡고 쎌리에게로 간다. 꽉 쥐면 손이 과자 부스러기가 될지도.

바람 한 점 없는데도 쎌리 원피스가 펄렁인다. 이따 나무는 쎌리를 향해 구부린 채로 쭈그러들었다 부풀기를 되풀이한다.

"쟤를 무슨 수로 데려가!"

쎌리 얼굴이 짜증으로 얼룩졌다.

"얘는 또 왜 이래?"

꼬꼬를 보고는 쎌리 눈이 우글쭈글해진다.

"이따도 우리 동네로 데려가려고?"

내 물음에 쎌리가 불끈 쥔 주먹으로 자기 양 옆구리를 찌른다.

"저 꼴 좀 보라고! 여기 두면 곧 뻗을 거야. 지금 쟤한테 필요한 건 비띤이야. 화해는 저희끼리 알아서 할 일이고. 으!"

쎌리 옆구리에서 주먹이 풀리며 떨어진다. 혼자서만 나부끼는 쎌리 원피스를 롤라가 손으로 잡으려다가 머리를 잦힌다.

"쎌리, 배고파."

며칠이나 굶고도 쓰러지지 않은 게 기적이다. 다른 때 같았으면 저 원피스 안으로 들어갔다 나왔다 하며 장난쳤을 게 뻔하다. 큰 숟갈로 퍼낸 듯 눈이 푹 꺼졌다.

"옷 먹어."

꼬꼬가 롤라한테 다가선다.

"몸 안 돼. 옷, 옷만."

말이 끝나기도 전, 롤라가 꼬꼬 티셔츠를 뜯어 먹는다. 하지만 회복되지 않는다.

"아까 네 살은 다시 돋았잖아?"

내가 묻자 꼬꼬가 바로 답한다.

"생명 있으니까."

"그럼 흙집도?"

꼬꼬가 눈을 껌뻑한다. 뭐 그런 당연한 걸 묻느냐는 표정이다. 롤라가 얼마나 먹어 댔는지 꼬꼬의 볼록한 배가 훤히 드러났다. 저 푸짐한 살까지 물어뜯는 날엔…….

"윽, 저러다 팬티까지 먹겠어!"

삐뽀가 얼굴을 돌린다.

"고만."

깔루가 꼬꼬에게서 롤라를 떼어 낸다. 그때 이따 나무 끝이 힘차게 내려와 꼬꼬의 남은 티셔츠를 쫙 빤다. 나무에 돌출한 핏줄마다 피가 쉭쉭 돈다. 베바 부인 말대로 원피스의 정기를 받고 해독된 걸까. 그래서 흙 맛도 기억해 낸 걸까. 꼬꼬가 주저앉는다. 이따 나무는 꼬꼬 양말까지 빨아 먹었다. 몸에 걸친 거라고는 이제 반바지뿐이다. 기어서 도망치는 꼬꼬를 이따 나무가 몸을 채찍처럼 휘두르며 쫓는다. 통째 빨아들일 기세다. 쏴쏴! 칼바람 소리를 내며 추격한다. 무릎이 까지며 꼬꼬가 흘리는 노란 살의 조각마다 이따 나무는 훅훅 빨고, 꼬꼬 무릎에는 다시 살이 돋고 살을 흘리고 이따 나무는 빨고…… 그러기를 반복한다. 그런데도 아무도 아무것도 못 하고 있다. 우리에게 남은 건 한 꼬집의 푸른 설탕밖에 없다. 고만큼으로, 저렇게 우람한 나무를 잠재울 수 있을까? 넋이 나간 쎌리한테 나도 모르게 푸른 설탕을 뿌리자, 하늘빛 원피스 자락이 쑥쑥 불어나 사납게 물결친다. 나무를 워럭 휘덮는다. 원피스에 감겨 이따 나무가 발광하고 쎌리가 나자빠진다. 자지러지는 아기 울음소리와 더불어 원피스가 제 크기로 돌아왔다.

쎌리 발치에 허연 덩이가 보인다.

이따 나무가 엄지를 빨며 잠든 아기처럼 누워 있다. 갓난아이 크기가 된 나무는 불거졌던 핏줄도 몸 안으로 들이고 순해졌다. 나무껍질이 온통 허옇게 일었다. 마른버짐이 핀 굶주린 아기가 됐다. 거먼 하늘에 차차 푸른빛이 피어오른다.

*

"그 꼬라지로 버스에 오르겠단 말이냐!"

운전사는 해진 반바지만 걸친 꼬꼬를 보며 문을 막아선다. 토기 인형 같은 꼬꼬가 바지 밑단을 조금 뜯어 내민다. 그 맛을 보고는 바로 비켜선다. 하지만 또 얼굴을 찌푸린다. 쎌리 품에 아기처럼 안긴 이따 나무에 운전사의 시퍼런 시선이 박혔다.

"그건 짐칸에!"

"그럼 차가 흔들리도록 울어 대서 운전도 못 할걸요?"

쎌리를 올려다보다 질린 걸까. 에이! 하며 얼른 타라고 손짓한다. 마침내 이따 나무도 차에 올랐다. 롤라는 텅 빈 버스를 누비며 이 좌석 저 좌석에 앉아 보느라 바쁘다. 꼬꼬 티셔츠를 실컷 뜯어 먹더니만 기운을 되찾았나 보다. 긴장이 풀렸는지 비틀대는 삐뽀를 깔루가 돕는다. 나까지 자리를 잡자 곧 버스 문이 닫힌다. 쎌리는 운전사에게 세 끼 식사를 한꺼번에 달랬다. 샌드위치와 감자칩, 스콘, 견과 등등 올 때 먹은 것과 똑같다. 그래서인지 시간을 되돌린 느낌이다. 음식을 보자마자 모두가 허겁지겁 배를 채우고 바로 잠에 떨어진다.

"악몽을 없애요! 악몽을 없애요!"

롤라의 잠꼬대에도 다들 잠잠하다. 갈 때는 못 본 풍경이 눈에 들어온다. 도로 옆으로 자그만 물체들이 줄지어 이동한다. 뭐지? 버스가 방향을 틀고 좀 지나자 썩 가까워진다. 백 마리도 넘을 나귀들 등허리에 무지막지한 물통들이 묶였고, 나귀마다 이마에 91, 99, 102…… 빨간 번호가 찍혔다. 내가 177번이었던 것처럼. 짐에 가려져서 몸통이 보이지도 않는다. 우리 뒷동네에서 지하수를 퍼 나르는 물장수와 나귀 들처럼, 어쩌다 뉴스를 볼 때면 꼭 나오던 동네들처럼, 여기서도 매일같이 물을 퍼 나르나 보다. 111번이 지난다.

그레고리오?

그럴 리가……. 나귀마다 그레고리오로 보인다. 나는 지금 누구의 악몽 속에 들어온 걸까. 모두가 단단한 악몽의 껍데기를 깨지 못하고 꼭꼭 갇혀들 있는 건 아닐까. 모두를 깨워야 할까.

"악몽을 없애요! 악몽을 없애요!"

또다시 척척한 잠에 떠밀린다. 아침이다. 핏덩이가 물에서 떠오른다. 녹슨 배를 타고, 피로 물든 바다를 가른다. 뱃머리를 돌리니 죽은 물새 죽은 물고기가 우르르 한쪽으로 몰린다. 죽은 바다를 죽은 배가 빌빌 가른다. 물새가 살점을 떨구며 하늘로 날아오르다가 다시 바다로 곤두박인다. 물고기가 날개를 삼키니 너덜너덜한 배로 쑥 빠져나온다. 구정물에 떠밀리고 떠밀려 배는 붉은 수평선을 넘는다.

19

터미널에 내리자 파삭한 공기가 몸을 옥죈다. 누리고 매캐한 송곳이 코를 뚫고 들어온다. 보도에 늘비한 포장마차들에서 돼지, 소, 양의 내장, 눈, 뇌, 혀, 살점을 지진다. 가판대의 신문마다 목이 잘린 시체나 여자들의 볼기와 가슴이 가득가득하다. 불판 위 동물처럼 인간 몸도 부위별로 해체해 놨다. 그 아래로 손바닥만 한 포르노 만화책들이 가지런히 펼쳐졌다. 모든 게 질서 정연하게 언제나처럼 하루를 보내고 있다.

"딱 애들 눈높이에들 놨네."

쎌리가 내 머리통을 잡아 팩 돌린다. 저 앞으로 인부 네다섯이 모여 있다. 도로 배수구에서 또 갓난아기 모양의 굳은 기름 덩어리들을 빼내는 작업이 한창이다. 하나하나 꺼내 바닥에 벌여 놓는다. 땅 밑에서 미라를 발굴하는 고고학자들 같다. 시내 어디에서나 익숙한 그 광경을 보며 포장마차 주인이 배수구에다 기름을 쏟아붓자 깔루 눈이 빛난다.

"꼭 고향에 온 거 같아! 나 아주아주 어릴 적에, 그러니까 농장에 팔려 가기 전에 저딴 거 맨날 봤는데……."

우리 모두 아직도 악몽에서 깨어나지 않은 걸까. 이제 막 고기에서 배어 나와 김이 모락거리는 기름이 배수구를 통해 내 입으로 내장으로 끊임없이 흘러들고 나는 싯누렇고 딱딱한 기름 덩어리가 된다.

비탈을 오르는 동안, 체뻬며 아넬이며 사라졌다 되돌아온 아이들이 하나둘씩 모습을 보인다. 마치 아무 일도 없던 듯이 곳곳에서 주어진 일들을 하고 있다. 부모들은 자식이 사라진 줄도 몰랐으니까, 재회하고도 반갑지도 않았을 거다. 그래서 보통 때처럼 돈벌이에 보냈나 보다.

"체뻬랑 아넬은 창고에서 못 봤는데? 같이 안 있었는데?"

롤라가 폴짝 뛴다.

"딴 데로 잡혀간 애들도 돌아왔네. 역시, 내 껌 공이 효과가 있었군!"

기회를 놓치지 않고 쎌리가 때맞춰 으스댄다. 루초 아저씨가 물장수 손수레를 끌고 지나다 우리랑 마주치자, 삐뽀 뺨에 주먹부터 날린다.

"고철도 안 줍고 이러고 싸다녀!"

몸에 수두룩한 상처도, 절룩이는 다리도 안 보이는지, 아저씨는 버릇처럼 엉덩이를 걷어차 삐뽀를 앞으로 몬다. 그 곁으로 로로 아저씨 자전거가 경쾌히 지난다. 아저씨 품에 돌아온 연마기도 딴 아이들같이 일을 나간다. 길고도 험한 비탈을 우리는 다시 오른다.

비띤 나무가 아슬아슬하게 서 있다. 얼마나 가늘어졌는지, 한낮의 햇살을 받아 보일 듯 말 듯 하다.

"내게 주렴."

야야 부인은 쎌리에게서 이따 나무를 받아 안는다. 그리고 아기를 어르듯 좌우로 살살 흔든다. 바닷가 마을을 뜰 때보다 나무는 부쩍 시들었다. 드디어 비띤 옆에 이따를 놓는다. 따띠 아줌마가 부인 손에 다시 지팡이를 쥐어 드린다. 모두가 숨죽인 채 두 나무를 관찰한다. 앙상하게 드러난 비띤의 뿌리를 이따의 뿌리가 슬슬 둘러 감더니 마침내 푸석한 흙을 힘차게 파고든다. 비띤이 휘청한다.

"둘 다, 불쏘시개로나 쓰면 딱이겠네."

쎌리가 툴툴대는 바로 그때 기다란 비띤 나무가 맥없이 부러진다. 키가 팍 줄었다. 곧이어 이따까지 빠짝 오그라든다. 반토막이 됐다. 따띠 아줌마가 물을 양동이째 부었지만, 둘 다 그대로다. 둘의 만남이 무슨 작용을 일으킨 건지, 오누이는 서로 겨루듯 크기를 줄여 간다. 이제 비띤은 연필만 해졌고, 이따는 망고만 해졌다. 나무들이 이 꼴이 됐는데도 동네 사람들은 언제나처럼 제 갈 길을 간다.

"욕심 안 돼."

롤라가 꼬꼬 반바지를 야금야금 뜯어 먹고 있다. 꼬꼬가 꾸짖고 밀어내도 끈덕지게 달라붙는다. 마누 할아버지가 롤라를 끌어당겨 어깨를 단단히 쥔다. 무슨 생각인지 꼬꼬가 돌무더기를 기어오른다. 그러더니 젖은 흙 위에 가로눕는다. 몸을 동그랗게 말아 비띤과 이따를 끌어안는다. 노란 꼬꼬 몸에 햇살이 내리꽂힌다. 이어서 쪽쪽 빠는 소리가 들리고 그 소리가 가빠질수록 꼬꼬 크기가 팍팍 줄어든다.

"안 돼!"

따띠 아줌마가 돌무더기에 오르려는 순간, 쫙! 우렁찬 흡입음이 퍼진다. 꼬꼬가 흙이 되어 흩어졌다. 갑자기 터진 일에 다들 얼어붙었다. 이제 구해 줄 꼬꼬 몸도 없다. 쓰러지려는 따띠 아줌마를 첸초 아저씨가 받쳐 세운다. 수술받으려면 오늘 밤 비행기를 타야 하는데, 조마조마하게 여기서 이러고 있다. 야야 부인도 상황을 감지했는지, 지팡이 쥔 손이 푸들거린다.

이따 나무는 쉬지 않고 쪽쪽거린다. 꼬꼬의 양분을 흡수해서일까. 천장 벽화의 투실투실한 아기 천사만큼 자랐다. 비띤 나무는 변함없이 연필처럼 서 있고. 꺼칫하던 이따 나무 표면에 윤기가 돌기 시작하더니, 직립한다. 저러다 아장아장 걷겠다.

"그 오랜 고초를 겪고도 욕심을 못 버렸으니! 서로가 균형을 찾지 못하면 다 끝이거늘……."

야야 부인이 걱정하는 동안에도 이따는 구부러진 나무 끝을 빨아 댄다.

"균형이요?"

쎌리 눈이 번뜩이더니 부인 지팡이를 빼앗아 하늘 높이 쳐든다.

"후요빱뚤라끼차!"

고함과 함께 이따 나무를 내리친다. 순간 대성당만 한 유리가 산산조각 나는 굉음이 퍼진다. 그리고 입에 물린 엄지가 쑥 빠진다. 이따도 비띤도 내 새끼손가락만 해졌다. 야야 부인이 바라는 균형인지 아닌지는 모르겠지만, 아무튼 공평하게 작아졌다. 밖으로 드러난 뿌리가 나무들보다 훨씬 크다.

"저 저, 아주 사라지……."

첸초 아저씨가 말하다가 따띠 아줌마를 보고는 입을 닫는다.

"흙이……."

깔루가 말을 마치지도 입을 다물지도 못한다. 노란 흙이 흩어진 몸을 끌어모아 드러난 뿌리를 덮는다. 깃털처럼 부드러운 몸짓으로 앙상한 뿌리를 감싼다. 내가 아는 누군가의 몸짓이다. 흙에 덮인 나무들이 손톱만큼 보인다.

"꼬꼬……."

따띠 아줌마가 풀썩 무너진다.

"밀씨아데스?"

롤라를 따라 모두가 고개를 쳐든다. 눈부신 빛줄기를 가르고 밀씨아데스가 급하강한다. 자그만 날개로 비띤과 이따를 감싸 안는다. 빨간 머리를 폭 숙여 동그래졌다. 밀씨아데스의 연둣빛 깃털이 파들거린다. 뾰족뾰족 선 빨간 머리털의 떨림이 격렬해진다. 몸까지 새빨개지자, 어둠이 털퍼덕 내려앉고 여기저기서 나직나직한 소리를 토한다.

눈에 물방울이 맺힌다.

투둑투둑 빗방울이 떨어져 뺨을 타고 흐른다. 금세 굵어진 빗줄기에 다들 하늘을 올려다본다. 삼 년 만에 뿌리는 세찬 비다. 우기에마저 찔끔 뿌리다 말아 모두가 목말라했다. 눈을 감는다. 눈 안으로 비가 들이친다. 몸 깊숙이로 흘러든다. 바닷가 마을에서 들러붙은 탁한 물질이 이제야 씻겨 내려간다. 온몸으로 비가 들이친다. 뇌도 폐도 위도 흠씬 젖는다. 이대로 비와 하나가 되어 가벼이 흐르고 싶다.

"밀씨아데스가……."

롤라 말에 모두가 고개를 숙인다. 밀씨아데스의 젖은 몸이 불어난다. 어느새 끝도 보이지 않을 만큼 커졌다. 어둑하던 하늘이 새카매졌다. 저주의 제물로 쓰이고 억울하게 죽은 검은 고양이 떼가 하늘을 뒤덮었는지도. 끼르르! 날카로이 울며 밀씨아데스가 날개를 펼치자, 비가 그치고 빛줄기가 쏟아진다. 눈이 저절로 닫힌다.

슬며시 눈을 뜨니, 밀씨아데스도 비띤도 이따도 사라지고…… 꼬꼬가 누워 있다. 비에 함빡 젖어 꼬꼬의 검은 머리칼이 한결 검다. 가무스름한 살이 반짝인다. 푸른 설탕에 새까맣게 탔던 종아리의 상처도 안 보인다. 언제 나타났는지, 다시 자그매진 밀씨아데스가 꼬꼬 눈앞에서 파닥인다. 그러다 모든 동작을 멈춘다. 날개를 펴고 공중에 굳어 있다. 그런 채로 꼬꼬를 본다. 따띠 아줌마는 양손으로 입을 가리고 이 광경을 지켜볼 뿐이다. 밀씨아데스에게 꼬꼬 운명을 맡긴 걸까. 잠깐 뒤 꼬꼬가 가만히 눈을 뜨자, 밀씨아데스는 붉은 물방울이 되어 흩어졌다.

"마꾸……."

엉뚱한 이름이 들린 방향으로 고개를 돌리니 첸초 아저씨 눈에서 불꽃이 일렁인다. 그리고 꼬꼬가 깃털처럼 사뿐히 뛰어내린다.

히이힝!

그레고리오가 우리 앞을 타박타박 지난다. 진짜로 물을 지고 다녔던 걸까. 털도 엉망이고 온몸이 상처투성이다. 야야 부인 집에 다다르기도 전에 쓰러질 거다. 걸음을 내디딜수록 털이 녹색을 띠어 간다. 그렇게 완전히 녹색 나귀가 된 그레고리오 뒤를 절룩절룩하며 투견 삐뽀가 따라간다. 삐뽀의 걸음마다 땅이 검붉은 피로 얼룩진다. 그리고 나무들이 있던 자리에…… 오색 빛의 작은 물체가 보인다. 달걀만 하다. 꽉 쥔 아기 주먹 모양이다.

"씨앗인가?"

쎌리 말을 듣고 야야 부인이 턱을 쳐든다.

"둘이냐?"

"하나뿐인데요?"

"본래대로 됐구나."

"쟤는 그럼 비띤이에요, 이따예요?"

"본래 비띤도 이따도 없었잖니?"

서쪽에서 부드럽고 깨끗한 바람이 불어와 비에 젖은 내 몸을 어루만진다. 서늘하면서도 따스하다. 야야 부인이 그 바람을 가르며 집으로 향한다. 부인의 살내를 머금은 바람이 내 볼을 감싸더니 흙까지 살살 밀어 씨앗을 덮는다. 오므라졌던 씨앗이 스르르 열린다. 벌어진 씨앗을 흙은 또다시 가만가만 덮는다. 흙으로 볼록해진 부분이 꼭 숨을 쉬는 것처럼 슬쩍 부풀었다 꺼진다. 수십 년에 걸쳐서 일어날 변화를 단번에 몰아서 겪은 것 같다. 그 과정을 본 것만으로도 나른해졌다.

다들 겨우겨우 서 있다. 새로이 자랄 나무에는 아무런 이름도 붙이지 않기로 모두가 한마음으로 결정 내린다. 이름의 의미를 두고 뭔가 깨달아서가 아니다. 너무 지쳐서 아무 생각도 할 수 없기 때문이다. 비띤과 이따, 첸초와 아나마리만 놓고 봐도 그렇다. 우리가 이름을 짓지 않은 건 다행이라는 생각이 든다. 이름은 괜히 문제만 일으킨다. 덧없다. 제각기 무겁고 긴 그림자를 끌고 집으로 간다. 그런데 이상하다. 따띠 아줌마와 꼬꼬가 점점 작아진다. 이제 둘의 그림자만 기다랗게 남았다. 그림자만 귀가하고 있다. 그림자만 남기고, 내 손에서 가루가 된 책처럼 사라졌다.

금세 해가 떨어졌다. 야야 부인네서 저녁을 먹고 가라고 쎌리가 제안해 함께 골목에 들어선다.

"얼마 안 있으면, 첸초 아저씨는 정말 첸초가 되네?"

쎌리 얘기를 듣고서야 아저씨 생각이 난다. 한참이 지나야 돌아올 텐데 작별 인사도 잊다니.

"수술받고 나서도, 사람들은 아나마리라고 부를걸?"

"이름이 문제네, 이름이. 차누, 그……."

쎌리가 멈칫한다. 나도 쎌리가 본 걸 봤다.

크나큰 무지갯빛 덩어리가 골목 끝에서 떠오른다. 벌레들이 야야 부인 집을 휘덮기에는 이른 시각이다. 더구나 하늘에서 내려오는 게 아니라 집에서 하늘로 올라가고 있다. 큰키나무들에 닿을락 말락 하는 높이까지 오른 벌레들이 뭉실뭉실 떠 있다.

"뭐지?"

갑자기 쎌리가 흠흠 콧숨을 들이쉰다.

"뭐가?"

"냄새. 야야 부인이 잘 때 나는 냄새잖아."

"어디서?"

"어디긴. 하늘에서."

나도 숨을 깊이 들이마신다. 마른 풀 냄새가 은은하다. 야야 부인이 흔들의자에서 졸 때 풍기는 그 냄새랑 똑같다. 벌레들은 차츰차츰 색이 변하더니 온통 푸른빛이 됐다. 거대한 푸른 설탕 덩어리 같다.

"벌레들이 야야 부인을 먹어 치웠나?"

말도 안 되는 소리나 지껄이는 쎌리를 흘겨보지만, 맞는 말일지도 몰라 두렵다. 성큼 발을 앞으로 딛는데 푸른빛이 좍좍 퍼진다. 우리 머리 위까지 부피를 늘린 푸른빛 덩어리에서 자카란다 꽃잎 하나가 뱅글뱅글 돌며 낙하한다.

"쟤들, 그레고리오까지 잡아먹었나 봐?"

쎌리의 바보 같은 말이 끝나기도 전 야야 부인 집이…… 고요히 재가 되어 내려앉는다. 스스로 완벽한 무덤이 됐다. 빠오의 노란 뜨개 양말도 함께.

치이이이!

한 마리가 신호하자 모두가 차르차르 하고 울며 이동한다. 이동할수록 덩어리도 울음도 커진다. 움직이는 속도가 급격히 빨라졌다. 푸른빛을 따라 우리도 뛴다. 골목을 벗어나니…… 이 골목 저 골목에서 아이들이 비트적비트적 걸어 나오고 있다. 열매를 따라 함께 화물차에 오른 아이들, 사라졌다 되돌아온 아이들, 그러고도 일을 나간 아이들이 홀린 듯 푸른빛 덩어리를 향해 모여든다. 벌레들이 멈추자 아이들도 잇따라 멈춘다.

씨앗이 심긴 자리다.

또 여기로 오다니! 이제 저녁을 먹고 싶지도 않다. 침대에 눕고만 싶다. 늘어진 쎌리도 아무 말이 없다. 아이들 모두 고단한 얼굴들이다. 그런데도 목을 젖히고 푸른빛 덩어리를 보고 있다. 뭘 바라는 걸까. 퍽 간절해 보인다. 아이들 얼굴마다 푸른빛이 드리웠다. 내 얼굴도 저 빛을 머금었을 거다. 지휘자의 지휘에 따라 연주하는 관현악단처럼 차르차르 소리가 칼같이 멎는다. 그러자 바람이 잔잔히 밀려와 흙을 걷어 낸다. 지금까지 겪은 변화로는 부족한 걸까. 끝도 없이 뭔가가 벌어진다. 씨앗이 엷은 빛을 발한다. 그리고 하늘에서…… 팬플루트 소리가 울린다.

"야야 부인이야!"

내 입에서 억누를 수 없는 기쁨이 터진다. 쎌리의 예상을 뒤엎고 부인은 벌레들을 깔고 앉아 연주하는 게 분명하다. 저딴 고약한 소음을 낼 수 있는 존재는 야야 부인뿐이다.

월월!

귀에 익은 소리가 울린다. 월! 삐뽀가 한 번 더 짖는다. 그러자 소음이 균형을 찾으며 평온한 화음을 이룬다. 야야 부인의 엉망진창 수프에 라임즙의 음색 한 방울이 떨어지자, 푸른빛 덩어리를 뚫고 비로소 아름다워진 팬플루트 소리가 쏟아진다. 벌레 울음까지 더해져 웅장한 화음을 이루다가 차르차르 소리만 남는다. 소리에 이끌리는 걸까. 롤라가 돌무더기를 기어오른다. 아이들이 하나둘 그 뒤를 따른다. 삐뽀도 깔루도 체뻬도 비비도 아넬도 다른 아이들도 다리를 번쩍번쩍 쳐든다. 오르자마자…… 씨앗 속으로 빨려 들어간다. 무슨 답이라도 구하려 쎌리를 바라본다. 낯선 얼굴이다. 씩씩하고 제멋대로인 가면 뒤에 꾹꾹 감춰 온 걸까. 지독한 슬픔에 젖은 인간의 얼굴이다. 그동안 무슨 연극 속에서 연기하며 지내 온 걸까. 가면이 벗긴 쎌리 얼굴이…… 아프다. 엄마 배에 들어가듯 쎌리가 씨앗 속으로 몸을 들인다. 다시 맑고 깨끗이 태어나기를 꿈꾸는 듯이. 어느덧 쎌리 몸도 거의 다 없어졌다. 그런 쎌리를 보는 나도 어느덧 씨앗을 향해 나아간다. 어쩌면, 어쩌면 나를 새로이 싹트게 해 줄지도 모를 씨앗을 향해.

씨앗 안은……

아이들 살내로 그득하다. 화물차에 실렸을 때처럼 무릎을 구부려 가슴에 붙이고 옹기종기 앉았다. 푸른빛이 아득하다. 바람이 부나 보다. 흙으로 씨앗이 덮일수록 푸른빛도 차르차르 울음소리도 흐려진다. 이렇게…… 우리도 흐려지는 걸까. 우리를 기억할까. 우리에게 맑은 물을 줄까. 우리에게 깨끗한 흙을 줄까. 우리가 새로이 싹을 틔울 수 있을까. 이제 우리는 어둠이다. 싹을 틔우지 못하면 영영 어둠일 어둠.

감사의 말

모인 글자들이 흩어지지 않고 이렇게 책이 되기까지 애쓰신 모든 분께 감사한다. 한 걸음 더 내딛도록 해 주신 예심과 본심 심사위원님들, 작품 해설을 써 주신 임지훈 평론가님, 예리하고 따뜻하게 이끌어 주신 김수진 편집장님과 넥서스 출판사 여러분께 감사드린다. 먼 대륙, 먼 섬나라에서도 든든히 내 등을 받쳐 준 이들에게, 매일 한결같이 나를 산책하게 한 싸바도에게 고맙다. 걷고 뛰다 쉬며 하루의 숨을 고르던 그 시간에 이 소설의 숱한 순간이 지워졌고 지어졌다.

2025년 겨울에
임은희

| 작품해설 |

오지 않은 파랑을 기다리며

임지훈 문학평론가

 남아공의 요하네스버그, 브라질의 브라질리아, 콜롬비아의 보고타, 브라질의 상파울루, 태국의 치앙마이, 케냐의 나이로비, 아르헨티나의 부에노스아이레스, 칠레의 산티아고, 코트디부아르의 아비장……. 수려한 자연 풍경과 아름다운 도시의 모습으로 유명한 이 관광지들에는 하나의 공통점이 있습니다. 심각한 빈부 격차가 그것입니다. 벽 하나를 두고 갈라진 도시의 한쪽에는 고층 빌딩들이 화려한 마천루를 자랑하고, 다른 한쪽에는 그날 먹을거리조차 확보하지 못한 사람들의 판자촌이 줄지어 늘어서 있습니다. 이처럼 아름다운 관광지의 이면에는 절대적 가난에 허덕이는 다수의 사람들이 있습니다.
 능력주의를 신봉하는 사람이라면 이 풍경을 보며 이렇게 말할지도 모르겠습니다. 같은 나라에 태어나더라도 노력한 자들과 노력하지 않은 자들의 차이는 이렇게 벽 하나 너머의 풍경처럼 극명하게 나타나는 법이라고. 잔인하도록 냉정하게 현실을 직시하는 말처럼 보이지만, 사실도 정말 그럴까요? 어느 한쪽은 치열하게 살아남기 위한 노력을 하고 있는 것이고, 다른 한쪽은 그저 손을 놓아 버린 채 지금의 삶을 만족한 채 살아가는 것일까요?

그럴 리가요. 사실 여기엔 능력주의의 함정이 있습니다. 모든 사람은 제 나름의 방식으로, 제 나름의 할 수 있는 이상으로 삶이 나아지기 위한 노력을 기울입니다. 때로는 그 노력이 지나쳐 죽음과 마주하기도 하는 것, 그것이 모두의 삶일 것입니다. 그럼에도 불구하고 정말로 잔인하도록 냉정한 세상의 진실은, 삶이 나아지기 위한 노력은 같을지라도 그 결과는 항상 공정하지만은 않다는 사실입니다. 모두의 노력에도 불구하고 그로 인해 정말로 삶이 나아지는 것은 오직 한 줌의 사람들뿐이라는 사실, 그것이 바로 현실에 가까운 진실이겠지요. 저는 운명론자가 아니지만, 사람의 노력은 태생적인 조건에 따라 전혀 다른 결과를 불러오기도 한다는 사실을 느끼곤 합니다.

우리가 우리의 삶을 살 수 있는 것, 그것은 오직 노력의 결과만이 아닙니다. 노력을 했기에 잘 살아가고, 노력을 하지 않았기에 잘 살지 못하는 것은 아닙니다. 물론 노력의 필요를 부정하고자 하는 것은 아니지만 솔직하게 말해, 세상은 절대 공평하지 않습니다. 평등하지도 않고요. 그 말의 의미란 노력의 여하가 아닌 결과에 달려 있다는 이야기를 하고 있는 겁니다. 예컨대, 당신은 정말로 알고 있습니까? 세상은 공평하지 않다는 말이 얼마나 잔혹한 말인지.

　이 소설은 그 잔인한 현실을 직시하는 것에서부터 시작합니다. 가장 낮은 곳에서 살아가는 사람들의 이야기, 그중에서도 가장 어리고 힘없는 아이의 눈으로 세상을 바라보는 일. 상상할 수 없을 만큼 가혹한 노동 환경을 향해, 살아남기 위해 스스로를 던져야만 하는 아이의 이야기. 그리고 물론, 그것만은 아닌 이야기. 하지만 소설의 시작은 '창우'라는 이름을 가진 한 아이가 트럭에 실려 잔인한 현실과 마주하는 장면에서부터 시작됩니다. 일하는 사람에 대한 배려라고는 찾아볼 수 없는 가혹한 노동 환경에서, '창우'를 비롯한 비슷한 처지의 사람들은 무수한 폭력에 노출되어 착취에 가까운 대우를 받으며 일을 합니다. 작물의 특성상 아이와 같이 키가 작은 사람이 따는 것이 효율이 높다는 이유로 고통에 내던져지는 사람들. 왜 이들은 이런 가혹한 노동에 스스로를 내던지는 것일까요. 그들에게는 오직 그것만이 생존을 위한 유일한 선택지이기 때문입니다. 그러니 우리가 던져야 하는 질문은 왜 그들에게는 이런 가혹한 노동만이 생존을 위한 유일한 선택지가 된 것일까에 가까울 것입니다.

　물론 소설이 어린 '창우'의 1인칭 시점에서 전개되는 탓에 우리는 그가 놓인 환경의 자세한 내막까지는 알 수 없습니다. 하지만 작중 '창우'를 비롯한 아이들이 일하러 가는 농장에 대한 묘사를 통해 우리는 대략적인 상황 정도는 유추해 볼 수 있습니다.

　　"땅에 떨어진 열매는! 줍지도, 밟지도, 먹지도 않는다!"

무슨 구호처럼 세 번이나 외친다. 떨어진 열매는 상품 가치는 없으나 흙에는 다시없이 훌륭한 양분이라고 운전사는 늘어놨다. 우리랑 상관없는 말만 떠들어 댔다. 밭에 있는 그 무엇도 입에 넣지 말라고, 자기들이 제공하는 음식 외에는 아무것도 먹지 말라고. 확성기의 째지는 소음으로 뇌에서 전기 불꽃이 튄다. 징그러운 열매만 가득한데, 밭에 뭐 먹을 게 있다고! 키 작은 아이들이 따지 못한 열매는, 다음번에 키 큰 아이들이 수확하란다.(p.25)

농장에서의 노동을 묘사하는 소설의 첫 대목에서는 "땅에 떨어진 열매는! 줍지도, 밟지도, 먹지도 않는다!"는 감시꾼들의 대사가 되풀이됩니다. 심지어는 땅에 떨어진 열매를 먹었다가 감시꾼들에게 구타를 당했다거나 혹은 죽임을 당했다거나 하는 흉흉한 소문마저 떠돕니다. 그런데 이렇게 채집한 열매들은 어디로 가게 되는 걸까요? 정확한 행선지는 알 수 없지만, 그것이 이국의 부유한 자들의 식탁에 가게 되리라는 것을 소설 내의 암시들로 알아차리는 일은 그리 어렵지 않아 보입니다. 정당한 노동을 통해서도 손에 쥘 수 없고, 상품 가치가 떨어진 열매조차도 그들의 손에는 돌아오는 일이 없는, 작열하는 태양 아래서 무수한 가시에 찔려 가며 일한 그들의 손에는 고작 한두 장의 지폐와 초라한 동전 몇 닢이 쥐어질 뿐입니다.

농장의 파급은 여기에서 그치지 않습니다. 가혹한 하루를 마치고 다시금 트럭에 짐짝처럼 실려 가는 '창우'와 아이들은 한 무리의 시위대를 마주합니다. 그들은 농장이 이 지역의 물과 토양을 메마르게 했다고 말합니다. 하지만 감시꾼들은 그런 그들의 말에 귀를 기울이는 대신 총을 쏘며 위협합니다. 예컨대 착취는 단지 사람에 대한 착취에 그치는 것이 아니라 그들이 오래도록 살아온 땅에 대해서도 이루어지며, 착취된 땅 위에서 제대로 된 농사를 지을 수 없는 사람들은 다시금 가혹한 노동에 떠밀리는 악순환이 반복되는 것입니다.

> 그 마트는 주로 백인들이 모여 사는 동네에 있는데 값비싼 유기농품과 수입품만 취급하기 때문에, 생소한 채과투성이랬다. 그즈음 쑤쑤 누나는 야야 부인 집을 자주 들락거렸다. 부인 정원에는 마트에서 파는 식물 천지라 암기에 도움이 된다면서 말이다.(p.67~68)

소설에서는 이처럼 '창우'를 비롯한 주민들이 소설에는 드러나지 않는 타인들에게 무수한 착취를 당하고 있음을 암시하는 장면들이 자주 드러납니다. '쑤쑤' 누나가 일하는 마트 또한 그 사정은 크게 다르지 않습니다. 마트에 있는 식료품들은 '창우'를 비롯한 가난한 주민들을 위한 상품이 아니라 부유층을 위한 상품들만이 진열되어 있습니다. 상품을 만드는 것도, 그걸 위한 노동을 하는 것도 모두 이 도시의 주민들이지만, 그들에게는 아무것도 허락되어 있지 않습니다. 허기를 달래기 위해 흙을 먹는 아이와 가혹한 노동에 혹사당해 몇 날 며칠을 앓아눕는 아이들. 그럼에도 살기 위해 다시금 그 속으로 몸을 던져야 하는 아이들.

'창우'는 그래서 일찌감치 어른이 된 것인지도 모릅니다. 이 생활 속에는 어떠한 희망도 빠져나갈 구멍도 없다는 것을 받아들임으로써. 그래서 '창우'는 자신이 놓인 처지를 다음과 같이 한탄했는지도 모릅니다.

> 벌써 얼굴이 이글이글하고 머릿속도 시끄럽다. 나는 불안하면 생각이 줄줄이 이어져서 생각의 덩굴에 뒤엉킨다. 그럴 때마다 야야 부인은 "차누, 잠깐 하늘을 보렴" 타일렀다. 내 머릿속 말까지 듣는지, 꼭 한마디 했다. 마음이 어수선하면 하늘을 보면서 숨을 돌리라고 말이다. 하늘의 커다란 그물에 세상 모든 존재가 연결돼 있으니 분명코 안식을 얻을 거라나. 하지만 하늘이 그물을 짤 때 아무래도 코 하나를 빠뜨린 것 같다. 그래서 내가 저 그물에는 없는 것 같다. 봐도 봐도 지긋지긋한 빛뿐이다.(p.33)

농장에서 어린 '빠오'를 잃어버린 '창우'이지만, 그는 이상하게 크게 상심하는 모습을 보이지 않습니다. 대신 '창우'는 이렇게 말할 뿐입니다. "빠오를 옥죄던 실은 이제 없다. 빠오의 바람은 이 세상과 완벽히 끊기는 걸 거다. 누군가 추모하면 또다시 이 세상과 엉킬 거다."라고요. 비록 자신의 친형제는 아니었지만 시간을 함께해 온 빠오의 죽음 앞에, '창우'는 슬픔 대신 이처럼 아릿하고도 미묘한 감정을 토로합니다. 뭐라 이름 붙일 수 없는 그 감정을 품고, '창우'의 시간은 계속해서 흐릅니다. 감당할 수 없는 슬픔의 무게를 가까스로 버티고 선 채로, 어쩌면 그 무게가 스스로를 짓누르게 될지도 모를 때까지.

그래서일까요. 우리는 이 소설을 읽으며 하나의 질문이 다른 모습으로 형태를 바꾸는 것을 목격하게 됩니다. '왜 그들은 그런 삶을 살아갈까'라는 질문에서 '어떻게 그들은 삶을 포기하지 않을 수 있는 걸까'라는 질문으로 말입니다. 기실 '창우'를 비롯한 주민들의 삶이란 지금 여기에서 살아가는 우리가 상상하기조차 힘거운 극단적인 상황처럼 보입니다. 뿌리 깊은 가난과 수탈의 역사 속에서 이들이 할 수 있는 저항이라곤 오직 살아남는 것밖엔 없는 것처럼 보이기도 하고요. 그렇기에 소설이 계속될수록 '어떻게 그들은 삶을 포기하지 않을 수 있는 걸까'라는 질문은 해소되는 대신 점점 미궁 속으로 빠져드는 건지도 모르겠습니다.

이즈음에서 '창우'의 곁에는 '쎌리'라는 한 사람이 나타납니다. 어딘가 조금 모자라고 현실감각이 없어 보이는 '쎌리'는 '창우'의 일거수일투족을 함께하며 많은 대화를 나눕니다. 심지어 친구인 '롤라'는 그런 '창우'를 향해 '쎌리'를 '빠오' 대신 키울 거냐며 빈정거리기까지 합니다. '쎌리'는 그런 '창우'의 속을 아는지 모르는지 제 맘대로 길을 거닐며 때로는 벌레들과 인사하고 모르는 사람과도 스스럼없이 이야기를 나누며 자유분방하게 살아갑니다. 그리고 이 지점에서, 소설은 '쎌리'의 저주를 계기 삼아 아이들을 더 넓은 세상 속으로 인도하기 시작합니다.

'쎌리'에게 걸린 저주를 풀기 위해 사람들을 만나고 도시 곳곳을 전전하며, '창우'는 다양한 삶을 살아가는 사람들을 만나며 세계가 한층 넓어지는 것을 느끼게 됩니다. 저주가 풀린 '쎌리'는 하루가 다르게 자라나고요. 그 속에서 '창우'는 자신이 이해할 수 없는, 세상의 다른 면을 보고 느낍니다. 이발을 하는 '엔쏘' 할아버지와 책을 좋아하는 '움비' 할아버지 같은 사람들을 만나기도 하고, 책 속에 담긴 다른 세상의 이야기를 접하기도 합니다. 그러면서 둘은 점점 성숙해지는 모습을 보이게 됩니다. 물론, 세상은 여전히 매춘과 마약, 밀매와 강간 따위의 흉악 범죄가 가득하고 착취와 혹사가 여전한 채이지만 둘의 세상은 조금씩 자라나기 시작합니다. 그 속에서 두 사람은 세상을 바라보는 눈과, 나름의 방식으로 이해하는 머리, 그 모든 것을 조금은 품을 수 있는 마음을, 둘을 둘러싼 다정한 어른들로부터 하나씩 하나씩 배워 나가게 됩니다.

물론 이들이 세상을 바라보고 이해하는 방식은 우리가 생각하는 것과는 많이 다릅니다. 그들은 객관적인 과학의 관점에서 세상을 바라보고 이해하는 것이 아닌, '주술'과 '미신'의 관점에서 세상을 바라보고 이해하려 합니다. 그러기에 이들의 이해와 지식은 자본의 침식 앞에 속수무책으로 당하기도 하지만, 또 한편으로는 점차 가혹해지는 세상에 맞서 살아갈 수 있는 의지와 힘을 길러 주기도 합니다. '주술'과 '미신'이라 쓰인 이들의 세계관은 단순히 이해할 수 없는 인과 관계를 저주나 악령의 탓으로 돌리고 손을 놓는 것이 아니라, 그러한 인과를 해결하기 위해 '인간'이 해야 할 일과 나아가야 할 방향을 알려 주는 것에 초점이 맞춰져 있기 때문입니다. 예컨대 '쎌리'가 자라지 못했던 건 단지 영양학적인 문제일 수 있지만, '주술'과 '미신'은 그런 아이들을 세상 속으로 내보내 자신의 눈과 귀로 세상을 보고 들으며 '성장'할 수 있는 기회를 제공해 준 셈입니다. 그러한 의미에서 이 소설 깊숙한 곳에 자리 잡고 있는 비과학적인 세계관은 미개한 방식이 아니라, 우리가 속한 세상의 상식과는 다른 나름의 방식으로 세상을 마주하고 이해하는, 그리하여 옳은 길을 찾아 나서기 위한 하나의 노력에 가깝습니다.

> 야야 부인은 말했다. 쎌리 지시에 모두가 한마음으로 따르라고. 롤라한테 껌을 주겠다는 생각 말고는, 아무 계획도 없어 보이는 인간의 지시에 말이다. 하지만 다들 그러겠다고 약속했다. 그것도 세 번씩이나. 부인과 이마를 맞대고 소리 내어 다짐했다. 만약의 사태에 대비해서라며, 부인은 작은 헝겊 주머니에 푸른 설탕을 담아 내게 건넸다. 언제 어떻게 쓰느냐고 물으니, 때가 되면 내게 적당한 방도가 떠오를 거랬다. 진짜 그러냐고 묻자, "이런! 어른은 다 알 거라고 믿다니!" 부인은 지팡이로 땅을 탁 찍었다. "어른들 말만 따르다가는 세상에 될 거라곤 마리오네트밖에 없을 게다"라며 돈주머니도 내게 맡겼다. 쎌리는 우리를 지휘하는 데 집중해야 한다면서. 따띠 아줌마는 차고 있던 빛바랜 시계를 끌러 내 손목에 채웠다. "이런 무거운 짐을 지우다니. 너희를 대할 낯이 없구나"라며 정말로 부끄러워하는 인간의 표정을 지었다. (p.202)

이들이 살아가는 세상 속에는 물론 몹쓸 어른도 부지기수일 겁니다. 작중 초반에 언급된, 자신의 딸을 겁탈하는 아비나 팔아넘기는 부모 같은 사람들, 혹은 자신의 아이들을 가혹한 중노동에 내모는 어른들이 어쩌면 더 많을지도 모릅니다. 하지만 다행스럽게도 세상은 그런 어른들로만 가득하지는 않습니다. '야야' 부인이나 '첸초' 아저씨같이 어린아이들이 세상에 나갈 수 있게 다정함을 베푸는 어른들도 있습니다. 안전하지는 않지만, 그리고 완벽하지도 않지만, 그럼에도 한 줌의 다정함이 있는 세상이 바로 이 아이들이 살아가고 있는 세상이 아닐까 싶습니다. 소설의 후반부, 아이들은 어른들과 함께 바다로 향합니다. 어른인 '야야' 부인은 모두가 아이인 '쎌리'의 말에 따라야 한다고 말하기도 하고, "어른은 다 알 거라고 믿다니!"라며 읍소를 터뜨리기도 합니다. 그러면서 이렇게 말하지요. "어른들 말만 따르다가는 세상에 될 거라곤 마리오네트밖에 없을 게다"라고.

어쩌면 '야야' 부인을 비롯한 이 소설 속의 다정한 어른들이 '창우'나 '쎌리', '롤라'와 같은 아이들에게 정말로 전해 주고 싶은 지식이란 '미신'이나 '주술'이 아니라 바로 이 점이 아닐까 싶습니다. 세상에 정답은 없고, 오직 자신의 의지로 나아가야 한다고. 어른의 말이라거나 객관성 혹은 과학이라는 말에 속아 자신의 의지를 의탁하는 것이 아니라, 직접 자신의 눈과 귀로 보고 듣고 생각하며 나아갈 길을 정해야 한다고. 그렇게 얻은 이해가 '주술'이나 '미신'이라 부르는 것일지라도, 그것이 자신의 의지인 한 그건 '나'의 세상 속에서 하나의 정답일 수 있다고 말입니다.

이제 당신에게 한 가지를 묻고 싶습니다. 이 글의 마지막까지 함께한 당신에게, 이것은 해피 엔딩인지 혹은 배드 엔딩인지. 사실 저는 잘 모르겠습니다. 보다 정확하게는 이 소설의 결말을, 혹은 '창우'와 '쎌리'와 무수한 아이들의 '지금'을 '해피'와 '배드' 둘 중 하나라고 말하고 싶지 않다에 가까울 겁니다. 하지만 한 가지 확실한 건, 그렇게 아이들이 과거로부터 미래로 나아가기 위해 멈춘 지금이, 그들을 수탈하고 착취하는 사람들의 논리가 아닌 한 줌의 다정함으로 이끌어진 '현재'라는 사실일 겁니다. 물론, 아이들이 처한 현실은 결코 변하지 않을 겁니다. 여전히 세상은 잔혹하고 냉엄하며 무수한 어른들이 자신들의 논리로 그들을 착취하려 할 겁니다. 어쩌면 소설 속에서 암시된 팔려 간 아이들처럼, '창우'와 '쎌리'도 싹을 틔우지 못한 채 영영 어둠으로 남겨질지도 모르는 일입니다.

하지만 그것이 전부일까요. 문득 이런 생각을 해 봅니다. 속박을 끊고 날아간 '빠오'는 어떻게 되었을까. 객관적인 과학의 관점에서가 아니라 그들이 사는 세상의 '주술'과 '미신'의 관점에서 '빠오'를 위한 세상이 어딘가에 펼쳐져 있을 거라고, 그곳은 깨끗한 물과 흙이 넘실대는 곳일 거라고 상상을 해 봅니다. 비록 아직 현실화되지는 않았지만, '주술'과 '미신'이라는 말이 남아 있는 한 영원토록 아이들의 상상 속을 넘실거릴 그곳에 말입니다. 그러니 저는 이렇게 말하고 싶습니다. 이 소설의 결말은 '해피 엔딩'이나 '배드 엔딩'이 아니라, 먼 훗날 만개할 파랑을 품은 씨앗과도 같다고요. 이들의 세상에 파랑이 비처럼 쏟아지길, 그리하여 이들의 삶에 파랑이 일기를 당신도 함께 빌어 주기를 바라 봅니다.